· 谨以此书 ·

献给播洒大爱、续航生命里程的使者们

2017年，内蒙古自治区成立70周年庆典活动在自治区诞生地乌兰浩特市举行，中央领导俞正声、刘延东等莅临，王布和作为全区医学界代表参加庆典活动并做表态发言

王布和13岁拜当地名蒙医布日古德少布为师，开始学医。右一为布日古德少布，左一为成年王布和

王布和给患者诊病

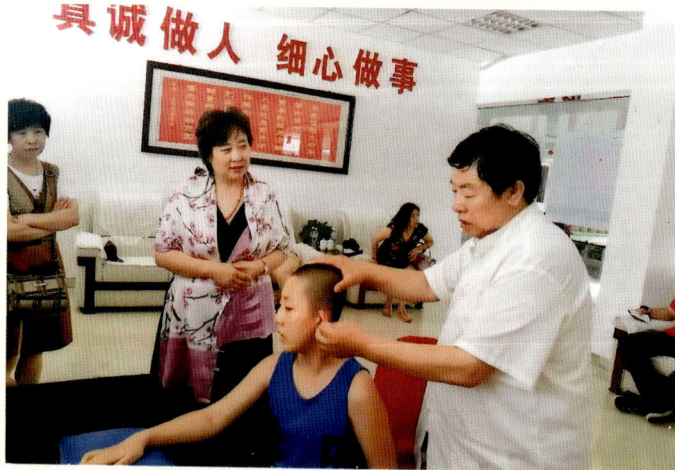

具诚做人 细心做事

王布和每年去黑龙江省伤残儿童福利院免费为170多名残疾儿童治病。图为王布和给脑瘫儿童针灸

王布和与来自乌克兰的患者合影

王布和与来自英国的患者握手告别

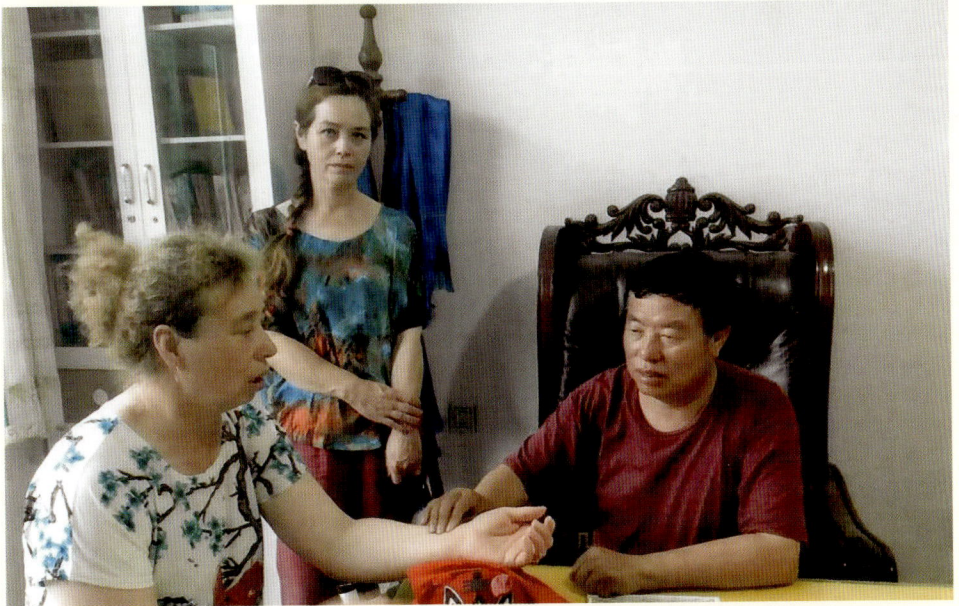

王布和为来自俄罗斯的患者诊病

2003年9月王布和大夫（右一）接受中央电视台记者多闻（中）、兴安电视台记者特格喜（左一席地坐者）、阿斯汗（左二摄像者）的采访

2006年12月，王布和大夫到北京参加"全国优秀乡村医生"表彰大会期间，在北京东城金宝汇一楼咖啡厅接受中央电视台记者多闻的采访

2008年11月，中国红十字总会授予王布和"红十字志愿者之星"荣誉称号，当年应邀参加红十字总会和央视联合举办的春节联欢会。图为王布和在春节联欢会台上接受中央电视台主持人高博（左一）和罗晰月（右一）采访

2013年1月，在央视寻找「最美乡村医生」颁奖晚会台上王布和接受央视主持人张斌现场采访（右一为张斌，右二为王布和）。受王布和行医理念深刻影响与感召，从患者到在读医科研一学生的建伟（左二）现场拜师，左一为建伟母亲

2016年12月，中央精神文明建设指导委员会授予王布和家庭"全国文明家庭"荣誉称号。图为中央电视台记者多闻（左一）为中央文明委制作汇报片时的采访

王布和前后投入150万元修了四次桥。图为投入80万元新建的第四代桥，叫布和桥

受王布和资助的康辉和与她相依为命的母亲斯琴高娃合影

王布和帮同村贫困群众哈日巴拉盖新房。图为王布和（右一）和哈日巴拉（左一）在新房前合影

王布和全家福（2019年1月拍摄）。前排为王布和大夫和妻子白秀英，后排左起为王布和二孙女王好日娃、儿媳妇艳灵、大孙女王恩慧、儿子宝音图、孙子王乌恩夫

2021年投入使用的科右中旗王布和蒙医医院（一级蒙医医院）大楼全景

2002年9月被评为"全区民族团结进步先进个人"

2005年5月被中华人民共和国国务院授予"全国民族团结进步模范个人"荣誉称号

2006年12月被授予2006年度"全国优秀乡村医生"荣誉称号

荣誉证书

王布和 同志：

您的论文《浅谈怎样治愈慢性肝炎》（编号：066）在 2006 中医药发展论坛暨全国中医药品牌博览会举办的"优秀论文评选"活动中获二等奖。

特颁此证

2006年12月论文获得全国中医药品牌博览会论文二等奖

王布和　同志：

您荣获第五届乌兰夫基金奖。

特发此证

乌兰夫基金会

二〇〇六年十二月

2006年12月荣获第五届乌兰夫基金奖

荣誉證書

HONORARY CREDENTIAL

王布和同志：

您被"感动内蒙古年度人物评选活动组织委员会"评为《内蒙古自治区首届感动内蒙古人物》。

特发此证，以资表彰。

感动内蒙古年度人物评选活动组织委员会

2007年7月21日

2007年7月被评为《内蒙古自治区首届感动内蒙古人物》

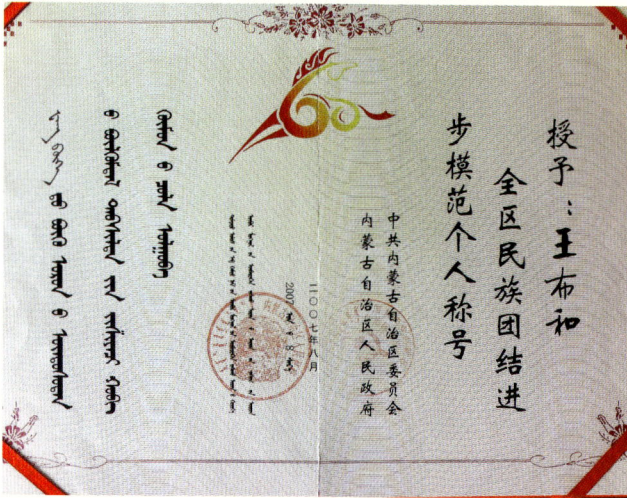

2007年8月获得全区民族团结进步模范个人称号

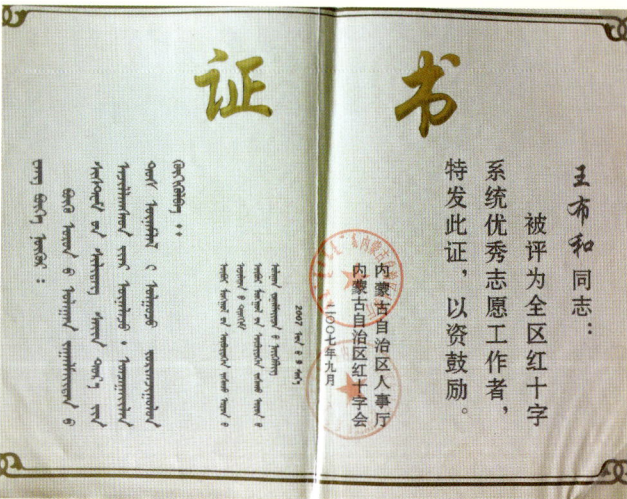

2007年9月被评为全区红十字系统优秀志愿工作者

2008年11月中国红十字总会授予王布和红十字志愿者之星荣誉称号

2008年12月在首届全区道德模范评选表彰活动中荣获"道德模范"提名奖

2009年9月被中华人民共和国国务院授予全国民族团结进步模范个人荣誉称号

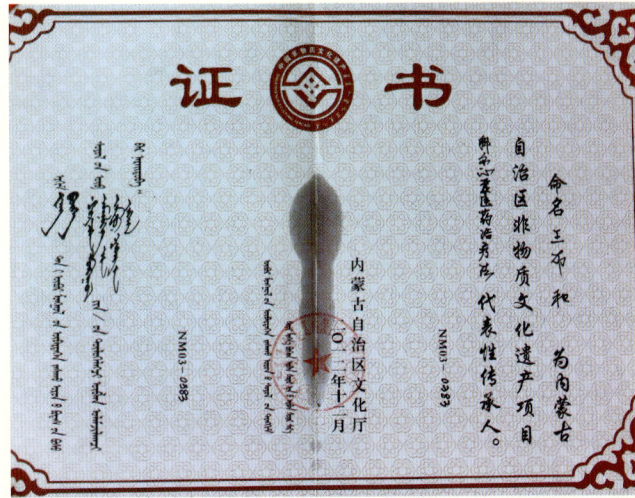

2012年12月被认定为内蒙古自治区非物质文化遗产项目代表性传承人

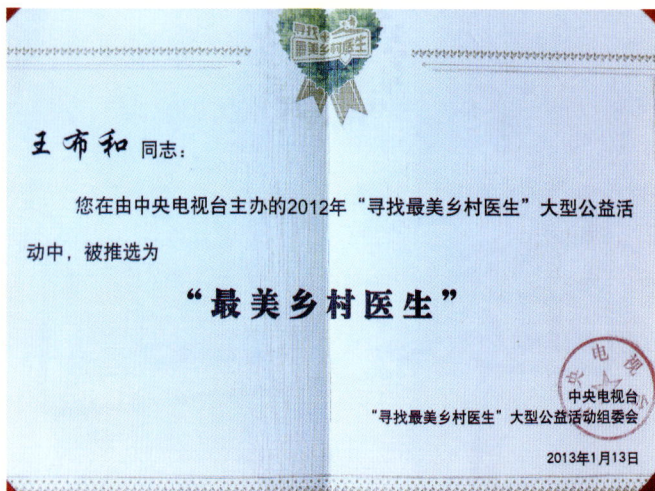

王布和 同志：

您在由中央电视台主办的2012年"寻找最美乡村医生"大型公益活动中，被推选为

"最美乡村医生"

中央电视台
"寻找最美乡村医生"大型公益活动组委会

2013年1月13日

2013年1月被中央电视台"寻找最美乡村医生"大型公益活动组委会推选为"最美乡村医生"

中华慈善总会
CHINA CHARITY FEDERATION

王布和先生：

为表彰在中国慈善事业中做出的突出成绩，中华慈善总会授予第二届"中华慈善突出贡献（个人）奖"。

特颁此证

二〇一四年九月

2014年9月被中华慈善总会授予"中华慈善突出贡献（个人）奖"

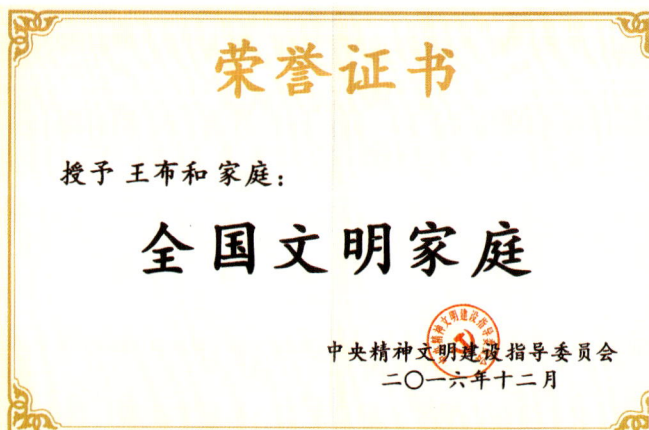

荣誉证书

授予 王布和家庭：

全国文明家庭

中央精神文明建设指导委员会

二〇一六年十二月

2016年12月被中央精神文明建设指导委员会授予"全国文明家庭"荣誉称号

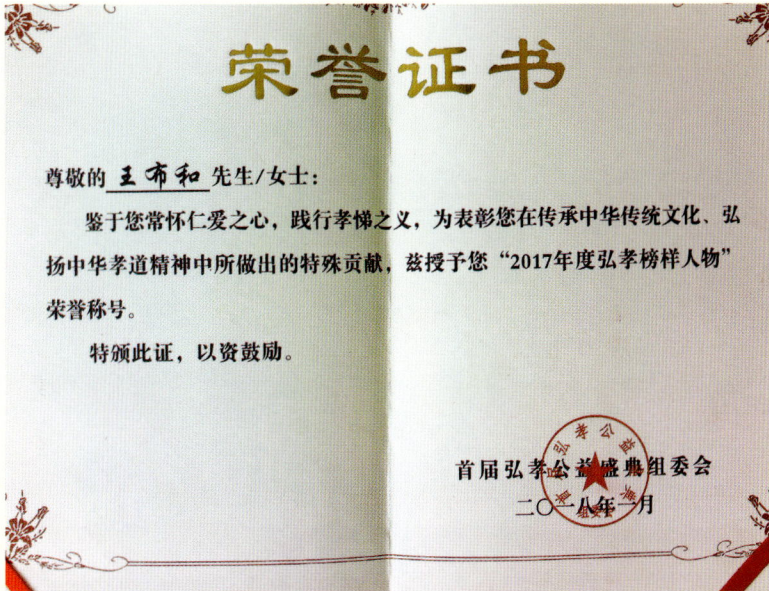

荣誉证书

尊敬的 王布和 先生/女士：

　　鉴于您常怀仁爱之心，践行孝悌之义，为表彰您在传承中华传统文化、弘扬中华孝道精神中所做出的特殊贡献，兹授予您"2017年度弘孝榜样人物"荣誉称号。

　　特颁此证，以资鼓励。

首届弘孝公益盛典组委会
二〇一八年一月

2018年1月被授予"2017年度弘孝榜样人物"荣誉称号

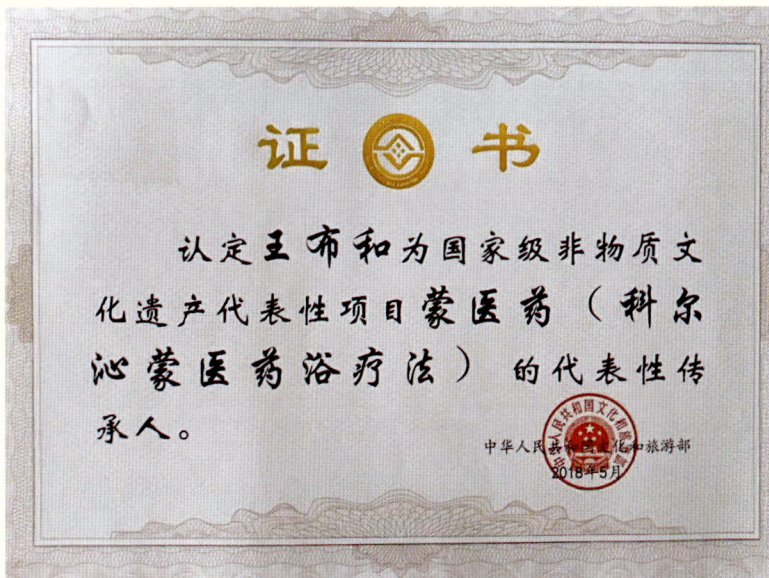

证　书

　　认定王布和为国家级非物质文化遗产代表性项目蒙医药（科尔沁蒙医药浴疗法）的代表性传承人。

中华人民共和国文化和旅游部
2018年5月

2018年5月被认定为科尔沁蒙医药浴疗法国家级非物质文化遗产代表性传承人

证书号第2908435号

发明专利证书

发 明 名 称：一种治疗乙肝的蒙药组合物

发 明 人：王布和

专 利 号：ZL 2014 1 0616740.8

专利申请日：2014年10月30日

专 利 权 人：王布和

地 址：029400 内蒙古自治区兴安盟科尔沁右翼中旗西哲里木镇
哲理木嘎查白音塔拉23号

授权公告日：2018年05月01日 授权公告号：CN 104435417 B

　　本发明经过本局依照中华人民共和国专利法进行审查，决定授予专利权，颁发本证书
并在专利登记簿上予以登记。专利权自授权公告之日起生效。

　　本专利的专利权期限为二十年，自申请日起算。专利权人应当依照专利法及其实施细
则规定缴纳年费。本专利的年费应当在每年10月30日前缴纳。未按照规定缴纳年费的，
专利权自应当缴纳年费期满之日起终止。

　　专利证书记载专利权登记时的法律状况。专利权的转移、质押、无效、终止、恢复和
专利权人的姓名或名称、国籍、地址变更等事项记载在专利登记簿上。

局长
申长雨

2018 年 05 月 01 日

第 1 页 (共 1 页)

布和的心愿

特格喜　王紫琦　著

记『最美乡村医生』王布和

中国书籍出版社
China Book Press

图书在版编目（CIP）数据

布和的心愿：记"最美乡村医生"王布和 / 特格喜，
王紫琦著 . -- 北京：中国书籍出版社，2025.1
ISBN 978-7-5241-0092-8

Ⅰ.Ⅰ25

中国国家版本馆CIP数据核字第2024LP2943号

布和的心愿：记"最美乡村医生"王布和

特格喜　王紫琦　著

责任编辑	王志刚
责任印制	孙马飞　马　芝
封面设计	中尚图
出版发行	中国书籍出版社
地　　址	北京市丰台区三路居路 97 号（邮编：100073）
电　　话	（010）52257143（总编室）（010）52257140（发行部）
电子邮箱	eo@chinabp.com.cn
经　　销	全国新华书店
印　　刷	三河市中晟雅豪印务有限公司
开　　本	710 毫米 × 1000 毫米　1/16
字　　数	266千字
印　　张	20
版　　次	2025 年 1 月第 1 版　2025 年 1 月第 1 次印刷
书　　号	ISBN 978-7-5241-0092-8
定　　价	69.00 元

前言

走过荆棘的人，很少在坦途上摔倒。

历经苦难的人，会珍惜来之不易的时光。

王布和早在童年时就失去父亲，一连串的苦难不偏不倚地砸在他的头上。厄运，让他从小变得谨慎。

一个偶然的机遇，让他选择了一生的道路。

一个朴素的想法，让他坚守着一生的善行。

王布和是科尔沁草原深处的一位传统蒙医传承人。

他谦和、忘我，将患者视如亲人。40 多年来，他救治过数以万计的贫困患者。

笔者从 2003 年 4 月起，带着摄制组，对王布和医生进行过多次采访，书中记述的都是这些年来的耳闻目睹。

王布和的诊所位于内蒙古科尔沁草原腹地的西哲里木镇塔拉艾里村。村子西侧是一座山，山不是很高，却很有气势，从西北向偏东南绵亘，犹如一条卧龙，当地人称之为"卧龙山"。

从 200 里开外的大西北顺势而下的霍林河，流到卧龙山山脚，画个弧线，绕过塔拉艾里，从屯子东侧向东南方向奔涌而去。

霍林河是大兴安岭南麓的一条大河，河两岸山连着山，林密草深，郁郁葱葱。杨榆松柳的倒影映照在清澈的霍林河水中，鹿狍犴狸嬉戏于岸边丛林里。清流中从容地游弋着成群的哲罗鱼，天空中悠闲地盘旋着蓑羽鹤。

王布和的诊所就坐落在卧龙山脚下河湾处平坦的地方。

作为一名传统蒙医传承人，他用蒙药给患者治病。作为一个草原人，他用善良的心去接济所有能帮得上的人。

让患者们有钱没钱都能治病，是王布和不变的坚守。在他的诊所每天都有新的故事发生，感人的事迹在当地各族人民中间传颂。

王布和天天都在为患者劳碌着。累，却快乐着；忙，却很充实。

目录

位于霍林河上游的西哲里木村，直到 20 世纪 40 年代，仍是霍林河沿岸的一片湿地牧场，随着农耕文明的不断向北延展，这里渐渐走向半农半牧区。

1960 年 12 月 10 日，星期六。这一天是农历十月廿二日。

凌晨下了一场小雪，西哲里木草原披上银装。树枝上挂满毛茸茸的白雪，晨曦中千姿百态的树枝形成冬日里靓丽的景观。

天渐渐放晴。不一会儿，太阳从薄云中露出头来，照得白茫茫的大地晶莹闪亮。

就在这时，村西头的一户农舍里响起婴儿清脆的啼哭声。旺布的妻子生产了。

外边寒气袭人，屋子里却喜气洋洋，大家心里都乐开了花。

旺布是西哲里木村一个普通农民。这个刚刚诞生的孩子是家里的第一个男孩子，粉粉嫩嫩的十分招人喜欢。奶奶和爸爸妈妈很看重这个姗姗来迟的王氏家族香火传承人。按着当地的习俗，奶奶赶紧把弓箭挂在屋檐下，提醒人们王氏家族添了个男婴，正在月子里。

全家人沉浸在幸福快乐中。

满月后，爸爸给他起名字叫王布和。布和是蒙古语，汉语直译是"结实"的意思。王氏家族期望这个孩子结结实实地健康成长！摇篮中的他吃饱了妈妈的乳汁，安然地沉睡。

王布和的祖籍在辽宁省蒙古贞，也就是现在的阜新蒙古族自治县。从19世纪下半叶开始，蒙古贞、朝阳、敖汉、喀喇沁一带的蒙古族人，很多人为了躲避赋税、战乱和匪患，投亲靠友，渐渐向北迁徙。王布和的太爷爷就是在这样的背景下，带着家族一步步向北搬迁，后来落脚到距离故乡蒙古贞大约有1000里的地方，就是现在的吉林省前郭尔罗斯蒙古族自治县。

到了民国初年，社会动荡，匪患进一步猖獗。前郭尔罗斯县也变得不安宁，多个村庄的农牧民连年遭土匪洗劫。王氏家族搬迁到这里来，原本向往过上温饱、安定的日子，没承想每天仍在担惊受怕中生活。

王布和的太爷爷仰望着天空，高呼："长生天呐！请你告诉我，哪里才能有太平呢？"

苍天无语。

老人家凝眸良久，自言自语道："走吧，离开这块纷扰之地，到草原深处更加闭塞、人烟更稀少的地方去吧！"

不久，他就带着家眷再次辗转向北迁徙。后来，到了王布和的爷爷立事的时候，他们来到霍林河上游定居。

霍林河发源于大兴安岭南麓，从科尔沁草原西北部向东南方向流淌。

那时，霍林河中上游草原隶属于当时的图什业图旗管辖，这里人烟稀少，广袤的草原上，方圆几十里都没有人家。相比过去颠沛和提心吊胆的日子，这片草原让人心里踏实了许多。

从半农半牧地区迁徙过来的王布和的爷爷奶奶，种地、放牧样样都很在行。由于勤俭持家，几年后家里攒下一些积蓄。后来，他们从牧主手里盘下十几亩耕地，边给牧主放牧，边自己耕地。经过十几年的劳碌和省吃俭用，耕地逐步扩大，并且还拥有了三十多只羊、五六头牛，一家人终于过上了比较安定的日子。

让他们没有想到的是，自20世纪初开始，科尔沁地区也出现了匪患。王布和的爷爷奶奶先后三次遭遇过土匪洗劫。由于十分勤劳，几年后他们又能恢复自给自足，并略有结余。到1947年内蒙古自治区成立时，家里仍拥有20多垧耕地和十几头牛羊。因为拥有这些资产，在土地改革划定成分时，王布和的先辈自然被划成地主。后来，在论成分讲阶级斗争的特殊年代，王布和的长辈们背负起沉重的思想包袱。

西哲里木村处在高纬度、高海拔的高寒地带，无霜期短，生产队的庄稼连续几年都歉收，传统畜牧业生产效率低下。布和出生后，想法填饱一家人的肚子是王布和父母亲最大的心愿，可是这个愿望，他们年年都实现不了。

当王布和渐渐长到学龄期时，"文革"开始了。

很快，因为成分不好，王布和一家人被村民们另眼看待。

为了安全起见，王布和的爸爸妈妈经常提醒王布和兄弟姐妹们，在外边要少说话，不能淘气，更不能和村里小伙伴们拌嘴、有冲突。受一系列不成文的家规约束，久而久之，童年的王布和在心理上总觉得低人一等，变得小心翼翼，甚至很少到外面玩耍。和姐姐们一起看小人书、听奶奶讲故事成了王布和最大的乐趣。

在奶奶看来，自己过往的含辛茹苦对晚辈来说就是人生的教科书，她时不时地给孩子们讲一讲家族史。老人家期望孙子辈从小养成自律、向上、向善的品德，希望他们能过上更好的生活。

奶奶喜欢吸烟，她常常叼着长长的烟袋，吸上几口，然后对着王布和姐弟几个，一字一句地说："人要从小养成勤俭、实在、能干的习惯，乐于帮助人，为人做好事，这样的人才会被人们尊重……"

奶奶讲的虽为车轱辘话，但王布和总是静静地坐在奶奶跟前认真地听。看着年幼的王布和温和敦厚的样子，奶奶心里乐滋滋的。

让王布和一家人没有想到的是，此时，厄运正向他们走来。

02
父
亲

（一）

王布和的父亲名字叫旺布，身高约一米七，浓眉大眼，膀阔腰圆，声音洪亮，办事利落，很有人缘，是一位踏踏实实做人、勤勤恳恳劳作的农民。

1966年深秋的一天，生产队牧点上的羊倌突发急病病故，急需一个羊倌去顶替。生产队长物色来物色去，觉得性格温顺、能听指使的旺布比较合适。于是，当天下午派人把旺布叫到生产队队部，一脸严肃地说："现在，生产队牧点上没人了，你今天就去牧点放羊去。"

旺布心想："去牧点放羊，就意味着我一个人要长期驻点。母亲已经七十多岁了，小儿子还在吃着奶，妻子一个人如何照顾得了一家老小八口人的饮食起居呢？"

看到旺布低头想事，队长厉声道："你什么意思啊？我跟你说话呢，你怎么不吱声啊？"

旺布被队长的呵斥吓了一跳，赶紧抬起头应道："队长，我在听您安排呢。"

在那个年代，尽管在内心深处有很多牵绊和担心的事情，他却不敢违抗队长的指令。队长安排的活，无论是苦活、累活还是脏活，都要不折不扣地干好，绝不允许挑剔，而且必须时时处处谨小慎微，夹着尾巴做人。

旺布挠一挠头问队长："今天就去呀？"

队长霍地站起身，眼睛紧紧盯住旺布，加重语气催促道："是现在。你赶紧去，羊还都在圈里圈着呢。"

旺布心里知道，队长说的话，对他来讲已经一点儿商量的余地都没有了，必须立即执行。

他无奈地仰望了一下天棚，深深地吸了一口气，然后说："行，我回家拿点儿东西，一会儿就去。"

队长板着脸面说道："你应该知道，牧包可是生产队最重要的集体资产。之所以派你去，是对你高度信任。"

旺布赶紧低头说道："是，是，是！队长，我知道了。我知道我肩上的分量，我会好好放羊的。"

队长冷冷地说："好吧，那就赶紧去吧。"

旺布闷闷不乐地回到家，向母亲和妻子说了生产队长的决定。

对于这一突然的决定，母亲和妻子顿时感到惊愕。当然，她们也清楚生产队长的火暴脾气。让她们困惑的是生产队的羊倌这一工种没有轮替之说。

母亲心疼旺布，问："你现在就要去牧点吗？"

旺布说："是的，妈妈。牧包上没人放羊，现在就得去。我去牧包之后，就没法子照顾您了。"

母亲问："那，什么时候能回来呀？"

旺布回答："不知道，一切听从队长的安排。妈妈您要保重啊！"

"唉！"母亲很无奈，她长长叹了一声，然后说，"我没事的。你一个人去野外牧点，自己要多保重啊！"

旺布说："妈妈，我没事的。"

娘俩说话间，妻子给旺布备好了秋冬用衣服、鞋帽等用品。

妻子说道："除了放羊，每天三顿饭也都是你自己做，你可要自己照顾好自己呀。

王布和母亲（王母叫于顺，生于 1927 年 1 月，1995 年去世）

现在天气一早一晚已经挺冷了，可别冻着。"

旺布说："没事的，你不用为我操心。你在家里要照顾妈妈和孩子们，以后要辛苦你了。"

妻子说："没事的，你就放心去吧。"

旺布转过身来向妈妈鞠躬，说："妈妈，那我就走了。"

说完，背上简单的行囊就独自赶往生产队牧点。

看着儿子远去的背影，老母亲慢慢拭去脸颊上的泪珠。

旺布去的是生产队唯一的野外放牧点，距离西哲里木村有 30 多里远，处在一个偏远的山窝子里。牧包上现在有 150 多只绵羊，80 只多山羊，总共有 230 多只羊。

旺布紧赶慢赶，在太阳落山之前赶到牧点。只见饿了一天的羊群都挤

到圈门口，咩咩咩，在不停地叫唤着。

眼前的这一幕顿时让旺布起了怜悯之心，他赶紧打开羊圈门，把羊群放了出去。

奔跑出去的羊群撒向山坡，犹如轻风中的白云一样移动着。

看着逐草而去的羊群，旺布郁闷了半天的心得到一些舒缓。随后，他走进牧包，解开背带，把行囊放在炕上。

这个牧包是两间三根檩子的低矮土房子，面积只有30多平方米，里间是羊倌的寝室，靠南窗户有一铺火炕，地中央有一个用土坯搭起来的火炉，它用拐脖子炉筒往外排烟；外屋是厨房。里外屋窗户都不大，墙壁是黄泥抹的面，没有粉刷，天长日久被烟尘熏陶的屋子，在夕阳下显得非常昏暗。

此时，背着行囊走了好几个钟头山路的旺布觉得口渴。他走进厨房揭开水缸盖，一看缸里没有水。他无奈地摇摇头，把盖子放在一边。旺布知道，牧包上没有井，吃水要到牧包西侧的小溪去挑水。于是，他拎起扁担和两只水桶来到小溪旁。

秋天的溪水十分清澈。旺布用双手捧起水，一捧一捧地喝起来。溪水很凉，喝着清爽，喝足了水，他静静地坐在溪水旁，看着悠然啃草的羊群。

山涧，草原，湛蓝的天空，雪白的羊群，像一幅水彩画卷映入眼帘。他静坐在溪水旁，听溪水流淌，闻青草芳香。

旺布心想："这片有山、有水、有树林、有羊群的杭盖草原还挺美的。蓝天、绿地、羊群和我，就是我的生活、我的工作、我的世界。"

在溪边坐了约一刻钟后，他起身挑来一挑水倒进水缸里。

就是从这天傍晚起，旺布成了这片牧场的主人。

晚饭后，旺布走到室外。

山风轻轻地吹拂着，此起彼伏的蝈蝈、蛐蛐鸣叫声从草丛中传来。他听着天籁之音，仰望浩瀚太空，满天星辰闪耀。

旺布觉得牧包上空的星星似乎要比村子上空的星星更亮、更大、更多。

夜，渐渐深了。

风，轻轻地吹。

西哲里木草原地广人稀。在偌大的山间牧场上，旺布没有可说话的人，也没有鸡鸣犬吠，一时间他很难适应独守牧点的日子。尤其是每天晚上放牧归来，牧包里阴冷、昏暗，悄无声息。每到这时，他特别想念膝下儿女、年迈的老母亲和贤惠的妻子。来牧点之前，虽说日子过得清贫，却能天天享受天伦之乐。而在这里，陪伴他的只有回忆、思念和寂寥。

（二）

过了十几天后，旺布慢慢地适应了这种单调、枯燥而又艰辛的牧羊劳作和独居的生活方式。

牧点周围有柞树、桦树、杏树、蒙古榆等十几种阔叶树，连绵成片，形成天然的次生林带。让旺布时刻担心的是这一带的丛林中，经常有野狼出没，使得他不得不天天绷紧神经，手拎着木棍，跟在羊群后面。旺布知道，生产队的羊群与自己的命运是连在一起的。无论什么因由，羊，绝对一个都不能少。他既要保证羊群的数目，还要保证羊群的膘情，加上一日三餐还要亲自来打理，因而，他每天都要从早忙到晚。

对羊群来说，抓好秋膘十分重要，膘情好才能增强抵御严寒的能力。深秋，原野上的草籽成熟了，让羊群在入冬之前的一个多月时间里，每天尽量多采食一些草籽，就能保证多上点儿膘。因此，旺布每天晚上日落后才往回撵羊，等回到牧点时，往往到了晚上八点多钟。

群羊每天吃得饱饱的，毛色也由过去的白色，渐渐变成白里透黄，有了油性。而旺布自己的生活却失去规律性，每天晚上收工后，疲惫了一天的他，简单对付几口饭就歇息。

艳阳高照的秋天很快就过去了。小溪渐渐封冻，雪花纷纷飘落，漫长的冬季开始了。

冬季，西哲里木草原上积雪较多，羊不用饮水。

旺布自己吃的水，则通常要到小溪里刨冰，挑回牧点后融化饮用；赶上风雪天的时候，则将牧包附近的积雪拿过来融化沉淀后煮饭。

随着寒冬的到来，牧包上的生产、生活变得更加艰辛、单调和枯燥。

为了让羊群吃饱，旺布每天清晨草草地吃完早饭后，兜里揣上一些爆米花就跟着羊群走。饿了他就嚼几口爆米花，渴了，把覆盖在大地上的白雪捧起来送进嘴里。日落之后，他才撵着羊群归来，日复一日，天天如此。

由于长时间饮食结构失调，导致营养不良，旺布的身体越来越消瘦，体能在明显下降。

（三）

1966年的隆冬，科尔沁草原天气异常寒冷。

旺布最担心的事情莫过于羊受冻挨饿后，抵御不住严寒而冻死。恰恰今年因春夏连旱，牧草长得不好，牧包上储备的饲草太少，只够明年春天接羔的时候饲喂羔羊和体弱的母羊。因而，不管遇到什么样的恶劣天气，旺布必须每天都要在野外放牧。

从农历十一月十八那天开始，连续四五天都是大风天气。旺布没有退路，萧萧寒风中，他坚持每天按时牧羊。

十一月二十三这天早晨，太阳刚刚升起不久，旺布就早早地把羊群赶到牧包南面的山坡上。由于有积雪，羊觅食的时候要用两个前蹄不停地刨开雪，从雪层下面扒拉出草来吃，消耗体力不说，还很难吃饱。旺布看着羊群艰辛觅食，心里很是着急。而现在他唯一能做到的是给羊群足够的觅食时间，尽可能让它们吃饱。

羊群越过山梁逐草而去，离牧包渐行渐远。

临近中午时分，山上再次刮起西北风。羊群顺风觅食。

旺布没有预料到的是，到了下午三点来钟的时候，风力突然变大了，山风裹挟着白雪猛劲吹过来，羊群开始顺风向前移动。旺布还以为风头过后风力会减弱。没承想，今天的风越刮越大，顺风而去的羊群距离牧包越来越远。旺布想奋力圈住羊群，然而，此时一切都是徒劳的，狂风飞雪中的羊群，犹如从闸门里倾泻出去的水流，截住了左边的，右边的往前涌；截住了右边的，左边的又往前跑。

山风劲吹，羊群疾走。孤身无援的旺布急出一身汗。

在旺布不停地来回跑动、吼叫声中，太阳落下山了。

大风，仍旧不停地咆哮着。

风雪中的群羊相互簇拥着不停地顺风跑动。

自然之力的不可抗拒让旺布感到从未有过的恐惧。

此时此刻，在他心里，羊群要比他的生命更重要。遗憾的是，身单力薄的他，无力钳制住羊群顺风而下。

无助的他极力吼叫着、跑动着，尽力阻止羊群快速顺风走远。

天黑了，山风仍然不住地呼啸着……

约莫到了夜里十点来钟，风，渐渐地小了，人和羊都能顶风睁开眼睛。而此时，羊群距离牧包已经走出将近三十里地远了。看到羊群不再随风跑动，旺布悬着的心才落地。

他站在羊群前面，让羊群就地歇息了一会儿，然后再往牧包方向撵。

夜深了。旺布在雪地里赶着疲惫的羊群，一步步向牧包方向慢慢走。

由于长时间在寒风暴雪中奔跑，一些羊羔和体弱的老母羊已经没有体力继续跟群走，有的走着走着就趴在地上了。

旺布只好把实在走不动的小羊扛在肩上、抱在怀里，艰难地向前走。挪一挪，停一停，一直折腾到凌晨三点多钟，才把羊群赶回牧点。

着急、上火、受冻、饿着肚子折腾十多个小时后，第二天早起时旺布感到发烧、头晕、嗓子肿痛、两腿发沉。他真想再好好睡上半天，可是牧包上就他一个人，没有人替他放羊。

"昨晚羊群跑得太远，又没吃着草。累了，饿了，就抵御不了严寒，弄不好有可能会冻死一批。不管什么原因，在牧点上，生产队的羊哪怕死一只，都将是'事件'，如果死一批，那么我一个人守护的牧场，注定将成为说不清的'大事件'。我和我的家人是承受不起这样的重责的。"想到这里，旺布硬是咬着牙起床了。他点燃炉火后，做了一碗疙瘩汤。

饭后，他迈着沉沉的脚步，一步步走到羊圈门口。这时，一些膘好、体力好、饿着肚子的羊，早就挤到羊圈门口在咩咩咩，拉着长调不停地叫唤，等着旺布给它们开门。

旺布对急着要出去采食的羊群说："你们饿了吧？别着急啊，我这就给你们开门。"他一边说一边把羊圈门打开。只见，群羊一个挨着一个，低着脑袋，使劲儿向前簇拥着从圈里跑了出来。

疲惫不堪，正在发高烧的旺布，在裤兜里揣上爆米花，拎起木棍，跟着羊群，又开始了新一天的牧羊劳作。

到了半晌，头晕眼花的旺布觉着胸闷，后来咳嗽起来，嗓子也越来越紧。等到晚上牧归时，他觉着有封喉之感，迈腿时特别费劲。

一晃十来天就过去了，旺布一直持续高烧，体力也越来越弱。他心想："这是怎么了呢？我这壮汉怎么就扛不住这点儿风寒呢？"

旺布在心里默默叨咕着："坚持，一定要再坚持住！绝不能让生产队的羊有损耗，一只都不能死掉。"

他拖着越来越虚弱的身躯，依旧每天在雪地里放牧。

（四）

旺布有一位好友，名字叫占布拉。他家住在距离西哲里木村五里多远的北屯子。自从旺布被派到牧点，两人已有四个多月时间没见着面了。这一段时间，他心里挺想念旺布。进入腊月后，生产队没啥要紧的活可干，于是，腊月初七那天早晨，占布拉顶着西北风，踏着积雪，深一脚浅一脚地向旺布所在牧点方向走去。

走了三个多小时，绕过七八个山梁，临近晌午时分，占布拉在一片银白色的山坳里，看到了围着栅栏的牧点，距离牧点约一公里多远的西山坡上，有一群羊。

等占布拉再走近些时，看见头戴黑色棉帽，上身穿白茬羊皮大衣，下身着黑裤子的旺布正坐在雪地上瞅着羊群。占布拉心想："三九天在雪地上坐着，他不怕冷？"便喊道："旺布，你真是火力旺啊！"

听到这熟悉的声音，旺布转过身来，看清楚是占布拉后，他用木棍支撑着身体，艰难地站立起来。

此时的旺布脸色变得蜡黄，嘴唇憋得发紫，两只眼睛没了精神。看到眼前旺布的样子，占布拉的心里咯噔一下，脱口而出："喂，旺布，你这是怎么啦？"占布拉赶紧小跑两步，扶住打晃的旺布。

旺布喘着粗气，一个劲儿地咳嗽，断断续续地说："感冒了。"

占布拉问："是啥时候感冒的？"

旺布说："已经有十多天了。"

占布拉带着责备的语气说道："那你还硬撑着干啥呀？"

旺布说："我寻思，一个感冒，三五天还不好吗？可是一直不见好，这几天越来越重了，全身一点儿力气都没有。"说完又是一阵咳嗽。

占布拉说："那怎么还不回家去呢？"

旺布指着羊群，上气不接下气地说："我回家？它们怎么办呐？这些羊要是没人放，不得饿死吗？再说了，这寒冬腊月的，谁能替换我呀？你来得正好，能不能帮我放两天羊，等我缓过劲来你再走，好吗？"

占布拉赶紧答应："行，帮你放羊，这倒好说啊。"

听到占布拉这句话，旺布心里踏实了，脸上泛出一丝喜色。

旺布说："来，我们俩把羊群往牧包跟前撵一撵。唉！天这么冷，你还过来看我，挨冻了吧！"

占布拉说："还好。爬了这几道山梁子，我都冒汗了。"他边搀扶着旺布，边赶羊，慢慢往牧包方向走去。

就在这时，一阵山风袭来，吹到脸上，占布拉顿时觉得像是拿刀刮一样痛。心想："这是个什么鬼地方，环境竟然这般恶劣。"

进到屋里后，占布拉让旺布躺在炕上，他赶紧把屋子里的炉子给点燃。

占布拉关切地说："旺布，你这不是在糟蹋自己吗？可不能这样硬撑啊！"

旺布回答："没办法啊。"

占布拉说："你吃啥药呢？"

旺布回答："牧包上哪有什么药品呐？啥药都没吃过。头几天晚上睡觉的时候，用被子捂着睡，我寻思发发汗兴许会好呢，可是没什么效果。"

占布拉说："你这病肯定是着急上火，外加风寒引起的。"

旺布说："遭遇那样的糟糕天气，能不上火吗？万幸啊，总算把羊群安全地撵回来了。"说到这里，又是一阵咳嗽。

占布拉抬起右手，挠着脑袋，叹了一口气，说道："真是的，这可该咋整啊？"

看到病成这样的旺布仍在坚持放羊，占布拉心里酸酸的。仅仅百十天没见着面，一个身强力壮的中年汉子，怎么就变成这般模样了呢？占布拉倒吸了一口凉气。

占布拉一边听旺布叨咕十多天前遭遇暴风雪的事情，一边在心里琢磨："如果再这样耗下去，指不定哪天，他就会扔在这里。"但是，这话，作为好友的他，又不能随意说出口。占布拉用炉钩子捅咕捅咕炉子里烧结成块的羊粪，又看了一会儿炉火，然后抬头对旺布说："这样吧，我现在给你先熬点粥，你暖暖身子。等吃完饭后我回去，给你们生产队长汇报你的病情。你现在的身体状况不是三天两头就能恢复得了的，必须让医生给你治疗才行，可不能再耽误了。"

旺布细寻思，占布拉说的话有道理。于是就说："下午你先替我放一会儿羊。在这三九天，羊在夜里不能饿肚子。我每天都要等到天黑才回来。"顿了一下，旺布接着说："今天你就别回去了，明天再走吧，让我休息半天吧。行吗？"

占布拉说："也行，那我就明天早晨再走。"

按着旺布的请求，在雪地里，占布拉替旺布放了一下午羊。牧归后，他和旺布吃了中午剩下的粥。

身体十分虚弱的旺布，喝完一碗粥后又躺下了。

占布拉原本有很多话想和旺布唠，可是现在的旺布，最重要的是好好休息，占布拉早早地熄了灯。

夜幕下，圈里的群羊静下来了。只有山风还在吹。

牧包外滴水成冰。

夜深了。依旧发烧的旺布一直在咳嗽。躺在一旁的占布拉翻来覆去，心里十分焦躁。他觉得今夜寒冷而漫长。

第二天清晨，占布拉给旺布做完早饭后，从羊草垛上背过去三大捆羊草散在羊圈里，心里焦急的他吩咐旺布道："你的身体透支太大了，已经两脚打晃，站都站不稳，千万别再出去放羊啊，绝对不能出去的！"

躺在炕上的旺布，点头答应了。

说完，占布拉三步并作两步走，赶紧跑到西哲里木村，向旺布的生产队长汇报旺布的病情。然后，他又找了辆勒勒车，再次奔向旺布所在的牧点。中午刚过，他就赶到牧点。

占布拉本想马上把旺布接走，可是，这时接替旺布的新羊倌，还没来到牧点呢，旺布没法走开。

大约下午三点来钟的时候，接替旺布的新羊倌才到。旺布、占布拉一起赶紧和新来的羊倌做交接，给羊群过数。不觉间，又到了夕阳残照时分。

在瑟瑟寒风中，占布拉赶着勒勒车离开牧包，连夜把病重的旺布送回他家里。

（五）

在煤油灯下见到病重的旺布的那一刻，他72岁的老母亲惊出一身冷汗。老人家是过来人，她看到儿子的神色和体态，已经羸弱到如此程度，顿时心里着慌了。她对旺布说：“什么事情都没有生命重要啊！你说，你这是怎么搞的呢？你怎么病成这样才回来呢，啊？”

老人家一边抹眼泪，一边责备儿子。

旺布说：“不要紧的，妈妈，我没事的。”

妈妈：“你还说没事呢，到什么程度才叫有事啊？”

心里焦急的老人越说越上火。说着说着，呜呜哭了起来。

旺布的妻子赶紧安慰婆婆。

这天夜里，旺布一直在咳嗽着。母亲和妻子一宿都没睡着。

现在的旺布急需到医院治病，可是眼下家里分文没有，母亲和妻子急得嗓子直冒烟。

母亲一边祈祷，一边找来偏方给儿子用。

一晃几天过去了，偏方毫无用处，母亲的祈祷也无济于事。旺布面色憔悴，依旧发烧、咳嗽、哮喘、呼吸费劲。

在没得病之前，旺布是村子里的一等劳动力。而这次患病后，往日的精神头儿荡然无存了。

母亲对儿媳妇说：“孩子，得赶紧想办法张罗钱呐，可不能再拖了呀。”

儿媳妇噙着眼泪说：“妈妈，这几天我该去的人家都去过了，没借着钱呐。要不然，我们把家里的奶牛卖了吧。”

老人家如梦方醒，点点头，说：“对呀。救命要紧，赶紧把牛卖了吧。”

旺布家里有一头奶牛，也是他家唯一的一头牛。这头牛在村里牛群中属于一等牛。

旺布的妻子征得婆婆的同意，决定赶紧卖掉这头奶牛，给丈夫治病。不过，事情并不像她们想象得那么简单。在那个特殊的岁月，无论是自己家的牲畜，还是生产队集体的牲畜，买卖牲畜必须得到生产队领导的许可，另外还要有大队领导的批条，所有手续俱全后，收购部门才敢收购。

由于已到腊月中旬，加之人们忙于抓"运动"，搞"批斗"，生产队领导班子迟迟没有商议旺布家卖牛一事。卖牛的事情就这样一拖再拖，一直拖到正月里。

忐忑地等待了一个多月后，终于得到销售许可的批条。于是，8 岁的王布和同妈妈一起，牵着这头奶牛来到供销社收购部。

收购牛的人叫陶特格，他是科右中旗土畜产公司驻西哲里木供销社的收购员。这个人很有同情心，当他得知王布和卖牛是要给爸爸治病时，本来按当时收购价格也就能值 80 多元钱的奶牛，他给到 120 元的超高价格。雪中送炭，让王布和一家人十分感动。

第二天早晨，王布和的妈妈从生产队求到了一辆勒勒车，拉着丈夫赶往距离西哲里木村 30 公里远的吐列毛杜公社卫生院。

在 20 世纪 60 年代，吐列毛杜公社是科右中旗北部重要门户。因而，这里的医疗水准相对还是比较好的。

勒勒车在山路上嘎悠嘎悠行走了 7 个来小时，日落后才到达吐列毛杜公社卫生院。尽管这时医生已经下班了，但是旺布是重症患者，卫生院当晚就接诊了。然而，前前后后已经耽误治疗将近两个月，旺布的许多器官包括心脏、肾脏、肺部在内，都已经衰竭。主治医生把旺布的妻子叫到病房外面说："你丈夫的病太重了，为什么不把患者早点儿送来呢？"旺布的妻子小声地对医生说："我们早就想来啊，可是一直没张罗到钱。"接着她把丈夫患病的前因后果给医生说了一遍。主治医生听着听着也同情起来，随后摇摇头说："唉！病人身体太弱了，主要内脏器官都有不同程度衰竭，恐怕谁都没办法治好他的病了。"

旺布的妻子一听这话就着急了，眼泪忍不住滚落下来，哽咽着央求道："医生，你们一定要想法子救救他呀！家里上有老人，下有一帮孩子，你们可得救救他呀，求求你们了……"

医生摇摇头说："你别哭了，已经到这份上了，我们只能尽力吧。"

旺布的妻子赶紧拭去泪水，颤巍巍地说："谢谢你们！谢谢你们了！"

从当天晚上开始，医生就给旺布进行输液治疗。

住院治疗一个多月后，旺布的病情仍不见好转。他意识到，医生可能是没有回天之力了。

病重的他对自己的身体状况极不放心，觉得有今天，不一定能有明天。此时，他特别想看一看心爱的长子王布和。恰好在医院碰到个熟人，是旺布后屯子的人，这两天他要回家。于是，旺布就让他捎个话儿给儿子。

得知病重的旺布想念儿子，奶奶决定让8岁的王布和同他姐姐一起，去吐列毛杜公社卫生院探望父亲。

这天早晨，奶奶贴了一大锅苞米面饼子，王布和姐弟俩就着咸菜吃饱后，又在挎包里装上几个贴饼子。奶奶告诉王布和，沿着霍林河东岸的山路，一直向东南方向走，就能到达吐列毛杜公社，就能见到爸爸。

山路崎岖，走出村庄10多里后才看到另一个山村。从来没走出过西哲里木村地界的王布和姐弟俩，按着奶奶指的方向继续往前走，当行走到30多里地后，姐弟俩已然满身是汗，腿脚也有些发软，于是，他们在路边就地坐下，休息了一会儿。

农历二月份的科尔沁草原，临近中午时分，阳光直射，起初身上有热乎气，并不觉得冷，静坐下来后，后背上却是凉飕飕的，姐姐问王布和："累不累？"

王布和笑着说："不累。"

姐姐说："那我们就快些赶路吧。"

王布和立马站立起来说："走吧，姐姐。"

小孩子体能恢复快。他们又向前慢慢行进着。

大约走了50里路，他们又路过一个村庄，此时姐弟俩已经累得口干舌燥。

王布和说："姐姐，我渴了，想喝水。"

姐姐说："我也渴了，我们找个人家喝点水吧。"

于是，姐弟俩走进路旁的一户村民家里，想要点儿水喝，这户人家的老阿妈看到冻红了小脸蛋儿的两个孩子，很是怜悯，问清楚缘由，给他们倒了两杯开水，同时问他们饿不饿。王布和姐弟俩说，半路上吃过从家里带的贴饼子，不饿。

姐弟俩歇息了一会儿，又上路了。

两个孩子走走停停，日落前终于来到吐列毛杜公社卫生院。

王布和轻轻推开病房的门，走到爸爸的床前，亲热地叫了一声："爸爸！"

听到儿子、女儿熟悉的声音，旺布再也抑制不住激动的心，呜呜地放声哭了起来。

看到爸爸泪流满面，王布和赶紧说："爸爸不要哭，爸爸不哭！"他一边说，一边赶紧给爸爸擦泪水。

旺布紧紧地攥住儿子的手，哽咽着说："走这么远的路，让你们受累了。"

此时，王布和姐弟俩也都掉下眼泪。姐弟俩说："爸爸，我们不累！"

"哎！"旺布长长地叹了一口气，自责道："你才8岁，你姐姐才14岁，我不该让你们赶这么远的山路啊。"

王布和收住眼泪说："爸爸，我们想见您，我真的不累！"说完，他嘿嘿一笑。

看到儿子笑起来，旺布也乐了起来。

说话间，王布和的妈妈在病房里的火炉上，给姑娘儿子俩熬了一小盆小米粥。

第二天早晨起床时，王布和的两个小腿肚子变得硬邦邦的。这件事，他没有告诉爸爸妈妈。

王布和在爸爸妈妈身边住了两宿，第三天姐弟俩才回家去。

（六）

又过了半个月，在吐列毛杜公社卫生院欠下部分医药费后，不见好转的旺布觉得实在是不能再住下去了。于是，和妻子商量后，回到家里调养。

旺布家住的是两间低矮土房。南北两铺炕，旺布躺在南炕炕头上。窗户分为上下两扇，都不大，上层窗户糊的是窗户纸，下层窗户镶的是透明玻璃。屋子里的棚顶是用高粱秸秆并排捆扎而成的，因长时间被烟气熏着，早已变成墨褐色，与它一起被熏成同样色调的还有支撑屋顶的五根杨木檩子。光线极差的这个屋子使人感觉喘不过来气。

王布和的妈妈虽然勤劳，肯吃苦，但生活环境的糟糕和家里顶梁柱的倒下，使她本来压抑很久的心，被挤压得一丁点儿弹性都没有了。

面对躺在炕头上的病人，王布和一家人感到从未有过的无助。

严峻的现实不断摧残着原本脆弱的心理防线，病魔不断地折磨着旺布。他的病情在一天天加重，病痛使得他常常把牙齿咬得嘎吱嘎吱作响，但他却从不呻吟。当疼痛略微缓解时，他就睁大眼睛环顾四周。

因为日复一日地经受煎熬，他渐渐地被病痛折磨得只剩下皮包骨头了。

看着丈夫带着一副倦容与病魔吃力地抗争，旺布的妻子只能把泪水往肚子里咽。有时她一个人仰天长叹，却不会轻易地在丈夫眼前掉下一滴泪水，她不想给心爱的人增添痛苦。这一段日子，纵使有千言万语想倾诉，却找不到"回音壁"，她的心如同被刀绞着。

王布和全家人已经很长时间都不知道笑是什么样的了。爸爸天天盖着被子躺在炕上，妈妈常常皱着眉头，王布和盼着爸爸能重新站起来，可是，这一天迟迟没有到来。

为了让爸爸静养，王布和姐弟几个小孩子，在屋子里说话都是小小的声音，就怕惊扰爸爸。

不知不觉中，夏日到来，院子外边原野上百花争艳。

从南方飞回来的燕子，在飞跃滑翔中演绎它们的歌舞，繁衍它们的后代。

旺布挣扎着坐起来，透过窗户，看着院里院外飞起飞落的燕子爸爸妈妈们，一个个在奋力啄来小蚂蚱，养育叽叽喳喳叫个不停的小燕子宝宝，他心里一阵酸楚。回过头对自己的妈妈说："妈妈，您看看这些燕子多么快活！唉！我这身体太不争气了，我本应该是出力气养家才是，现在却竟然下不了炕了，孩子们还都这么小。"

妈妈赶紧说道："你不要泄气呀，好好养病，你一定会好起来的。现在夏天到了，蔬菜瓜果接连下来了，我们好好调理调理饮食，很多疾病啊，只要能挺过夏日伏天，就会康复的，我们要有这个信心才行啊，你说对不对？"

母子俩聊了几句话，然后，老人就把话茬给支了过去。

过了一会儿，旺布回想起去年在生产队牧点放羊时的情景，对他母亲说："那时，在那么大的山野，就我一个人，一群羊。天天跟在羊群后面，有时跑过山梁，有时穿过林带，虽然就我一个人，又那么累，却同天地、山水、草木、羊群，那样亲近，亲近得好像我自己就是那个小小世界的主宰，那时，我有使不完的力气呀……"

妈妈很骄傲地说："是啊，你在得病以前，体格就是好，这些年从来不知道感冒。"

旺布叹了一口气。说："妈妈，人呐，健健康康的真好！"

旺布的老妈妈还想说几句宽慰儿子的话，可是，一时语塞。

老人家静静地看着儿子的面庞，她发现儿子这一段时间更加憔悴了。年迈的她有泪不敢流出来，心中的苦难不知向谁去诉说。无奈的她点上烟袋，慢慢吸着。

经过半年多时间的反反复复，如今，旺布的病时好时坏，极不稳定。

炕上长久躺着重病号，全家人都时时刻刻绷紧神经，日夜都在担心着。

（七）

7月初，学校放了暑假，供销社来了收购药材的采购员。村子里好多中学生都到野外去挖药材，8岁的王布和也跟着邻居家的哥哥们上山挖防风、黄芩、桔梗等。几天后，他把晒干的药材拿到供销社卖了，然后想用这笔钱给他爸爸买酒。可是，在凭票供应商品的年代，白酒属于紧俏商品，没有购酒券，他买不到。

一手拎个空瓶子，一手攥着钱，却买不来酒，年幼的王布和左顾右盼，不知如何是好。

供销社售货员知道王布和父亲的身体状况，他想帮助王布和实现这个心愿，于是找到供销社负责人，给特批了半斤白酒。

王布和小心翼翼地把酒拎回家给爸爸，他爸爸高兴了好几天。

看到久病不愈的旺布有了笑容，全家人都很开心。

（八）

随着秋日的到来，地处高纬度的西哲里木草原一早一晚开始凉爽起来。

这一段时间，又赶上秋雨连绵，天气冷暖不均。灰蒙蒙的天空，让人的心情特别郁闷。旺布的身体也如变幻不定的天气一样，好那么几天，又闹腾几天。

大门外墨绿色的榆树叶子，在低温中由绿渐黄，而杏树叶则由淡红色变成紫红色。

旺布觉得这一年的秋日，似乎在转眼间匆匆滑过了。

风起处，原野上叽里咕噜地飘着暗红色的、黄褐色的、灰色的树叶子。灌木丛里的枯叶，在微风中不停地沙沙作响。

进入立冬以后，气温下降得很快。

旺布躺在炕上，艰难地睁开眼帘环视着周围，阴暗的屋子里，寂静得似乎飘落下来尘埃，都能听得见一般。

旺布已经3天没有进食了。由于心衰，他不能躺下，早已脱相的他，呼吸越发困难。不仅如此，现在他的内脏像是火燎一样的灼热，没有血色的嘴唇持续发干。旺布感觉时日不多了，他用微弱的声音断断续续地对妻子说："你知道吗？我多想活着，每天和你一起看日出日落，看孩子们长大，我们一起养活一家老小。可是，长生天不让啊！"

妻子轻轻地说："你不要说这样的话，你要给我好好活着！孩子们还都这么小，我们俩要一起把他们抚养大，你一定要好好活着啊！"

旺布摇摇头，说："我挺不住了。你也尽力了，是我的命不好啊……"

妻子说："你要挺住。妈妈不能没有你，孩子们不能没有爸爸，你要给我好好活着！啊！"

旺布轻轻地说："妈妈岁数大了，孩子们太小了，你一个人要拉扯他们，苦了你了！唉！你我都是苦命人呐！"

妻子轻轻地说："我要你好好活着，啊！"

旺布摇摇头，慢慢地说："谁都不想死啊，人要活多少岁，自己说了不算的。妈妈和孩子们就拜托你了！"说这句话时，他的泪水已经溢出了眼眶。

妻子紧紧地握着丈夫的手，哽咽着说："不要说不吉利的话，你要好好养病。"

旺布摇摇头。

此时，旺布的呼吸越来越费劲。

1967 年 11 月 21 日，这一天是农历十月二十日，星期二。就在这天上午，连续折腾 9 天的旺布撒手而去。他的老妈妈抱着儿子撕心裂肺地喊："旺布，你醒醒，你醒醒啊，你再睁开眼睛看看妈妈，看看你的孩子们呐。旺布，旺布，我的儿子啊，你醒醒，你醒醒啊，你不能撇下妈妈就走啊！你才 38 岁呀，你醒醒，你醒醒啊……"

静静的山村小院悲声四起，眼睁睁地看着亲人离去，一家人号啕大哭起来。

这一年，王布和的小弟弟还不到两周岁。

这一天特别的冷。更让王布和一家人寒心的是人情温度也降到零度。

在特殊时期，因旺布家庭成分不好，人们害怕给自己沾惹上不必要的麻烦，竟然没有亲友、乡邻来为他料理后事。

为了让逝去的人早点儿入土为安，王布和的母亲与几个孩子们一起，把逝者抬上勒勒车，送到西山的阳坡上，草草地埋了。

王布和的父亲去世这一年，他奶奶 73 岁，他妈妈 36 岁。

父亲的逝去在王布和幼小的心灵上留下了永不愈合的伤痕。也是从这时起，8 岁的王布和，同他的姐姐弟弟们，失去了父爱，也失去了许多童年的欢乐。

黯然失色的童年，犹如湛蓝的天空一夜之间被雾霾罩住，久久不能散去。

如履薄冰的日子，让王布和一家人感到莫大的压抑。

没有支撑，没有依靠，王布和不知道明天是阴是雪，还是阳光明媚。

12月份后，科尔沁草原就进入隆冬时节，原野上覆盖着厚厚的积雪。从西伯利亚刮过来的寒风，卷起漫天飞舞的白雪，毫无节制地向东南方向使劲儿地吹着。

王布和的父亲去世后，他奶奶由于过度悲伤，很长时间如同丢了魂儿似的打不起精神。在老人家心里，儿子就是命根子，是心理依托，是养活一家人的顶梁柱。如今，儿子年纪轻轻的就没了，她觉得天塌下来了，每天以泪洗面。王布和的妈妈非常担心婆婆的身心，极力去开导她，可是，老人家依旧振作不起来。

冬日，外面冷，屋子里也冷。这天晚上点灯以后，孩子们一个个都钻进被窝里。在煤油灯下，王布和的妈妈一针一线地给孩子们纳鞋底。

王布和的奶奶盘腿坐在儿媳妇对面，点燃烟袋吸了几口。她瞅瞅屋外，又瞅瞅孙子、孙女们。然后对儿媳妇说："这日子过得多快呀，一转眼，我儿子走了已经一个月了。你说，这长生天怎么就不让我替我儿子去呢……"

说着说着，老人家的眼泪又滑落下来。

王布和的妈妈赶紧说："妈妈，您是上了年纪的人，可不能这样悲伤下去。总这样悲伤，您的身体会撑不住的。妈妈，您好好想一想啊，人没了，再怎么着也是回不来的，是不是啊？可是我们活着的人还要过日子，您说对不对呀？您看孩子们还都这么小，我要想法子把他们养大。您打起精神罩着我们，我好甩手干农活啊，妈妈，您说对不对？"

婆婆哭哭啼啼地说："我都这把年纪了，死了，活了都不要紧。可是我儿子才38岁呀，他这么年轻就没了，我心里实在是难受啊。"

王布和的妈妈说："妈妈，您想儿子是对的！但是，您也要明白，人没了，是不能复活的，这是现实啊。"

婆婆说："如果穷人吃药不花钱，那该多好啊！"

王布和的妈妈说："是啊。可是，那得啥时候啊？病人等不起啊！"

婆婆说："要是我们村里有个医生，我儿子一定会活得好好的。"

王布和的妈妈说："妈妈，您的这些想法，距离我们太遥远了。"

婆婆说："是啊，太遥远了！我是看不到那一天了。唉！怎么就没个好医生呢？这点病就夺走我儿子的命。"

王布和的妈妈说："妈妈，这不是因为他刚得病的时候没有及时治疗，给耽搁了吗。后来不是家里困难治不起吗？"

婆婆说："这日子过得真是窝囊啊！这是啥日子啊！老天为什么不保佑我们呢？"

王布和的妈妈说："这又有什么办法呀？"

"唉！"婆婆叹了一口气，说，"我儿子怎么就这个命呢！怎么就不让我替我儿子去呢。"

王布和的妈妈说："妈妈，您是过来人。这么多年，您啥事没经历过？该过去的事情，您就让它过去吧。您说我失去丈夫能不难过、不悲伤吗？

可是悲伤归悲伤，孩子们不能没饭吃，我们还要继续生活呀，对不对？"

听着儿媳妇讲大道理，老人家擦一擦眼泪，说："唉！这都是命啊！你说他体格那么好的一个人，咋就说没就没了呢？啊？我儿子太年轻了，才38岁呀！撇下我们大家就走了，我揪心呐……"

王布和的妈妈说："妈妈您说得都对。我们难受过、悲痛过，可是我们不能再悲伤下去了，我们要想法子，把日子过下去才是正事。您看看，您的孙子、孙女都这么小，不把他们拉扯大，孩子他爸如果泉下有知，他在那边也是不得安呐，是不是啊？"

王布和的奶奶一边擦拭着泪水，一边点头说："你说得对。可是，我这心呐，老是堵得慌。我就想啊，他体格那么好，这点儿病咋就治不了呢，咋就要了他的命呢？我就是解不开这个心结啊。"

王布和的妈妈说："妈妈，您要想开些。这日子啊，我们还得过下去，不能让村里人看我们家热闹啊！您说对不对？"

婆婆点点头，慢慢地说："是啊，我们不能让别人看热闹。人要是自己不立事，别人扶着也没用。要是自己能立起来，别人就羡慕你。可是，这日子啥时候能出头呢？啊？嗐！"

老人家长长地叹了口气，对儿媳妇说："苦了你了，孩子。我们老的老，小的小，里外你一个人忙活，真是够你呛啊！"

王布和的妈妈说："妈妈，我们会好起来的，慢慢一定会好起来的。我相信，你儿子一定在高处、在远方看着我们呢。有他的保佑，我们会好起来的。"

婆婆说："唉！信命吧，要不然咋整啊！"

说完这句话，老人家轻轻地摇晃了几下脑袋，欲言又止。她用右手大拇指压一压烟斗里的烟灰，慢慢地吸着烟，默默地看着儿媳妇在灯下做针线活。

王布和趴在被窝里，静静地听着奶奶和妈妈唠嗑。

夜渐渐深了，老人家简单洗漱完了，和衣躺下。

王布和的母亲要赶在春节之前，给婆婆和每一个孩子都做一双新鞋，她继续在煤油灯下不停地纳着鞋底。

孩子们一个个进入梦乡，而婆婆翻来覆去地仍未睡着。

失去儿子后，老人家觉得没有了主心骨，日子过得一点儿色彩都没有，时不时地深深叹口气。

王布和的妈妈轻轻地说："妈妈，您睡吧！"

婆婆说："我这上了岁数的人，觉轻，不困呐。孩子，你也早点儿歇歇吧，这活啊，不是一个晚上就能干完的。"

王布和的妈妈说："妈妈，我现在还不困。"

"嗨！"老人家又深深地叹了一口气，然后翻了个身，没再继续说什么。

看着老人小孩都睡着了，王布和的妈妈心想："又是一天过去了！"这时，眼泪不由自主地滑落下来，她害怕被婆婆看见，赶紧转过身去擦拭。

日子一天接着一天过去。

在严寒和悲伤中，王布和一家人迎来一年一度的春节。这一年他们家没贴春联，也没有燃放鞭炮。

年三十上午，妈妈从柜子里拿出来做好的新鞋，说："过年喽，都穿上新鞋吧。"边说边递给婆婆和孩子们。

婆婆说："人人都有份，就你自己没有。"

王布和的妈妈赶紧说："妈妈，我的鞋子好好的。"随后，她对孩子们说："过年了，你们都玩去吧，我要煮手把肉了。"

奶奶点点头说："是啊，无论怎么着，年三十，全家人必须吃一顿手把肉啊。"

下午，王布和的妈妈在开饭之前，领着孩子们来到院子外面，找一处洁净的空地，用干树枝画了一个圈，把肉、菜、蓝白黑三色布条和半壶酒，连同印着铜钱花纹的黄纸一起烧了。

看着燃起的火苗，王布和的妈妈叨咕："孩子他爸，今天是年三十，过大年了！我和孩子们给你、给祖先们献供品了。孩子他爸，你放心好了，我会好好侍候妈妈，好好教育孩子们，请你在那边保佑大家吧！"

微风中，祭品在燃烧着。

等火苗熄灭后，王布和的妈妈说："来，孩子们，我们一起给爸爸磕头，给祖先磕头吧！"

一个没有愉悦的春节，在左邻右舍的爆竹声中，很快过去了。

正月十六那天下午，王布和戴上羊皮帽和羊皮筒袖子走出家门，不知不觉中来到村子南面的河边上。

霍林河水面结了厚厚的冰，沿河两岸，成片的红毛柳条窈窕赤身在白雪中，格外醒目。大雪覆盖地表，没有了食物，几只百灵鸟和栗斑腹鹀等山雀，似乎在抢夺各自的领地，在树林中时而飞起，时而落在树梢上，叽叽喳喳叫个不停。

年少的王布和独自站在霍林河畔，静静地观察着眼前的这一切。

过了一会儿，他抬头仰望苍穹，头顶上湛蓝的天空，没有一丁点儿云彩。这时，有一只山鹰从远处飞来，它在山林上空盘旋着，一会儿扇扇翅膀，一会儿滑翔着似乎在寻找什么，慢慢地，飞进远山密林中。王布和把视线又投向更远的天边，他极目远眺，发现在很远很远的偏东南方向有一片云彩，淡淡的薄云形成白色飘带，在蓝天映衬下显得十分淡雅。王布和深深地吸了几口清新的空气，觉得爽爽的。好奇的他心想："这天空到底有多大呢？在天空下，人怎么就这么小呢？爸爸的灵魂会在遥远的天边吗？……"想着想着，不知不觉泪水滑落到脸颊上。

"只有家里是温暖的。"王布和在心里这样想。他低着头慢慢走回自家院子里。此时，他妈妈正在院子里喂猪。

为了一家老小，王布和的妈妈每天都要从早忙到晚。看着妈妈常常疲惫不堪，王布和很是心疼。他默默地在心里说："我要早日成为妈妈的帮手，帮妈妈撑起这个家。"

王布和从 8 岁那年的冬天开始，背上小耙子跟着姐姐们到山上搂柴火，然后打成捆背回家。村里人见着都说："这小孩子背的柴火比他自己的个头还大哎。"

04

困苦

王布和的父亲去世后，一家人的日子过得越发艰辛。

父亲健在的时候，在生产队参加集体劳动挣工分、领口粮，养活一家老小。而现在这副沉重的担子全落在王布和的母亲肩上。她，白天要在生产队参加农业生产劳动，去挣工分养家，收工后还要回家做饭，侍候年迈体弱的婆婆，养育自己的三儿三女 6 个孩子。

为了贴补家用，她养了一口母猪和六七只母鸡。生产队按人口分的口粮，人吃都不够，母猪只能用野菜、泔水来喂。营养不良的母猪每年春天下一窝小猪羔子，留下一个猪羔慢慢养着，到了秋天育肥过春节用，剩下的仔猪全部卖钱，用于一家人必要的开销。母鸡是自然放养的，下不了多少鸡蛋。除了端午节，平时鸡蛋是不能吃的。每当积攒到十几个、二十个，就要卖给供销社，然后用这笔钱购买食盐、火柴、煤油灯的灯油，以及王布和姐弟几个每天要用的铅笔和作业本子。

现在让她最担心的是如何保证一家老小不饿肚子。

西哲里木村耕地少，而且头一年春夏连旱，庄稼歉收。生产队分给各家各户的口粮少，不够吃。为了节约粮食，从春天开始，妈妈常在午休期间，带着王布和姐弟们到山脚下、地头上、河套边，去采哈拉海、榆树钱、苋菜、马齿苋等能食用的野菜，拿回家来，掺和玉米面对付着吃。尽管这样，到了农历六月中旬，米袋子、面袋子都见底了。此时，距离青玉米下来，还有一个来月时间。

眼瞅着家里就要断顿了，这青黄不接的日子让王布和的妈妈十分焦急。她瞅着已然空空如也的米袋子发愁。无奈，她只好在腋下夹着面袋子，到屯子里找生活相对宽裕点儿的人家去借粮食。由于头一年农业歉收，家家户户都没啥余粮。有的人家同情她，给借个十多斤、二十斤糙米。

老少加起来8口人吃饭，借来的这点儿粮食，省着吃，也是几天就吃没了。她只好再出去借。本屯子里能借到的几户殷实人家都去过了，她又到后屯子去借。

5天，10天，20天，将近一个月后，自家院子里的青玉米可以煮着啃吃了，接上新粮了，不再断顿了，一家人犹如过年一样高兴。

王布和的妈妈特别讲信誉，等到秋粮下来，生产队给各家分发第二年口粮，她赶紧把所借的粮食，如数都还给人家。就这样到了第二年盛夏，还是缺粮断顿。

有一件事成为王布和久久抹不去的记忆。那是在王布和10岁那年深秋发生的事情。那年秋天，生产队社员把位于村子东南面的一块荞麦田割倒后，没来得及收进生产队场院，就赶上近半个月的连雨天，等到天晴时，潮湿的荞麦在地里已经发了芽。社员们看在眼里，急在心头，可是谁都没啥好办法。隔了一段时间，生产队长对社员们说："这些荞麦已经废了，不能吃了，不要了。"社员们感叹惋惜，却都无奈，连续好几天，人们纷纷议论这件事。而就在这时，王布和家又面临着断炊的窘境，看着孩子们一个个因吃不饱饭缺乏营养而面黄肌瘦的样子，王布和的妈妈找到生产队长，说："队长啊，求你一件事情，我家里口袋子又见底了，眼瞅着又要断顿了，我能不能把生产队这扔掉的荞麦，捡回来一些吃啊？"

队长板着脸说："荞麦让雨水浸泡得都长芽儿了，还能吃吗？一旦中毒了咋办？"

王布和的妈妈说："可是我们家马上要断顿了，不能让孩子们饿死呀。"

队长说："你要是不怕中毒的话可以去拿。但是，一旦出了什么事情，和生产队没有任何关系。无论出什么事，生产队一概不负责任的，知道吗？"

王布和的妈妈赶紧承诺，无论发生什么事情，都由她自己来承担。

回家的路上，王布和的妈妈心想："那么一大片荞麦田呢，怎么着也得有一些好的吧。即使不怎么好也是白捡的，只要孩子不饿肚子就行。"

就在当天下午，王布和的妈妈领着几个孩子，拿着簸箕、笤帚、木叉子、口袋子等家什，把田地里割倒的荞麦，一捆一捆背到地头，就地去打，傍晚时分，捡回来300多斤长芽儿的荞麦。晾晒干了之后，拿去碾坊轧成面粉，一家人几乎是天天顿顿吃荞面。后来王布和就落下毛病，只要吃荞面，一吃就反胃，就呕吐。王布和的妈妈得知这一情况后很是自责。王布和安慰妈妈说："妈妈，这事不能怨您，在那一段时间，我们家不吃这样的面吃啥呀？是我自己没注意才落下这毛病，我以后一定会小心的。"

王布和的妈妈说："不，是妈妈想得不够周到，害了你了，孩子！"

王布和的妈妈深深地叹了一声后，看着懂事的王布和轻轻地说："是妈妈不对呀，我光考虑不让你们饿肚子了，没想到这些长芽的荞麦，有的可能是内部发霉变质了，我没注意到这些，给你落下这毛病，这是妈妈的过错呀！"

王布和说："没事的，妈妈！我以后多注意就是了。"

"嗨！落下毛病容易，去根儿却难呐。"王布和的妈妈瞅着王布和，又长长地叹了一口气。

王布和说:"不要紧的。妈妈,我肯定没事的。"

王布和的妈妈摇摇头,欲说什么,却又无言。

王布和的妈妈一直有个心愿,自己再苦再累,也要想办法解决一家人的温饱问题。然而,现实和她的愿望总是差那么几步。她期望孩子们快点长大,更向往不愁吃、不愁穿,常常还能听得见欢笑声的好日子。

时光在不经意间流淌着。

科尔沁草原上的山村,一年四季分明得很。秋风起,雪花飘,春草萌芽,夏又至。

尽管营养严重缺失,王布和姐弟几个依然在长个子。看到孩子们一天天长大,王布和的妈妈在欣慰的同时又很自责。她责怪自己没有足够的能力让孩子们顿顿都能吃饱,也没有能力让孩子们穿上应季的服装。

从懂事开始,王布和的穿着同四季的变化并不协调,他的棉衣棉裤要穿到农历谷雨时节,脱掉棉衣直接就得穿单衣,中间根本没有过渡的服装可穿。深秋到霜降节气,天要冷了,单衣直接换上棉衣、棉裤。面对这种从服装上来讲,犹如一年只有两季的生活状况,王布和的妈妈也是欲哭无泪。

这样的日子还将持续多长时间?王布和一家人不得而知。就在这时,一个陌生人的到来让少年王布和感到惊讶!

05
等待

日子在一天天过去，转眼间，王布和虚岁 12 岁了。

这一年，王布和已经是小学四年级学生了。就在这一年春天的一个周末，一位懂医术的外地人悄然来到王布和所在的村子，给村里的病人看病。村子不大，有什么新鲜事传得快。听说村里来了个会看病的外地人，很多大人小孩都凑过来围观，王布和也和一帮小伙伴过来看热闹。这位神秘人物给患者号脉，给一个个病人迅速指出病情，让患者们佩服得五体投地。站在门口看热闹的王布和很是好奇，仰慕之心油然而生！心想："如果四年前我爸爸吃上他的药，兴许到现在还健健康康地活着，这位医生好厉害呀！"想着想着，过早失去父亲的伤痛，又一次在王布和心里阵痛起来。看了一会儿，他低着脑袋，慢慢往家走。

回到家里，王布和把刚才的所见所闻绘声绘色地向妈妈学说了一遍，并说："我们村子要是有这样的医生，爸爸一定还活着！那个医生很厉害，妈妈，我想拜他为师学医，您看行不行？"

少年王布和几句看似天真的话，却让他妈妈的心隐隐作痛。

时间过得真快，一晃，她失去丈夫四年了。这几年，守寡的她饱尝世间冷暖，日子过得异常艰辛。

四年来，她每天都是早起晚睡，奔波劳碌，小心翼翼地孝敬婆婆，同时又拉扯着年幼的孩子们，无助的她常常咬着牙，让泪水往心里慢慢地滴下！她期盼着好日子快点到来，可是通往好日子的路，还依旧模糊不清。让婆婆和孩子们饿不着、冻不着，不丢人现眼，让失去儿子的老人和没了父亲的孩子们在别人面前有尊严，这是她的底线。当她看到孩子们一天天长大，而且一个个都很懂事，早已忘却了自己的苦和累。她期待的是，这样辛辛苦苦抚养着的孩子们，日后能有点出息，把这样的苦日子早点儿熬出头。

刚才听王布和这么一说，她感到些许欣慰，儿子虽然年少，却开始有了自己独立的想法。在她看来，有想法、走脑子的孩子，日后就能够自食其力。

在王布和妈妈的心里，丈夫的不幸早逝，不想则已，想起来心里就阵阵发痛。王布和的几句话，让妈妈再次回想起往日阖家幸福的生活场景，不知不觉地泪水溢出眼眶。

王布和静静地观察着妈妈的面庞，好久两人都一言不发，似乎在这一刻，时间被凝固住了。王布和知道，这是妈妈在思索问题呢。

王布和向妈妈说的这位陌生人，名字叫布日古德少布，蒙古族人，住在距离西哲里木嘎查有二十五里远的后索根营子嘎查。王布和的妈妈以前也有所耳闻，他是懂得蒙医会看病的人。

王布和的妈妈心想："学医，能治病救人，也能养家糊口。孩子的想法没错，只是像我们这样家庭出身的孩子，这个人敢不敢收徒呢？儿子跟随他学医，潜在的风险必定不小，让不让孩子学医呢？"一时间她在心里打了好多个问号。

　　王布和静静地看着妈妈凝重的眼神。王布和的妈妈深深地吸了一口气，嘴角微微抖动，却欲言又止，慢慢抬起头向窗外望去。看到妈妈半天没有吱声，王布和心里没谱了。

　　这几年，王布和习惯了凡事不重复追问的思维方式，他觉得遇到不太好办的事情时，大人们自有办法处理，静静地等待就是了。

　　王布和的妈妈非常谨慎。很多事情她要认真地走脑子，先是自己琢磨琢磨，等有谱了，才说出来。她知道艺不压身的道理，正在学龄期的孩子们，如果学不到一些有用的知识和技能，日后一辈子要不停地在黑土地上为温饱奔波。然而，对于远离城市、处于偏僻地区的农牧民来说，学到一技之长又谈何容易呢？

　　现在摆在她面前的不仅仅是一家人的温饱问题，孩子们的前程更是让她头疼的事情。过去很多大事小情，都由自己的男人定夺。而现在的她，既当妈妈又当爸爸，所有的事情都要由她来权衡、敲定。她思忖半天，想不出更好的答案。于是，缓步走到院子里，抬起头看到天上的几朵白云，正在微风中慢慢向东南飘浮。她心想，云朵之所以在天空中能够舞动，是因为后面有风力所为。她多么想自己的几个孩子也能像云儿那样幸运，适时得到外力的助推，成为有出息的人。想着想着，心里不免一阵凉飕飕的，心想："力从何来啊？"

　　从院子里走回屋子，王布和的妈妈告诉王布和："儿子啊，我们家再也经不起折腾了。我们现在正处于社会最底层，能平平安安，没有风险地过日子就好。"

　　王布和没想到妈妈会给出这样的答案，他带着些许遗憾说："放心吧，妈妈，我以后会老老实实地做人、做事。"

　　妈妈说："好，你这样想就对了。"

　　王布和的妈妈觉得，在吃饭、穿衣都成问题的当下，想入非非太不切合实际了。因此，她常要求孩子们在低调做人的同时，踏踏实实地迈步子。

王布和理解妈妈的心思，她就是害怕孩子们在外面有什么闪失。

王布和的妈妈期望值不高，她只是希望她的每个孩子将来都能过上安稳的日子，过上不愁吃穿、不发愁的生活就可以了。

在王布和妈妈的眼里，王布和从不做不自量力的事情。这也是她一贯对孩子们的要求。

妈妈常对王布和说："在外边无论说话还是办事，一定要有分寸，说话要留有余地，做事要稳妥，要给人家留出足够宽的道路，你才有更好的路可以向前行走。"

在妈妈的熏陶下，王布和从小养成了察言观色、注重细节的行为习惯。妈妈很喜欢王布和养成的凡事都要先细心斟酌一番，然后才说出口、迈开腿的做法。

对于刚才妈妈所讲的"家境已经处于社会最底层，再也经不起折腾"这一番话，王布和有些摸不着头脑。心想："我想拜师学医这一想法是否错了呢？"一时间因为妈妈没有下文，王布和不知所措。

一天，两天，三天，王布和在默默地等待着。而等待有时是一种煎熬。

06 拜师

几天前少年王布和见到的布日古德少布，在年轻时期曾师从一位名叫吴海的老蒙医学医。吴海博学多才，在传统蒙医学等领域有很深的造诣。

布日古德少布得到吴海的真传。后来，渐渐地口碑相传，临近村屯的人有点儿什么小毛病，就找布日古德少布治疗。

王布和的妈妈十分善良、谦恭。

在她看来，医生给患者解除病痛，这个职业是高尚的。不过现如今，儿子王布和岁数尚小，他的每一步都需要由她来把握。

细心的妈妈观察到，这几天因为心里有事，王布和变得有些无精打采。她心想："这孩子太执着了。"

又经过几天的心理斗争，她最终还是下定决心让儿子学医。

得到妈妈的首肯，王布和十分高兴。

就是在这一周星期六的晚上收工时，王布和的妈妈向生产队长请了一天假。第二天早晨吃完饭后，她领着王布和，沿着霍林河东岸，跋涉20

多里的崎岖山路，赶往后索根营子屯。

妈妈拉着王布和的手，边走边说："如果幸运的话，就把你交给布日古德少布，让你拜师学医，也不知道你有没有这个运气。"

王布和说："妈妈，我们好好求一求人家，让他收下我。"

妈妈说："孩子啊，有些事情不光是好好求就能求得来的，这要看有没有缘分！"

听妈妈这么一说，王布和心里感到忐忑。

20多里的盘山路，王布和母子俩走了3个来小时。当他们走到后索根营子时，已经到了中午时分。刚刚从生产队收工回家的布日古德少布还没来得及吃午饭。

布日古德少布以为这对母子是来找他看病的。没想到，等寒暄几句后，王布和的妈妈向他说明来意，并且按着科尔沁草原蒙古族礼节，让儿子王布和恭恭敬敬地跪着给他行叩首礼。

布日古德少布刚30岁出头，面对眼前母子这一突如其来的举动，他很生气，呵斥道："你们这是干什么呢？赶紧起来。拜什么师？这么小的孩子学什么医？乱弹琴，赶紧起来。"

听到布日古德少布的训斥，王布和很是害怕。但是，学医心切的他并没有站起来。

王布和的妈妈赶紧解释说："前几天，您到我们屯子里看病，我儿子看到您给病人看病时，诊断病情又快又准，让在场的人打心眼里佩服您。孩子回家后就跟我说，让我求一求您，能不能带一带他，向您学习本领。我想了好几天，本来不想给您添麻烦，可是这孩子一心一意地想学蒙医，执拗得很。没办法了，今天我们就赶过来了。真是不好意思，给您添麻烦了，让您生气了。我儿子没有爸爸了，孩子他爸四年前就已经病故了……"

王布和的妈妈一口气将这几年来家里遭遇的不幸讲述给布日古德少布。

听着听着，布日古德少布对王布和起了怜悯之心，说："这孩子真是可怜啊！可是，我也是农民身份，并不是坐堂医生。你说，我有什么资格带你儿子啊？"

王布和的妈妈说："大家都知道您看病看得好！我儿子就是想向您学习传统蒙医！"

布日古德少布说："让孩子赶紧起来吧！先让他在学校好好读书，长大以后有机会的话，去医学院学医也不迟嘛。"

看到布日古德少布态度很坚决，王布和的妈妈觉得没门了，心里焦急的她不知如何是好，手心对着手心两手紧握在一起，一时间整个屋子里变得静静的。

看着跪在地上的儿子一动不动的样子，王布和的妈妈叹了一口气，然后她轻轻地说："既然没有缘，那我们就回去吧。孩子，起来吧！"

这一次，王布和并没有听妈妈的话。他依旧稳稳地跪在布日古德少布面前，一双明眸长时间仰望着布日古德少布。透过王布和恭敬、真诚、自信的目光，布日古德少布感受到眼前这个少年的坚毅、执着。

王布和说："老师，您收下我吧，我会听您的话，好好学习！"

看着王布和执着地长跪不起，布日古德少布的情绪有些激动，心想，带徒弟，这可不是闹着玩的事情。

布日古德少布一脸严肃地对王布和母子说："学医，一定要到正规学校去学，医生看病，人命关天，来不得半点儿马虎。我是个农民，在我们半农半牧区放牧、种地我在行，看病行医不是我的本行。我只不过是向师傅吴海学了点儿应急的手艺，而且我也不开设诊所，我怎么能收徒弟、教学生呢？是不是啊？另外，这孩子刚刚12岁，根本不是学医的年龄啊。"

王布和的妈妈说："他爸爸没碰着好医生，38岁就没了，给孩子烙下抹不去的痛。自从上次见到您，这一段时间，我这孩子想学蒙医都快要走火入魔了，我实在是没办法了，才领他过来拜您为师。孩子是小，不过，他确实一门心思想要学医，如果造化深，指不定以后还能应急帮上别人的忙，您说是不是？唉！您就帮帮忙，行行好吧，求您了！"

布日古德少布平复了一会儿情绪，仔细端详着眼前这个虚岁只有12岁的少年。

王布和天生的慈祥脸庞和极具穿透力的眼神博得了布日古德少布的赏识。他意识到跪在他面前的这个少年，很有灵气，很有潜质，觉得他是个可塑之才。

布日古德少布问王布和："你这么小年纪，为什么要学医？"

王布和回答："我们屯子最缺的是医生，要是我们屯子有好医生，我爸爸肯定还活得好好的。"

布日古德少布再问："遇到困难咋办？

王布和说："先坚持，然后想办法解决问题。"

布日古德少布又问："学知识，怎样记忆有效？"

王布和回答："掌握规律，不断温习，重复记忆。"

布日古德少布问："你想做一个啥样的人？"

王布和回答："能够尽力帮助别人的人。"

听到王布和对这些问题都做了较为认真的回答，布日古德少布频频点头。

问完话，布日古德少布又静静地思索片刻，然后说："既然有缘，那就随缘吧！起来吧，孩子！"

听到"随缘"二字，王布和立马给布日古德少布咚咚咚磕了9个响头。

布日古德少布赶紧说："好啦，快起来吧，孩子！"

王布和说："谢谢老师！"

听到这里，倚在炕沿上的王布和的妈妈赶紧向布日古德少布鞠躬致谢，并把儿子王布和从地上扶了起来。

布日古德少布对王布和说："传统蒙医是个很深奥的学问，尝试学蒙医的人很多，精通它的人却不多。我现在也只不过是入门而已。它是实践医学，需要边实践边积累，才能提高。带徒弟对我来讲是一件两难的事情，我不能公开行医，所以你也就没机会实践。不收你吧，刚才听你们家的遭遇，实在让人可怜。"

王布和说："老师您放心，我会好好学习的，不会给您惹麻烦。"

布日古德少布说："学习传统蒙医学，不仅要懂得蒙文，还必须要懂得一些基础藏文。现在的蒙药词汇中仍有很多名词使用藏文，所以，你还需要学一些基础藏文。"

王布和点点头。

王布和的妈妈赶紧问："也不知道到哪里能学到藏文？"

布日古德少布说："这个你不用担心，我还懂得一些藏语、藏文，是我的师傅吴海教我的。"

王布和的母亲舒了一口气说："这太好了！"

当听到布日古德少布还要教他藏文，王布和心里更加高兴。

随后，布日古德少布将学医、行医的至高境界概要地向王布和叙述了一遍。

就是从这一天的中午开始，少年王布和成为布日古德少布的开门弟子。

布日古德少布的柜子里珍藏着一大摞蒙文版和藏文版的医学书籍。

布日古德少布从柜子里找出一本《蒙医诊断学》交给王布和，说："这本书赠给你吧。"

王布和高兴地双手接过书，说："谢谢老师。"

手里捧着蒙医学书籍，王布和如获至宝，他非常珍惜这来之不易的机会，开始跟着老师一字一句地细细品读。

布日古德少布说："这本书中有很多关于各类疾病和药物的名词，这些名词你会感到很陌生，你要把它们都记下来。熟悉这些名词如同认识人的五官特征一样，形成印象，熟记于心。以后我给你画定的要点，都要成段成段地背诵下来，将来会有用的。"

王布和说："老师，我明白了，我一定会按着您的教导去做。"

由于王布和平时要在学校上学，他们约定只有周末学校放假休息时才去布日古德少布家。

一个中午的时间很快就过去了，生产队长准时敲响下午上工的钟声。布日古德少布把王布和母子送出院子，拎起铁锹又参加集体劳动去了。

带着忐忑的心过来碰运气的王布和母子，这回高高兴兴地往家走。

王布和怀里揣着刚刚得到的蒙医学经典著作，心里美滋滋的。他举头仰望上苍，晴空万里。王布和说："妈妈，今天的天空真蓝！"

望着晴朗的天空，王布和的妈妈心里爽爽的，说："是啊，晴天真好！"

山里的微风轻轻地吹拂着，母子俩行走在山间小路上，脸上有了久违的笑容。

妈妈告诉王布和："自觉是人生的第一动力。对人生来说最为重要的，不仅仅是目标，而且还有行动。"

王布和说："妈妈，我明白了！光想象不行动，什么事都成不了。"

妈妈说："正是。"

就是从这一刻起，王布和常常暗暗告诫自己："学习对人生非常重要，机不可失。"

掌握学问需要日积月累，看着王布和每天放学回家后都捧着医学书学习，妈妈很是高兴。

起初，王布和在书上看到很多藏语药物名称时犹如天书一样。由于他不厌其烦地天天读，很快也就不再陌生了。

布日古德少布很讲究教学效率。虽然以前从没有教过徒弟，但是，他的理论根底很扎实。给王布和讲授医学知识时，很多内容都能讲得深入浅出，通俗易懂。

布日古德少布是一位严师。他要求王布和对书中的很多重点内容，不仅要熟读并背诵下来，而且还要能够举一反三。

布日古德少布在讲授望诊、触诊、问诊时对王布和说："传统蒙医认为，人体内部的三根（赫依、希拉、巴达干）、七素以及脏腑发生异常变化时，必然会反映到体表，学会望诊很重要。而号脉更是看家本领，是准确判断患者疾病的重要技法。事物都有正反两个方面，学习传统蒙医学知识，要学会逆向思维，学会推理判断。病，是果，那么，是什么原因引起的这个病呢？医生要想法子找到病因，然后去对症下药。凡是写进医学书本上的知识，都是有根据的，是经过多次验证后有实效的案例，是多少代医生的总结和积累。一个成熟的医生诊治患者病情时，既要掌握其病理共性，也要有本领找到差异性。掌握学问时要注意它的延展和细节，这样以后应用的时候，你才会得心应手。"

王布和频频点头。

布日古德少布给王布和授课时，总是将书本上的医药、医学知识和朴素的哲学思维结合起来讲。王布和记起来容易，而且觉得有趣。

特殊的年代，特殊的身份背景，特殊的师徒二人，就这样在别样的氛围中悄悄地传授着传统蒙医蒙药学问。

07

惊悚

从每周一到周五，少年王布和都在村校正常上学。等到周末，他就独自一人，悄悄地行走 20 多里山路，去布日古德少布的住处，接受一对一的辅导。王布和十分珍惜这来之不易的学习机会。然而，让他没有想到的是，人生有时候突然变得险象环生。

在王布和 13 岁那年初夏，一个周末的下午，他独自一人，赶往后索根营子找老师求学。天很热，他走了不大一会儿，身上就出了汗。于是，他把上衣脱掉，搭在肩膀上向前走。当他步行到距离后索根营子大约还有 5 里多地的时候，要绕过一个小山头，他从山的东南面山脚下往上爬坡，绕到西南处正在下坡时，突然从他左前方，离他 30 多米远的灌木丛中，斜蹿出一条大灰狼。看见狼，王布和立即停下脚步，他下意识地紧紧攥住两个拳头，一动不动地瞅着狼。狼发现王布和后也立即停了下来，向右斜歪着脑袋，两眼直直地瞪着王布和。

手无寸铁的王布和不敢眨眼睛，紧紧盯着狼的一举一动，狼不动，王布和也不敢动，王布和与大灰狼四目对视，对峙在山路上。这一刻，似乎整个山野都静了下来。相互对视了足有两三分钟时间，狼环视四周，舔舔嘴巴就地蹲坐下来，然后仰起头"呜、呜、呜"拉着长调子嚎叫起来。

王布和知道，这是大灰狼在招呼它的同伴们。

就在大灰狼"呜、呜、呜"嚎叫的那一瞬间，王布和灵机一动，解下系在腰上的红布裤腰带，将其系在衣服的一只袖子上，然后攥住衣服的另一只袖子，在头顶上使劲旋转起来。他边转动衣服边高呼："狼来啦，快来打狼啊，狼来啦，快来人呐！……"

寂静的山谷中，响起强烈的回音。

看到王布和头顶上不断旋转的红色飘带，狼停止了嚎叫。它瞅一瞅王布和，用舌头再次轻轻地舔了几下嘴唇，然后起身，低着脑袋迈开腿，从王布和前面越过山路，慢慢跑进右侧的丛林中。

此时，王布和发现在他脚下的山路上有很多比拳头大的石块儿，他弯腰捡起其中的两个，一手拿着一个，依旧稳稳地站在原地一动不动，侧耳倾听丛林中有啥动静。等确认没啥动静后，才迈开腿往前走。走几步再转过头，瞅瞅前后左右，看没有动静，再继续往前走。

山风轻轻一吹，王布和感到浑身发凉。刚才惊悚的那一刻，让他急出了一身冷汗。

王布和的红腰带，其实就是一条一尺宽的红布条。在去年的除夕早晨，他即将进入虚岁13岁之前，按着当地习俗，妈妈给他系上的，祈求儿子在本命年顺顺当当。

安全地到达老师家后，王布和没向老师提及在山上遇见狼的事情。第二天回到家后，他才向妈妈说起昨天历险的那一刻。

妈妈一听感到后怕，说："哎呀，这多危险呐，吓着你了吧儿子？"

王布和说："没有，当时手里没有棍棒，就是紧张，过后才感到后怕。"

妈妈说："在深山里，你小小年纪，独自一人遇着狼，这多凶险呐，这太吓人了。"

王布和说："妈妈，没事的，我这不是安全地回来了吗？"

妈妈说："当时一定把你吓坏了！"

王布和点点头道："脑袋和后背真是出汗了。"

妈妈接着说道："唉！真是的，咱们家怎么就这么多坎儿呢？孩子，你这是又躲过了一劫呀！"

说这句话时，王布和看到妈妈的眼圈湿润了。

妈妈对王布和的镇定和应急处理方式给予肯定。同时告诉王布和："我们草原人在野外遇见大小野兽不是什么新鲜事。只是你的年龄还小，没有自卫能力。很多动物其实是怕人的，它们尽量躲着人走。有时之所以伤人，一种可能是实在饿得不行了，铤而走险；另一种可能是当它受到攻击时，为自我保护而伤人。"

王布和边静静地听着妈妈的话，边认真地观察着妈妈的眼神，他担心妈妈就此让他放弃学医。

果不其然，妈妈说："你还小，一个人赶山路很危险。你要是害怕，暂时就不要再去了。"

王布和赶紧说："妈妈，我不害怕。"

妈妈很认真地说："怕，不是坏事；不怕，不见得就是好事。"

王布和说："妈妈，我真的不害怕。"

妈妈说："你不要逞能，但也不要怯懦。过去我们没有必要的防范措施，这是妈妈的错，我应该考虑得更周全才对呀。"

王布和遭遇这次险情后，妈妈找来旧棉花，将其团成拳头大小的简易火炬，浸上煤油后交给王布和。妈妈告诉王布和："动物最害怕火，火炬这东西要比手里拎着棍棒好得多。如果你手里真要是有家伙，它会以为你要伤害它，有可能攻击你。但是，火就不同了，它不进攻你，你不用理它，假如它有歹意，你用火吓唬它，会立刻奏效。"

后来王布和再赶山路时，妈妈总是叫他在背包里带上火柴和火炬。

尽管这样，每次王布和独自赶山路去后索根营子，妈妈的心总是提到嗓子眼儿，望着儿子远去的背影，默默地祈祷儿子平安归来。等啥时候儿子安全回来了，她的心才放下来。

08

传道

学习医学知识，非一朝一夕之功即可。看到爱徒学习上很用心，布日古德少布心里很高兴。两年后，他给王布和又拿出一本蒙医书籍，是洛布桑·索勒日哈木的著作《曼奥西吉德》(《药物识别》)。

布日古德少布说："这是我珍藏的书籍，你要熟读、细读、好好研读这本书。如果将来你真的有机会当上医生，书中的很多内容一辈子都会用得着。"

听到老师说珍藏二字，王布和心里非常震撼，赶紧说："谢谢老师！"

王布和拿起书，轻轻地翻开，在扉页上看到三行字，原来，这是吴海赠给布日古德少布的。

布日古德少布说："蒙药常用的传统剂型有汤剂、散剂、丸剂、膏剂、药酒等。汤剂吸收快，适用于一般疾病或者急性病；散剂吸收消化比汤剂慢，疗效持久，适合治疗业已成型的疾病；丸剂的特点是缓释、服用方便。这些知识在书中都有详细的介绍……"

王布和（左一）布日古德少布（右一）在探讨医术医德

王布和习惯用脑子强记，他把书合上，认真倾听老师的指点。

布日古德少布告诉王布和，传统蒙医大夫的医术是依靠经验积累的实践医学，在具体行医过程中，要进行辨证施治。即使是同样的病患，也要依据个体当时的身体状况来调节药量及药引子。

王布和认真听着老师的讲解，他觉得这些知识环环相扣，很有意思。

布日古德少布说："过去，传统蒙医大夫都讲究自己制药。好的蒙医大夫都有一些药到病除的药方子，而这些'上好的药'一般都是秘方配制，是看家本领。"

对于"秘方"王布和甚是着迷，只是不知道怎样才能学到秘方。

布日古德少布告诉王布和："秘方有的是民间验方，有的是祖传的，也有一些是自己的经验积累，没有一个人能完全掌握所有的秘方。"

听了老师这么说，王布和更是觉得好奇。

年复一年，王布和在完成学校课业的同时，一直潜心学习传统蒙医蒙药理论。

渐渐长大的王布和除了认真研读蒙医蒙药学之外，从初春到深秋，还多次跟着布日古德少布到山上采集药材。

科尔沁草原上物种繁多，仅兴安盟境内可以入药的植物就有91科700多种，其中量大、质量好、具有地方优势的品种就有数十种，另外还有许多可入药的动物、矿物质资源。

过去看似很平常的野草、草根、树叶、树枝竟然也能入药，这让王布和长了很多知识，与此同时，他也好奇物种的相生相克，循环往复的轮回。

布日古德少布说："传统蒙医大夫采集药材很讲究时令，同样一种药材，因采收时令不同，药效也有所差异。再一个就是药物的替代，同样的病可以用不同的药物配伍去治疗。"

随着时间的推移，王布和觉得进入蒙医蒙药的领域后学到了好多未知的知识。他也坚信，有了一技之长，日后可以为家乡父老解除病痛。

布日古德少布语重心长地对王布和说："要当一名优秀的蒙医大夫，得会看404种常见疾病，要练就搭上手指头号脉，就能迅速判断出患者的病状，然后对症下药的本领。想要当一名优秀的蒙医大夫，就不能吸烟、喝酒，要保持高度的清醒和敏锐性……"

王布和记住了老师的教诲。他明白了一个道理："人，只有时时刻刻克制自己，心才不会膨胀，路才不会走偏。"

09
佳偶

虽说家境贫寒，母亲依旧让王布和读到高中毕业。

王布和的母亲孝老爱幼，谨言慎行。她给婆婆养老送终之后，自己带着六个孩子辛勤度日。这些年来，她心中有两个愿望，一个是不管生活多么困难，尽量让孩子们读书识字，养成正确的人生观，挺胸抬头做人。另一个是让孩子们在适宜的年龄都能找到心仪的伴侣，成家立业。

一转眼王布和到了20岁，在当地已经到了该成家立业的年龄。村子里与王布和年龄相仿的小伙子一个个都成亲了，王布和的母亲看在眼里急在心头。

王布和出身成分不好，加之家境贫寒，方圆十里八村知道底细的人家，不会把姑娘嫁给他。

儿子搞不上对象，娶不到媳妇，成为母亲的一块心病。

王布和的妈妈思来想去，想到了一个人，就是当年自己出阁时认的干妈。这位干妈口才好、热心肠、人善良，她家居住在内蒙古科右中旗巴扎拉嘎公社，距离王布和所在的西哲里木村有将近一百里远。

1980 年的春天，王布和的妈妈来到干妈家。

见到干女儿，干妈很高兴。寒暄之后，她赶紧烧火做饭款待干女儿。干妈喜欢喝点儿小酒，她一边喝酒，一边与干女儿唠家常。看着干妈心情很好，王布和的母亲便说起儿子在当地处对象难的事情。干妈说："就凭王布和的五官、体格、智慧，找对象还费劲吗？"

王布和的母亲赶紧说："妈妈，我们家的情况您清楚，谁不想把自己家的姑娘嫁给家境好的人家呀！"

干妈说："哎呀，这都什么年代了，年轻人只要勤劳肯干、有头脑、人品好就行啊。"

王布和的妈妈说："妈妈，要是其他人都像您这样开明就好了。"

干妈说："只要身体好，头脑灵活，慢慢地日子一定会好起来。现在生活困难点儿，这不是暂时的吗？"

王布和的妈妈说："妈妈，您说得对。"

听干女儿真诚地夸她，干妈心里更爽了。她喝了一口酒，然后说："让我想想啊，我们村里谁家姑娘能配得上王布和这孩子。"

王布和的妈妈轻声地说道："妈妈，我们不挑，只要人家不嫌弃我们就行啊。"

干妈嘿嘿一笑，说："那可不行啊。我们可不能太低调了，是不是？"

话说到这儿，王布和的妈妈也陪着乐了起来。

干妈知道干女儿这些年的困苦和坚守，她也很想给干女儿分点儿忧。老人家眼珠子转了几圈后说："在我的亲戚圈里，有一个叫白秀英的蒙古族姑娘挺出众的，就在我们屯子里。王布和的个子 1.7 米出头，这个姑娘比王布和稍微矮了点儿，我看他们俩倒是很般配的。"

王布和的妈妈赶紧问："也不知道人家愿不愿意呀！"

干妈说："我们提一嘴看看，也许成了呢！"

王布和的妈妈呵呵乐着，说道："真要是成了那太好了！"

干妈说："今天太晚了，不能去。明天上午我去碰一碰。"

王布和的妈妈说："好好好，妈妈您费心了！"

王布和夫妇于 1980 年经媒人介绍订婚结婚

干妈摆摆手说："没事的。"

就在第二天，王布和的妈妈见到了白秀英。

白秀英给她的印象是体格好，人大方朴实，说话干脆利落。白秀英当年 21 岁，比王布和长 1 岁。

后来，在干妈的撮合下成就了这段姻缘。

1980 年的农历十月份，王布和把白秀英娶到家。从此，这个家更加温暖了。白秀英善良，肯吃苦，无论农活还是家务活，她都打理得明明白白，尤其对王布和的妈妈十分孝顺。家里有个贤内助，王布和无论在家里还是外出，都很放心。虽说一家人生活上并不富裕，因为每个人都有很大的包容心，全家人每天都过得很开心。

自从王布和成家，一个人拉扯孩子们、辛苦了十几年的王布和妈妈，觉得天渐渐亮了。

1981 年，农村实行包产到户，家家户户都分到了自己的责任田。作为农民，有了耕地，有了牲畜，王布和的妈妈甚是满足眼前这种幸福、不愁吃穿的好日子。然而，老人家并不知道儿子王布和内心的压抑。先后学习传统蒙医蒙药学 10 年之久的他，一直没有施展才华的机会。为了不让母亲担忧，面朝黄土背朝天干农活的他总是强颜欢笑。

10

立业

人，从茫然到有方向感，需要有个过程。其间，有的人要耗费很长时日，而有的人则只需短暂的时间。

梦，从隐约到现实需要有所作为。有的人通过努力梦能成真，也有的人梦了几多，却总是南柯。

王布和原本住在霍林河东岸的西哲里木村，1981年生产队实行包产到户，他家分到的耕地多在霍林河西岸，为了便于侍弄庄稼，1984年，他从河东搬迁到霍林河西岸的塔拉艾里。

过去这个村子只有两户人家，王布和搬到这里，成为村里的第三个住户。

塔拉艾里地处科尔沁草原北端，积温低，无霜期短，种地收入十分有限。为了让一家人生活得更好，王布和除了种地，还养了几头牛、十几只羊和几匹马。多种经营后，家里的生活一年比一年强。尽管这样，王布和仍然觉得有劲儿没地方使。学有一技之长的他，很想当一名蒙医医生。可是，他毕竟没有在经过国家认可的相关机构进行培训学习，缺少行医资质，不允许行医。因为没办法施展才学，王布和心里一直郁闷着。

1985年春天，为了解决农村牧区缺医少药的现实困难，让群众有个头疼脑热能够就近看病、买药，内蒙古科右中旗要举办一期赤脚医生短期培训班。王布和争取到这次学习机会，参加了这期培训班。经过4个月的系统培训学习，王布和被当地政府认定为乡村赤脚医生。

"赤脚医生"是乡村医疗机构全覆盖的组成部分，是体制之外的力量补充，自负盈亏，风险由"赤脚医生"自担，政府负责医政管理。

拿到行医许可证后，王布和赶紧将这一好消息告诉了师傅布日古德少布。

布日古德少布得知王布和要开办诊所，心里十分高兴，他唯一的徒弟成为合法医生，让他觉得自己脸上有光。他叮嘱王布和："自己独立开办私立诊所，就像是一个人在风雨中行走于游丝上一样，风险很大！所以，你要时刻保持清醒的头脑啊。"

王布和点点头道："老师，我知道了。"

布日古德少布说："我相信你会保持清醒的头脑，因为你不喝酒，这是你的优势。你要记住一条，医学没有止境，但是，医生要有境界。"

王布和说："老师，我知道患者的生命健康大于天，我会谨慎行医的。"

布日古德少布说："好啊，这就对了！山外有山，做人要保持谦虚、有度。"

"老师，我记住了！"王布和顿了一下，接着说，"我从12岁开始向您学习蒙医蒙药学，就是想有一天能够行医，没想到在我25岁时被批准行医，这一天我很期待。谢谢您了，老师！"

布日古德少布说："谢什么呀，这都是你自己努力的结果，我不过是带你入门而已，是你这些年执着自修学成的。"

王布和说："您是我的恩师，永远是！"

布日古德少布摆摆手说："过奖，过奖了。"

说完，师徒俩爽朗地笑了起来。

几天后，王布和从科右中旗医药公司买来一个皮质药搭子以及800多块钱的药材。他将这些药材与家里原来自己采集的药材进行配伍，很快就配制成一批蒙药汤剂、散剂和丸剂。

一切就绪后，王布和盼着给患者们看病，他天天在家等着。

起初，当地的人对这个没有在正规医学院校接受过常规医学培训的赤脚医生不屑一顾。在很长时间里，王布和总是觉得比同行矮半截。他想用自己滚烫的心去温暖乡里乡亲，可是谁都害怕成为"试验品"。他很理解，也很苦恼、很无奈，很无助。

开办蒙医诊所立业，一直是王布和的一个梦，让他没想到的是立业竟然如此之难。是就此放弃还是硬挺着呢？王布和在心里打起了问号。

看着丈夫闷闷不乐，妻子白秀英开导说："没有患者，说明我们周边的老百姓身体健康，这是好事啊。"

王布和挠挠头说："你的心态真好！我学习医学知识，不仅仅只给我们村子的病人看病。"

白秀英说："时间长了，会有患者的。"

王布和说："但愿吧！"

11
─
西
进

1985 年冬天，一位叫吴额日德的蒙古族牧民患上重感冒，生命垂危。

吴额日德是一位蒙古族牧民，早在初冬时节他就游牧来到与东乌珠穆沁旗接壤的科右中旗最西北端的哈日努拉草原。

进入小寒节气之后，科尔沁大地天气更加寒冷了。吴额日德住在牧点上临时搭建起的简易毡房里，由于毡房不能抵御寒冷，吴额日德患上了重感冒，一连几天不见好转，一周后病情越来越重，再后来茶饭不思。看着病重的吴额日德，结伴游牧过来的好友图布信巴特尔怕有不测，十分着急。

图布信巴特尔是王布和的朋友，他们是 1977 年冬天在一起看电影时认识的。

1977 年冬天，东乌珠穆沁草原被大雪覆盖。为了减少因大雪导致白灾，图布信巴特尔的父亲白音孟和带着全家人，将羊群迁徙到积雪相对较少的西哲里木草原塔拉艾里越冬。

当时，在西哲里木有驻军。部队每周都有一场电影要公映，军民一起看。图布信巴特尔比王布和小两岁，他们两人看电影时相识，而且性格相近，于是渐渐成为朋友。

图布信巴特尔的父亲白音孟和患有间歇性休克症，时不时犯病，一家人很是苦恼。王布和得知这一情况后，请求老师布日古德少布给图布信巴特尔的父亲白音孟和配制蒙药。经过将近三个月的治疗，白音孟和基本痊愈。白音孟和很赏识王布和的为人，他认王布和为干儿子。就这样，王布和与图布信巴特尔走得更近了。

一晃，七年过去了，王布和再没见到图布信巴特尔一家人。相互思念的时候，只有书信往来。

今年秋天，图布信巴特尔家储备的饲草不足。于是，进入初冬后他就与吴额日德结伴来到科右中旗西哲理木草原，驻牧在王布和居住的塔拉艾里西北方向大约六十多里远的哈日努拉草原。

吴额日德患病后，病情一天天加重。图布信巴特尔知道王布和懂医术、会看病，今年又开办了诊所。于是，他骑着快马来找王布和。

图布信巴特尔快人快语，简单寒暄几句后对王布和说："你赶紧跟我去一趟牧点吧，和我一起游牧过来的朋友吴额日德得病了，现在病得很严重，别把他扔在这里呀。"

王布和赶紧问："他得的是啥病啊？"

图布信巴特尔说："不知道什么病，反正病得很重，这几天一直高烧不退，已经有两天了啥也不想吃，就喝点水。"

王布和说："哎呀，有那么严重啊？"

图布信巴特尔说："是啊，他病得已经很重了。"

王布和对白秀英说："你赶紧给图布信巴特尔弟弟做点儿热汤面，暖暖身子。"

白秀英说："好的，我马上就做。"

图布信巴特尔赶紧说："不吃了。嫂子我得赶紧走。"

白秀英说："这大冬天，你从大老远过来的，哪能不吃饭就走呢？"

图布信巴特尔焦急地说："不吃了，救命要紧呐。"

王布和说："既然这样，那我们就赶紧走吧。"

王布和背起药箱，骑上马，跟着图布信巴特尔快马加鞭赶往驻牧点——哈日努拉草原。

王布和见到吴额日德的时候，发高烧的他张着嘴，喘着粗气，双眼无神，脉象很弱。

王布和号完脉，对吴额日德说："你这病就是重感冒。我先给你打一支安痛定，先缓解一下疼痛。"

然后他又从药箱里取出蒙药包好，对吴额日德说："你的病需要用蒙药汤剂、散剂、丸剂一起综合着治疗，这样疗效会更好一些。"

吴额日德点点头。

王布和说："你这是病毒性感冒，药没能跟上给耽误了，不要紧的。"

吴额日德说："麻烦你了，大冷天让你跑这么远的路，谢谢你啊！"

王布和说："不要客气，好好养病吧！"

吴额日德说："好的。"

走出毡房后王布和对图布信巴特尔说："一个患上重感冒的人，咋能住在这野外搭建的简易蒙古包里呢？在这种冷暖不保的环境里硬挺着，也太危险了。从脉象上看，他的内脏器官很弱，一旦衰竭就危险了。"

图布信巴特尔摊开双手说："我们走敖特尔的牧民只能住蒙古包，千百年来游牧生活都是这样啊。吴额日德过去也感冒过，一般三两天都能好起来，也不知道他这次是怎么回事，竟然这么严重了。"

王布和说："得了病就一定要及时治疗。我们草原人仗着体格健硕有病硬挺，这种意识需要改变了。要不然，时间长了，自身免疫力就会下降，一旦病重扛不过去怎么办呐？"

图布信巴特尔点点头，说："你说得对，我们牧民平时有什么头疼脑热的小病的确都是硬挺。我们常年在草原上游牧，方圆几十里都没有诊所，你说不硬挺又怎么办呐？我们也是没办法呀。"

王布和摇摇头，说："只有确保健康，才有生活和未来，树立保健意识很重要啊，平时该注意的事情养成习惯就好了。"

图布信巴特尔赶紧说："是是是，你说得有道理，我们牧民的确是欠缺保健意识。"

吴额日德是王布和有了行医证之后接诊的第一位锡林郭勒盟患者。

刚二十出头的吴额日德，平日里身体不错，以为感冒没啥大事儿，挺几天就会好，没想到，病越来越重。

王布和原计划看完吴额日德的病，留下一些药品当天就想回家。图布信巴特尔害怕吴额日德一旦再有什么闪失，就不好办了，因此没让王布和回去。王布和只好由着图布信巴特尔住在牧点，继续护理吴额日德。

在王布和的精心治疗下，仅仅三天时间，吴额日德就精神起来了。

王布和对吴额日德说："弟弟，以后有啥毛病可不能再硬挺了，这也太危险了。"

吴额日德说："我也没想到啊，这次感冒会变得这么严重。多亏你们俩了，我还以为挺不过去了呢，谢谢你们俩呀！"

王布和对吴额日德说："你的身体条件挺好，再一个你平时不吃药，药物对你很敏感，用上药就见效了。"

吴额日德说："能药到病除，还是你的药好，医术高啊！"

王布和赶紧说："你过奖了，我只是个小小的赤脚医生。"

图布信巴特尔说："哎呀，能把病人的病治好就是好医生，对不对呀？"

吴额日德说："就是嘛！"

说完这句话，他们三个人一起会心地笑了起来。

吴额日德对王布和说："在我们家乡那片草原上，现在很多牧民仍旧过着游牧生活，他们的健康意识都和我差不多，小病不在乎。由于我们牧民居住太过于分散，我们当地的医疗机构实在没办法做到有效的医疗保障。"

听着吴额日德的讲述，王布和得知原来吴额日德的家乡缺医少药现象也很普遍，他觉得这是挺可怕的一个现象。

第四天上午，王布和给吴额日德留下半个月的蒙药后回家去了。

度过漫长的冬日，第二年春天天气转暖后，吴额日德他们要返回锡林郭勒草原的接羔点。临走前，图布信巴特尔和吴额日德邀请王布和去他们的家乡看看。恰好这段时间农闲，平日里王布和的诊所也没多少患者。于是，在征得妻子和母亲的同意后，王布和带上自己的行医证，背上一个药箱，骑着一匹蒙古马，跟随图布信巴特尔他们从哈日努拉出发，赶着羊群慢慢向西南方向前行。

他们一路风餐露宿，在出发的第 7 天，来到东乌珠穆沁草原的巴仁查克图嘎查。

这是王布和第一次踏进这片大草原。放眼望去，天高地阔。辽阔的草原，马儿随意驰骋，绝无羁绊。吸一口清爽的空气，能通透七窍。王布和感叹道："锡林郭勒草原太大了！"

站在高原上，王布和四处寻觅炊烟升起的蒙古包和依稀难辨的羊群、牛群、马群、骆驼群。此时的王布和感觉到，个人在广袤的草原上，竟然如此渺小！

他们从巴仁查克图嘎查到呼图勒敖包嘎查，再到哈敦陶布格嘎查，一路向偏西南方向游牧。由于多年来这里的人们都是游牧生产，图布信巴特尔与很多嘎查的牧民都熟悉。当他们得知有一位年轻的蒙医医生过来巡回诊疗时，大家相互转告。就这样，王布和在乌珠穆沁草原上一边行进，一边行医。

东乌珠穆沁草原地广人稀，每一户牧民都有上千亩甚至几万亩草牧场。

王布和行医初期，经常冰天雪地走屯进户诊病

牧民热爱草原，为了让草原得到生息，一年四季要实行有规律的轮牧。而恰恰这种常态化的游动生产、生活方式，加大了牧民的疲劳度和对健康的破坏力。

王布和长时间目睹牧人的生产生活后，才真正体认到牧民生活的辛苦。他心想：“生活在这样偏僻的地方，要是有个大病小灾的，往医院送都有可能来不及啊！”

游牧生活就是逐水草而居，牧人要在广袤的草原上，跟着悠闲觅食的畜群走。

王布和跟着图布信巴特尔和吴额日德停停走走，走走停停，慢慢游牧到乌兰图嘎嘎查。

在将近一个月时间里，王布和每天被沿途的牧民请到牧包里把脉问诊，给他们治疗肠胃系统疾病和风湿病等常见病。

很快，这里的牧民们对王布和这位来自科尔沁草原的青年医生有了好感和信任。这种天然的信任度，也给了王布和很大的自信。

在巡诊过程中，王布和发现，有的牧点上就一个人住着，既要放牧，还要自己做饭。在牧民心里，放好牧，让牛羊吃饱，要比自己吃饭还重要。出去放牧劳累一天，疲惫不堪的他们常常饥不择食，什么凉的、硬的，见到啥随意吃点儿充饥。另外，常年在野外被风吹、雨淋、日晒等，缺少劳动保护，天长日久，再好的身体也很难扛得住。看着牧羊人放牧的背影，王布和心想："18年前，我爸爸也是这样劳作的，后来，扛不住就倒下去了。"不想则已，一想起来父亲，他心里就难受。

通过巡诊，治愈一个个牧民患者，王布和觉得自己当初坚持选择学医，是对的，有价值的。

春天，对牧民来说犹如农民的秋季，是一年中最为忙碌的季节。王布和看到，从3月初到4月底的整个接羔季，牧民将母羊、羔羊按着体能状态不同进行分群单放，每个牧点都要将羊分成四五个小群，进行单放和饲喂。尤其对体弱、奶量小的母羊以及羔羊，每天要进行单独饲喂，劳动强度随之就要加大。有的牧民恰恰就在这个节骨眼上累倒或者是摊上病，没时间去治疗。王布和的巡回保健医疗，有效缓解了当地缺医少药的现状，保障了部分牧民的健康。

很快两个多月过去了，在东乌珠穆沁旗草原上，王布和一路巡诊，许多牧点都留下他的足迹。

经过这次长时间田野调查式的行医，王布和发现，风餐露宿的牧人们，有不少人都患上风湿病、肠胃病、肝胆病等疾病。

也是经过这次的长时间巡诊，细心的王布和对草原上原发性、继发性常见病，有了进一步的了解，也掌握了基本的诊断方法，并梳理出一套比较行之有效的蒙医综合施治疗法。

就在草色遥看近却无的播种季节，王布和回到家乡西哲里木。作为没有工资收入的村医，他要和其他村民一样，扶着马犁杖耕种四十多亩农田，维持一家人的生活。

王布和深入贫困患者家里看病

12
信
赖

  巴雅尔是锡林郭勒盟东乌珠穆沁旗乌兰图嘎嘎查的牧民。半年前，巴雅尔因严重的风湿病导致瘫痪。

  家里的顶梁柱倒下之后，一家人的生产生活很快陷入极度困境中。妻子德力格尔带着巴雅尔四处寻医，却不见丈夫有起色。实在没法子了，她把牧点托付给亲戚管理。然后又找来几个帮手，于1993年端午节前夕，将巴雅尔抬到王布和的诊所。

  巴雅尔过去就患有风湿病，每年冬春季节，他的腰腿痛的老毛病都犯，犯病的时候走路一瘸一拐的。不过，这并没有影响他放牧。他和许多草原牧民一样，只要没有倒下去，就不会放下手里的皮鞭。

  1992年初冬，巴雅尔为了给自己家的畜群做驱虫防疫，开着二手买来的旧吉普车，去镇政府所在地道特淖尔兽医站买兽药，为了节省时间，他抄近道走，途中有一条河，已经结冰。他以为冰面能撑得住车辆，将吉普车直接开到冰面上，当车行驶到河中央的时候，冰面突然炸裂，吉普车掉进一米多深的水中，自动熄火。旧车车门封闭不严，四处灌水。无奈，巴雅尔只好打开车门，跳进冰冷的水里，然后爬到冰面上。他穿着湿漉漉的裤子，一路小跑去找就近的牧点求援。一个多小时后，他从六公里开外的一个牧点找来一辆四轮拖拉机，千辛万苦地把吉普车从冰窟窿里拽出来。就是这次遭遇导致他的风湿病加重，加之没有进行及时有效治疗，渐渐地由腰腿疼痛变成不能行走，再后来就瘫痪了。

王布和接诊后，按着传统蒙医疗法，即口服蒙药＋药浴＋针灸＋拔罐＋按摩，系统治疗巴雅尔的病。

经过大半年时间的精心治疗，巴雅尔得以康复。

回到锡林郭勒草原后，巴雅尔又能利落地骑马放牧，他们一家人又找回了往日的幸福。

王布和治愈瘫痪的巴雅尔这件事，在当地被传为佳话，王布和也因此赢得了更多草原人的认可。

能治愈巴雅尔，王布和对自己的行医能力也有了更多的信心。

王布和善于在实践中学习，通过学习不断提升自我。

立业之初，他艰辛跋涉去锡林郭勒草原巡诊，接触到的病例大多是过去见过的常见病。后来，随着患者群的增多，来找他治病的患者的病种也多了起来。让王布和感到困惑的是，近些年来出现的新的病种名称，在他阅读过的传统蒙医学书本上是没有的，对王布和来说，收治从未接触过的个别病例，无疑是挑战。

日复一日，一晃十年过去了。

2003年正月里的一天下午，内蒙古通辽市农村的一位中年妇女，背着她8岁的儿子，急匆匆来到王布和的诊所。这时冰雪还未融化，母子俩都穿着棉衣棉裤，因为急着赶路，这位母亲早已汗流浃背了。

见到王布和后，这位妇女拿出一大把化验单给王布和。

原来，这个小孩子在几个月前，因外伤引起格林—巴利综合征，导致运动神经元局部瘫痪，四肢无力，脖子艰难地支撑着脑袋。

小男孩的母亲对王布和说："起初我们发现孩子下肢麻痹，行动不太自如，我们以为是不小心在哪里磕碰了，慢慢地他的两个上肢也麻痹起来。我们就赶紧找我们当地的医生看，可是却诊断不出什么病，就这样接连走了好几个大医院，最后给出这样的结论。"

在王布和熟知的传统蒙医药典里面，没有关于格林—巴利综合征这样的病例表述。

王布和看着化验单和诊断书，摇摇头说："格林—巴利综合征，在传统蒙医病案里是没有这种名称的。过去，我也没有接触过这样的患者。"

看到王布和为难，小男孩的母亲心里着急了，赶紧说："王医生，您就按着蒙医疗法给孩子治一治吧。"

王布和很严肃地说："治病不是儿戏，我真的没接触过这样的病。别耽误了孩子。"

小男孩的母亲望着王布和焦急地说："这可怎么办？这可怎么办呐？嗨！"她叹了一口气后说："我知道孩子的病不好治，我们也是实在没法子了，才来您的诊所。"

看着这对母子着急的样子，王布和犯难了。心想："不接诊吧，他是从500里开外的通辽过来的。接诊吧，将会面临很大的医疗风险。"

沉默了一会儿，王布和说："我这里只是个小诊所，治疗的都是一些常见病、多发病。孩子这种病，我从来没见过，更没有治疗过。"

看到王布和医生两难，小男孩的妈妈向王布和坦言，孩子患病后，已经去过好几家医院，疗效都不好。更让她犯难的是，为了给孩子治病，已经花光了家里所有的积蓄，没有钱再往其他大医院跑了。她是听说王布和的诊所，有钱没钱都给治病，才过来的。如果王布和医生不收治，她决定将放弃治疗。

当这位母亲说出要放弃给孩子治疗时，噙在她眼中的泪水，不由自主

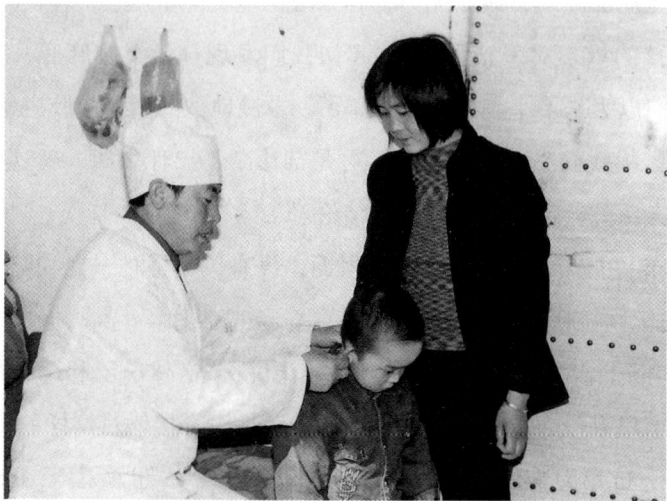

王布和为格林—巴利综合征患儿诊治

地滚落下来。

小男孩儿在一旁抬着头，静静地听着他妈妈和王布和医生的对话，眼神一会儿落在妈妈脸上，一会儿落在王布和身上。

8岁这个年龄，在王布和记忆深处极为敏感，也是个痛点。

王布和心想："8岁，本应该是无忧无虑活蹦乱跳的孩童时代，这孩子却摊上这样的病，真是人生多难。"

看着小男孩儿无助的眼光，听到小男孩的母亲含泪诉说着无奈和苦楚，王布和心里很不是滋味。他深深地吸了一口气说："既然这样，那就先住院观察吧。"

随后，王布和用右手大拇指和食指、中指轻轻地抚摸这个小孩子的两只耳朵，看他的脉象。

在通常情况下，王布和给患者号脉诊断，不超过两分钟。而对眼前的这个小患者，他却从头到脚进行再三检查。经过仔细斟酌，王布和决定，按着神经系统和免疫系统功能双向调节方式，用口服蒙药辅助针灸等蒙医疗法进行治疗。

最初几天，小男孩的妈妈心里很忐忑。

连续十来天看不到变化，她心里越发着急，愁眉紧锁。她心里知道，王布和医生在尽力治疗呢，可是她看到的儿子依旧是软绵绵的样子。

自从这个小男孩住进诊所，王布和就将他视为重点患者。在精心用药治疗的同时，每天仔细观察孩子的体态、神态变化情况。

让这位母亲欣慰的是，经过半个多月的治疗，她儿子的四肢要比刚来时有力量了。看到儿子的治疗有了效果，她的脸上终于泛起笑容。她高兴地对王布和说："王医生，我儿子的疗效很好的，谢谢你啊！"

王布和哈哈一乐，说："不谢，不谢。治疗小孩子的病，要循序渐进，不能用猛药去攻。成长期的儿童对药物很敏感，用药过度必然会损伤他的其他器官，闹不好会害了小孩子。"

小男孩的母亲看到儿子渐渐康复，心里甜甜的。

经过两个多月的调治，这个小患者奇迹般地得到了康复。刚来时两手两脚不听使唤，全靠母亲扶着才能艰难迈开脚步的他，现在可以独立行走了，两手也能随意拿放物品。

儿子一天天好起来，母子俩在诊所有说有笑。

一个久治不愈的患者，会把一个家庭拖垮，而治愈一个疑难病患者，就能挽救一个家庭于水火。对王布和来说，经历了这样的挑战，让他更加坚信："只要对症下药，蒙医大夫可以有更多的作为。"

许多患者都是通过口碑传播得知草原深处的王布和这位医生。随着王布和的声名鹊起，他的患者也越来越多。

13

行运

1993 年春天，白青山因患肝硬化腹水，全身浮肿，生命垂危，一时间全家人都着慌了，不知如何是好。

白青山家住内蒙古科右中旗巴彦呼舒镇西日道卜嘎查，他是一位命运多舛的蒙古族农民。白青山患这病已经好几年了。这些年，为了治病，他四处寻医，家里经济陷于困境。在这人生低谷期，他的心境极度沮丧，病情也一天比一天加重。

就在一家人走投无路的时候，他听说王布和医生用传统蒙医疗法曾经治愈过这种病，并且在王布和的诊所，有钱没钱都能治病。

白青山满怀期待之心。

对于传统蒙医，白青山并不陌生。在 20 世纪 50 年代初期，他的父亲白福祥就是当地一位深受人们尊敬的蒙医医生。

白福祥在 7 岁那年，跟着哥哥白福泰在阜新县于寺出家修行。几年后，在阜新县瑞应寺曼巴札仓学医，主修传统蒙医学。后来时局动荡，他还俗回家。好学上进的他，在阿友希上师的指点下，几经周折，从土默特后羿化石戈乡搬到图什业图旗黑大庙东南处的西日道卜嘎查，边务农，边行医。

在白福祥43岁那年冬天的一天下午，位于西日道卜嘎查西北部三十里开外的察森化嘎查，有一位农民，因家人患重病，急匆匆来请白福祥去他家出诊，白福祥背上药包赶紧骑马过去诊治。

出诊完了之后，在回家途中，他骑的马突然受惊，将主人重重摔下，白福祥顿时重度昏迷。马慢慢地独自回到家，家人见马不见人，预感到事情不妙。于是，赶紧组织乡亲们去寻找，一直找到后半夜，大家在离察森化村子东边不远的一片坟地旁边的路旁找到白福祥。此时，白福祥已经是奄奄一息。由于内脏受损，加之冻伤又没能及时治疗，不到一年就去世了。这一年，他44岁。其时，长子白青山刚刚14虚岁。

白青山知道，他的父亲当年曾经治好过很多疑难病，其中也包括严重的肝病。他相信医术高明的蒙医大夫有可能治得了他的病，可是，现如今，已然家徒四壁、囊中羞涩的他，实在是不敢贸然去找王布和医生。

接送患者的毛驴车

家人建议白青山去碰碰运气。

几天以后，求生欲望极强的白青山，抱着碰一碰大运的心态，在家人陪伴下，坐上从通辽至霍林河的列车，来到他家西北三百多里地远的西哲里木站。下了列车，就听到王布和医生的接站车队在高喊接站。白青山坐上接站的毛驴车，不到 20 分钟，就来到诊所院外。

毛驴车车夫吆喝道："到站了，到站了，到王布和的诊所了，下车吧。"

下车后白青山看到诊所院里院外，来来去去有很多人。他自言自语道："这地方还挺有人气的啊！"

白青山脸色铁青，面无光泽，艰难地腆着大肚子。他在长子的搀扶下，走进王布和诊室。王布和一看，这是今天来诊所的病人中病情最重的患者，便赶紧给他号脉。

号过脉，王布和对白青山说："从脉象上看，你的肝、胆、肾、心以及胃肠，都有些毛病。最要紧的是你的肝脏不好，病期太长了。现在首要的问题是消浮肿，把水尽快排出去，减轻肝脏、脾脏、肾脏、心脏的压力，另外还要调节胆囊、胰腺以及肠胃功能，我给你开一些药，你先吃吃看。"

听王布和这样一讲，白青山心里有些着急了，问："我有这么多毛病，还有治好的可能性吗？"

王布和说："有啊，当然有了。"

白青山再问："真的吗？"

王布和很自信地说："是的。你这病的关键问题还是肝脏的毛病，排毒能力已经很弱了。你的病期有点长，从脉象上看，其他器官也有不同程度的损伤，功能弱化，所以对其他器官也需要进行协同调治。"

深吸一口气后，白青山点点头，说："啊，原来是这样。有这么多病，这得吃多少样药啊。"说完这句话，他又叹了一口气。

王布和说："治病先得从病根上着手。"

王布和把药方子递给白青山，对他说："老大哥，你去抓药吧！"

因为来诊所时，兜里没带几个钱，路费也是从亲戚家里借来的，接过药方子，白青山脸上露出为难的神色。这一细节让王布和看见了，便微笑着对白青山说："没关系的，大哥你去抓药吧。病，已经把你折腾成这样了，赶紧把病治好要紧。只要我的药能见效，你拿去吃就是了，不用考虑其他的！"

听到王布和要给他免费治病这句温情的话，白青山顿时抑制不住激动的心情，眼泪直往下滴答。他哽咽着说："王医生，谢谢你啊！我们真的是一点法子都没有了。前几天才听说你是一位热心照顾贫困患者的好心人，我就奔你来了。哎呀，眼见为实啊！给你添麻烦了！"

王布和安慰道："没事的，老大哥你就好好配合治疗吧，我们共同努力。你这病是慢性病，需要慢慢调理才行，你先住下来，在这儿吃一段时间药，边吃药，边观察，好不好？"

白青山说："好好好，那就麻烦你了。"

王布和说："没事，没事。到窗口取药去吧。"

随后，王布和起身招呼妻子白秀英，对她说："一会儿，你给这位老大哥安排个床位，让他住院治疗。"

白秀英说："好的。"

年过五旬的白青山为了治病，这几年走过好多家医院，见过很多医生，但从没见过像王布和这样察言观色、细致入微、不讲代价、自掏腰包、一心一意给患者治病的医生。

人，长久被病痛折磨后，心弦容易被拨动，泪点变得很低。白青山就是这样的人，他曾经是个天不怕地不怕的硬汉子，因受肝病折磨，他不仅仅腹部肿胀，现如今，从两脚到膝盖，拿手指头一摁一个坑，渐渐地两条腿不听他使唤，体力越来越差，他害怕死神随时都有可能眷顾于他。

有很长一段时间了，见不到疗效的他，多次想放弃治疗，可是一想到膝下年幼的孩子们还没有立事，心里就特别难受。他渴望将生命再延续下去，多尽一点做父亲的责任。可是，那棵能让他生命延续的"稻草"，他却一直还没有抓到手。今天来到王布和诊所就诊，他有如释重负的感觉，心里敞亮了许多。

不一会儿，白青山就拿到了按着早中晚分好的三包蒙药，等在他旁边的一个护士，随后领着他直接去了病房。

就这样，白青山住进王布和的诊所，接受系统的治疗。

经过 21 天的治疗，白青山感到身体舒服了一些，排尿量渐渐增加，腹部也不像以前那样肿胀了。脚上、腿上等其他部位也在慢慢消肿。迈开腿走起来，显得比以前劲头足了，原来铁青色的脸庞慢慢显出微微的光泽。

看到自己的病一天天好转，白青山很是高兴。他对王布和说："我原来以为我这病没得治了呢，心里天天闷得慌。我刚刚 50 岁出头，还有好多事情没来得及做呢，可是，这几年什么也做不了了，真让人发愁啊。不瞒你说，我就害怕头天晚上睡下去，就再也见不到第二天早晨的太阳升起了。"

王布和说："长期重病缠身，很多人都会变得神经敏感，这也是常情。病人应该树立自信心。病和药其实就像锁头和钥匙的关系。患者患病犹如有意无意锁上了自己，作为医生，要想方设法找到那把能开启'锁头'的'钥匙'给患者。在治疗期间，患者拥有自信心很重要。心理上不惧怕病魔，疗效自然会更好一些。你说，这世上哪有过不去的坎呢？"

白青山边点头边说："是是是，你说的对。"

白青山觉得与王布和唠嗑，在心理上有拨云见日的感觉。

每一次和王布和唠完嗑，白青山都觉得自信心又得到了增强。与此同时他也不断地给自己打气："活着真好，一定要好好活下去！"

随着身体的慢慢康复，白青山原来经常情绪波动、动不动就生气的状态得以改善。

这些天白青山看到王布和是位十分谨慎的医生，对住院的患者，他在每天早晨查完房面诊后，依据患者康复状况再施药，几乎都是按天给药，确保合适、合理。

候诊患者

王布和的诊所是个和谐的家园。在这个大院里，王布和与患者们过成了一家人状态。为了节省开销，很多人自己从家里带来米面，患者们组成若干个组合，大家一起拾柴，轮流做饭，其乐融融。

茶余饭后，在诊所大院里，人们有倾诉的，有倾听的，有拉琴的，有唱歌的，有说笑话的，这种融洽的氛围，有效提升了生活式治疗效果。

王布和鼓励白青山在体能允许的前提下，到诊所院里适度运动。

细心的白青山每天观察着王布和诊所里来来往往的患者们，他发现绝大多数贫弱患者都是来自农村牧区。这些来找王布和治病的患者，有不少都和他差不多，因为贫病交加，已经再也无力到其他的医疗机构看病，只好将王布和的诊所作为最后的驿站。

诊所表面上人来人往很红火，由于需要接济的患者多，运转起来已经很费劲了。他对王布和说："都是我们这些贫困的病人拖累你了。你的压力真不小啊！"

王布和嘿嘿一笑，说："压力的确是有。不过还好，目前诊所还能正常运营。就像老大哥你看到的，来我这里看病的大多数患者，确实都是贫困农牧民，经济基础太薄弱。大家因为信得过我，才来找我，我必须为你们负责。我有一个不变的心愿，就是通过我的治疗，想看到患者们开心的笑容。”

白青山静静地听着，临了说了一句话：“真不容易啊！”

王布和说：“慢慢地，一切都会好起来的。”

对于没有工资性收入的王布和来讲，给这些贫病交加的患者们免费治疗，甚至对特别困难的还要供他们吃住，日积月累，负担越来越重。然而，王布和又不能停下来，接济贫弱患者是他学医的初衷。透过王布和的坚守，白青山感受到，人按初衷行事是一件多么不容易的事情。

随着病情的一天天好转，白青山的心情更加阳光了。看到白青山身体慢慢有起色，王布和打心眼里高兴。

白青山在诊所住的时间长了，和王布和之间聊的话题也渐渐多起来。后来在和白青山交谈的时候，王布和得知，白青山正在读高中二年级的二儿子白忠林，因为家里太困难，面临着辍学的窘境。对此，白青山很是愧疚，他责备自己的身体不争气，在孩子最需要他的支持时，却无能为力了。

王布和对白青山的儿子眼下所处的困境，很是惋惜。

就在这一年的暑假期间，白忠林来到王布和诊所看望住院的父亲。王布和看到这个小伙子长得很有精气神，就和他打招呼。在言谈中，王布和意识到眼前的这个小青年很机灵，是个可塑之才。

突然，一个思绪掠过王布和的脑海，从白忠林身上，王布和看到了自己青少年时的无助、无奈。

那个时候，王布和家里十分困难，不得不在读完高中后回家种地。眼前的白忠林，如果没人资助他上学，必然要和很多乡村小青年一样，一辈子都要窝在山沟里。

王布和想帮他一把，给这个小伙子一个飞翔的机会。于是，王布和当着白忠林父子的面说：“只要你喜欢读书，我一直供你到大学毕业。你只要争气，将来有能力之后，帮一把你爸爸妈妈，把你们家撑起来就好了！”

白忠林反应极快，马上给王布和鞠躬致谢。说："谢谢叔叔！"

王布和哈哈一乐，轻轻地摆摆右手说："不谢，不谢。孩子，你争气就好！"

对于王布和的义举，白忠林和他的爸爸都感到很意外！

半年多来，白青山在王布和的诊所得到治疗，重新拾起生活的勇气，身体在逐渐康复。现在，又听到王布和要资助他儿子上学，真有喜从天降之感。

白青山激动不已，赶紧对王布和说："真是不好意思啊，你给我免费治病，我已经不知道咋感激你呢，现在还要供我儿子上学，太谢谢你啦！"

王布和说："孩子有出息，家庭才有希望。我看好这孩子，他将来一定会有出息。"

白忠林说："叔叔，您放心吧，我一定会努力学习。"

白青山看看儿子，看看王布和，他喜极而泣，说："真没想到，我们俩还有这样的运气！"

就是从这一年秋季开始，王布和资助白忠林上学。

一年后，白忠林如愿考上辽宁锦州建工学院土木工程系。而这时，病愈的白青山也能够到田间地头干点活了。

对于白忠林的刻苦、争气，王布和很满意。从白忠林的不断进步中，他也看到了白青山一家人的希望。

从小过惯了清贫生活的白忠林，很是珍惜这来之不易的上学深造机会，无论是学习还是生活，他对自己有着几近苛刻的要求。

虽说王布和每年都要给白忠林资助一笔上学费用，白忠林还是省吃俭用。他知道王布和医生经营诊所很不容易，是从牙缝里挤出钱在帮他。在4年的大学时光里，白忠林总是精打细算，从不乱花一分钱，每顿饭菜，他都要选择最便宜的买，只要不饿肚子就行。

白忠林是一位心中有梦的青年，他每天从早到晚，除了在教室上课，

白忠林于 2017 年秋在科右中旗蒙医文化研究会大楼落成仪式上致词。他是工作后反过来支持王布和发展的企业家，王布和的许多建设项目都得到他的帮助

就是去图书馆浏览群书，汲取营养，夯实基础。

白忠林的好学上进也得到亲戚、同学和学校的高度赞誉。家住阜新市的堂兄白忠仁通过不同方式多次资助过他，大学同学在四年间也给予过他多次关照和资助。1998 年白忠林的家乡遭受百年不遇的洪灾后，学校还给白忠林减免了学费。来自方方面面的这些实实在在的动力促使白忠林更加刻苦学习，不断提高。与此同时，也让他充分感悟到青年人懂得感恩、回馈社会的使命。白忠林在日记中写到："感恩我生命中遇到的一切，苦难让我认识了这个世界。幸运让我遇见了引领指导我的老师，我是一个幸运儿！我感恩社会，努力学习、不断提升自我，将来更好地回报社会是我的使命。但愿我的所思所愿所为，日后能给他人带来一些积极的光亮。"

一晃四年就过去了，大学毕业后，白忠林在辽宁省阜新市就业，当上了一名建筑设计师。

14
铁牛

　　铁牛是内蒙古科右中旗的一个蒙古族农民。1995 年冬天，在一个风雪交加的下午，铁牛的弟弟急匆匆来到王布和的诊所求助："我哥哥精神失常了，王医生您赶紧想法子救救他吧。"

　　王布和问："你哥哥现在是什么状况？"

　　铁牛弟弟说："哎呀，他现在好吓人的。你去看看就知道了。"

　　说这两句话时，铁牛弟弟的声音在颤抖。

　　王布和问："你哥哥受了什么刺激才精神不正常的？"

　　铁牛弟弟说："也没受过什么刺激，可能是因为长期喝大酒吧。"

　　王布和点点头，说："啊，原来是这样。那让他戒酒不就好了吗？"

　　铁牛弟弟说："哪有那么容易啊。我哥哥现在已经失去理智，精神已经不正常了，就在刚才，还在家里发狂。"

　　王布和说："如果是那样的话，他还是受到过某种刺激，或者是条件反射。"

铁牛弟弟挠挠头说:"这我就不清楚了。"

铁牛这个人,王布和过去就认识。人善良,身板硬,庄稼活样样都拿手。

铁牛从 20 多岁开始就喜好喝酒,后来到了 40 来岁时变得嗜酒。

20 世纪六七十年代由于粮食短缺,白酒和其他绝大多数商品一样,都要凭票供应。逢年过节,各家各户才能凭票买到 2 斤白酒。那时,铁牛想喝酒,却买不到酒。

从 20 世纪 80 年代初开始,随着农村实行包产到户,粮食丰产,酒类商品敞开供应,想喝白酒可以随便买。再后来,一些头脑灵活的人在简易作坊里用土办法烧制白酒,然后走村串户叫卖。铁牛和很多村民一样,长期喝这种廉价的土烧散白酒。这样的酒,理化指标严重超标,属于劣质酒,但是价格相当便宜,散装白酒才几毛钱一斤。

起初,他是每天中午、晚上喝那么几两。后来,喝出酒瘾了,早晨也喝上二两,变成一日三顿酒,成天迷迷糊糊的。

铁牛长年累月喝这种含有甲醇、乙醚等许多对人体有害成分的酒,慢慢就中毒了。再后来,他不管有没有菜,想起来就喝几口。家人感到问题的严重性,就劝阻他不要再喝酒了,可是,他哪里听得进去呢。

对铁牛来说,可以一天不吃饭,但不能一顿没有酒。只要一顿喝不到酒,他就觉得心里痒痒,好像整个身心都要崩溃了似的,整天满脑子都充斥着关于酒的信息。

由于长期嗜酒,铁牛越来越瘦,脸色变成绛黄色,走起路来摇摆晃荡,说话失去逻辑。渐渐地他精神萎靡,脾气变得越来越坏。

因为身体一年不如一年,这两年铁牛已经不能下地干活了。家里的当家人颓废后,这一家人的生活也随之江河日下,变得十分困难。

铁牛病重,家里根本没有钱给他治病。实在没办法了,家里人才向王布和求助。

王布和来到铁牛家里时，他的老婆、儿子还有几个至亲，正在看着铁牛。

让王布和揪心的是，刚刚发作完的铁牛低着脑袋，用直愣愣的眼神看着屋子里的人们。

王布和刚刚落座，屋子里的人就七嘴八舌地诉说铁牛的病状。

王布和说："这都是酒惹的祸啊。戒酒了，病就能好一半。"

铁牛的老婆说："我们也想过法子不让他喝，可是没法子每天跟踪他24小时。有时候他背着我们到小卖店去买酒，喝醉了，就昏睡过去。我们不让他喝，他还耍脾气，谁都管不了。再后来就变成现在这样，精神失常了。唉！好好的他，咋就变成这样一个人了呢？让我们娘几个，整天提心吊胆的……"

大家又争着说道："谁都想让他戒酒，可他就是戒不了啊。"

王布和认真地说："每个人对物质的享受都是有数、有度的。超越极限，必然要适得其反。大家一定要帮助他，让他把酒戒掉。"

了解完铁牛的基本情况后，王布和坐到铁牛跟前，心平气和地对他说："来，大哥你把左手伸过来，让我看看。"

铁牛乖乖地把手伸给王布和。

王布和很认真地给铁牛号脉。

看过铁牛左手脉象，王布和对铁牛说："把右手伸过来。"

铁牛把右手也伸给王布和。

看到这般情景，满屋子里的人都感到很惊讶，大家没想到已然精神失常的铁牛，居然能这样听王布和医生的话。

王布和号过脉，对铁牛家人说："他患的是间歇性精神失常，是酒精中毒引起的间歇性精神分裂症，不好治，这是慢性病，是一点点伤害神经系统造成的，不像突然受到某种刺激的患者，找到病根，调理调理就能好。现在他表面上患的是精神分裂症，就是你们看到的这状态。实际上，他的病不仅仅这一种。因为多年喝大酒，他的肝脏、肾脏、脾胃、心脏、胆囊、大脑神经，甚至四肢的末梢神经，都已经严重受损。他的病必须得综合调理，系统治疗。"

铁牛弟弟赶紧问："能治吗？"

王布和十分肯定地说："能治。"

听到能治这两个字，大家露出了一丝笑容。

王布和紧接着说："不过得需要住院治疗一段时间。"

铁牛老婆赶紧问："他要是住院的话，大概得住多长时间呐？"

王布和说："这就不好说了，得要看看他的康复情况。"

铁牛老婆焦急地说："他的病一旦发作起来，一个人是看不住的，我们一家老小还要过日子呢，这可咋整啊？"

亲戚朋友们也说："是啊，这事真不好办啊。"

大家你瞅瞅我，我瞅瞅你，人们的脸上浮现出很复杂的表情。

看着大家想不出更好的办法，王布和对铁牛老婆说："大嫂，要不然这样吧，你们就在家里监护他，我抽空骑自行车来你们家，给铁牛大哥治疗吧。"

听王布和这么一说，铁牛老婆心中的一块石头落了地，她十分激动地说："这真是不好意思。真是给您添麻烦了。"

王布和说："大家一起努力，让铁牛大哥康复起来。"说完，他从药箱子里取出一堆蒙药，给铁牛配伍。

治疗铁牛的病，除了一天三次口服蒙药外，还要结合针灸治疗。王布和擅长用鬼门十三针技法来调节精神疾患的神经系统。为了践诺，他每天要去一趟铁牛家，为其进行针灸治疗。

起初，铁牛的家人配合得很好，认真监护。在王布和的精心治疗下，仅仅一个来月时间，铁牛就见好，说话有了逻辑性，走路腿脚也有了力气，脸色有了光泽。他的家人以为没事了，渐渐放松了监护。没承想，铁牛酒瘾上来，又偷偷跑去食杂店买酒喝。看到铁牛精神状态不对，王布和告诫铁牛："大哥，你可不能再喝酒了啊，喝酒对你身体不好。以后不许再喝酒了啊！"

铁牛愣着眼神，半晌才"啊"了一声。

王布和转过头，对铁牛家人说："他是绝对不能再喝酒的。要让他绝对禁酒，你们一定要看住啊！"

铁牛的家人点头答应。

可是，有些商人重利，只要拿上钱，酒还是能买到的。就这样，铁牛时不时地还能喝到酒，家人也看不过来，这让王布和很是挠头。

在王布和救治铁牛的第二年春天，铁牛再次犯病。家人赶紧找王布和出诊。等王布和骑自行车赶到铁牛家时，闻到的还是满口酒气。家里老少几个人不知如何是好，看到眼前的这一番情景，王布和很是上火。

王布和对铁牛家人说："可不能再让他喝酒啦。他的病根就是酒，要斩断病根就得让他彻底戒酒。你们要是再管不住他，有可能会葬送他的性命。而且精神病患者没有自我控制能力，一旦失手伤到别人怎么办？你们作为监护人监管不力，是要负连带责任的，这可不是闹着玩的事情。这半年多来，就像你们看到的，他是见好的，只要好好巩固，他以后还能过上正常人的生活。"

没能管住丈夫，铁牛的老婆心里十分愧疚。她很不好意思地对王布和说："我们实在对不住您呐。以后我们一定会看住他，绝不让他再喝酒了。待一会儿，我出去挨家挨户告知村里人，谁要是再让铁牛喝酒，出啥事情都由他们负责。"

王布和点点头说："嫂子，您这就对了。您把利害关系给全村人讲清楚。以后，人们都会注意的。"

王布和一边对铁牛进行针灸，一边嘱咐在场的人们："大家一起努力救救他吧，不要一而再再而三地让他错失康复的机会。"然后又对铁牛说：

"你是家里的当家人，你还有很多事情要做。你不能颓废呀，你倒下去，你的孩子们怎么办呐？"

刚刚发作完的铁牛，不知道听没听懂这句话，他瞪直了眼睛瞅瞅王布和，又瞅瞅屋子里其他人。

此后，又经过将近半年时间的系统治疗，铁牛得以康复。慢慢地，他又可以干农活了，一家人过上了祥和的日子。

铁牛病愈，王布和了却了又一个心愿。

戒酒后的铁牛再没有犯病。这些年来，铁牛的孩子们把王布和医生当作亲人和榜样，学王布和行善助人。熟人或者是村子里谁家有大事小情，他们都会热心地去帮衬。

15
口碑

直到 20 世纪末，仍有一部分贫困患者得病后，能挺就硬是咬牙挺着，家住内蒙古突泉县的张有福就是这样一位硬汉子。

张有福的妻妹叫赵丽丽，在内蒙古科右中旗孟根陶力盖银铅矿工作。1998 年正月，她来到毗邻的突泉县城给老父亲拜年，顺便也看望姐姐、姐夫。这时的张有福因受心脏病、原发性高血压病困扰，心跳失去节律，体虚、头晕、眼底充血，身体状态很不好。

张有福是一名下岗职工，生活困难。失业后的他没有稳定收入，患病后只好在家里硬挺着。

赵丽丽看到姐夫受病魔折腾，没了精神头儿，姐姐赵淑兰愁眉紧锁，眼神游离，她心里五味杂陈。想资助姐姐姐夫，可是自己家里的生活也是捉襟见肘。思来想去，她想起科右中旗西哲里木镇的王布和医生。

赵丽丽告诉姐夫张有福，科右中旗有很多患有内科疾病的贫困患者，在王布和医生的诊所得到过救治，建议他也去看看。

张有福患心脏病、原发性高血压病已经好多年了，因为经济拮据，一直没有进行过系统治疗。只有病情加重实在挺不住了，他才吃点药缓解一下。

张有福性格内向。这些年来，由于经济困难，再加上身体不适，他的社交圈很小，因而，平日里他所获取的信息也少得可怜。久而久之，他习惯了自己过自家的日子，对外界很多事物不闻不问，王布和医生的行医方式，他从没听说过。

刚才听赵丽丽这么一说，张有福有点半信半疑。他随口问道："听你这么说，这不是免费午餐吗？这年头还有这样的人？不可能吧？哪有那么多好事，会罩到我们头上呢？"

赵丽丽说："在我的周围就有人去过，王布和医生的行医方式确实出乎很多人的意料。你不去怎么能知道呢？是不是呀？再说了，你现在已经病成这个样了，如果再不抓紧治疗，姐夫，你将来后悔都来不及啊。"

张有福听着听着，觉得妻妹说的话有道理，也觉得王布和医生的行医方式很新鲜。不过，心里仍是七上八下的。

看到张有福举棋不定，妻子赵淑兰说："现在正好闲着，要不然你就跟着妹妹去看看，指不定哪块云彩会下雨呢，你说是不是？"

张有福用右手托住下巴，瞅瞅老婆，再瞅瞅妻妹，眼皮子有节律地眨动着，眼珠子在眼圈里慢慢打转。

去还是不去呢？张有福在心里琢磨着。

两天后，张有福跟着妻妹坐上班车，先到科右中旗火车站，然后再转乘火车，来到300多里地远的西哲里木站下车，又换乘专门负责接送站的毛驴车，辗转来到王布和的诊所。

王布和号过脉，给张有福开了处方，让张有福去药房取药。

因为当日已经没有返回去的列车和班车，张有福只好住在王布和的诊所。

给张有福留下深刻印象的是，在这样一个偏僻的山村诊所，居然有好多住院患者，他感到很意外。

第二天上午，张有福带上半个月的口服蒙药往家走。

他手里拎着药，心里嘀咕："不知道这种药是不是好使。"

在此之前，张有福从来没吃过蒙药。王布和给张有福拿的药，有团成圆粒儿的丸剂，也有磨成面的散剂。而且，一日三次服用的药引子都不一样，对这种疗法，张有福感到挺好奇的。

张有福服用王布和医生的蒙药，仅仅半个月后就明显见效。于是，他又一次来到王布和的诊所。这时，他的眼底充血的症状已经没有了，心脏也不像以前那样乱蹦乱跳。看到张有福有起色，王布和也很高兴。这次王布和让张有福带回去21天的药，并告诉他："我让患者带走的药最多是21天的。因为随着病情的好转，需要适当调节药方子和用药量。"

张有福说："明白，明白，谢谢啦！"

王布和摆摆手，哈哈一乐，说道："不谢，不谢。老大哥你早点康复，我就高兴啦。"

经过将近半年多时间的系统调理，张有福多年的老毛病一个个消失，血压也稳定了。随着身体的康复，过去郁郁寡欢的他开始有说有笑，邻里们看到原来一直病病恹恹的张有福基本恢复健康，都不时地向他打听在哪里治疗的，用的是什么方子。

张有福告诉他的街坊邻里们："我这个老毛病是科右中旗西哲里木镇的王布和医生给治愈的。"

从那时起，突泉县的患者们陆陆续续来找王布和看病。

突泉县有很多人是在20世纪初叶从辽宁、吉林一带迁徙过来的。突泉人与内蒙古东部区各盟市及辽宁省很多县市、吉林省白城地区、黑龙江省大庆、齐齐哈尔等地区有亲缘关系。短短几年时间，王布和的名声就通过患者间的口耳相传，得到更多人的认可。渐渐地，他接诊的患者遍及内蒙古及东三省。

2000年，对张有福来说，注定又是个灰色的年份。

就在这一年的秋天，张有福被查出贲门恶性肿瘤。他没有想到生命倒计时信号来得这样突然，这样急促。一下子，张有福失去了精气神。

患病后心乱如麻的张有福，去过好多医疗机构，给出的治疗方案有两种：一是手术，切除肿瘤；二是保守治疗。

家人动员他，干脆切了算了。

张有福考虑到如果进行手术治疗，必然要花费一大笔钱。家里没有积蓄的他不想举债治病，不想给老婆孩子添负担，更不想把家弄得人财两空。

张有福语气坚定地对老伴儿赵淑兰说："我已经60多岁了，我这种体力，是没有能力继续创造财富的，不能给家里再增添负担。保守治疗吧，走哪儿算哪儿吧。"

赵淑兰赶紧说："那怎么行呢？就是砸锅卖铁也得给你治疗啊。钱财算什么？命才是最重要的。"

张有福说："这些年我们家缺的恰恰就是钱，钱到用时方恨少啊。这事你就别跟我争了。"

赵淑兰说："我们一定要好好治疗。就是卖掉房子也得给你治病。"

张有福说："我理解你们的心情，感激你们的好意，但是，你们也要尊重我的选择。"

赵淑兰还要和他争论。

张有福摆摆手，说："让我消停一会儿吧，别跟我争了。"

这些年，赵淑兰习惯了顺从，尽管心里非常焦急，却也只好顺着张有福。

躺在炕上的张有福心里非常烦躁。他感觉到生命的脆弱，感觉到岁月的无情。后来，日渐憔悴的他自我封闭，甚至都不敢照镜子看自己正在脱相的面庞。

人在无助的时候，特别希望天使降临。

身心俱疲的张有福，时而陷入绝望，时而又幻想着奇迹发生，他想看见那个"天使"，更想抓住那个"天使"的翅膀，他的情绪从来没有像现在这样起起伏伏过。

有很长一段时间了，知道自己病情严重性的张有福，一直背着沉重的心理负担。他渴望获得新生，期盼和正常人一样自如顺畅地饮食。然而，眼下这一切都成了奢望。

看着病重的张有福，赵淑兰恳求他再出去看看。

张有福说："我已经到了这般地步，看也白看。我们不要鸡飞蛋打，我不能这么做啊！"

赵淑兰说："看你这样遭罪，我心里太难受了。我们不能在家硬挺啊！出去治一治吧！"

"唉！"张有福叹了一声，顿了一会儿后，说："我这病要是能治得了，我能不治吗？我现在体力不支，心情也很糟糕的，你们就别为我操心了。"

"嗨！"赵淑兰叹了一声，说："这可怎么办呐？真是要命啊！"

害怕说多了张有福更加生气，妻子不敢再言语。

张有福一直挺到2001年4月底，后来基本不能进食了，连喝水都常常噎住，晚上睡觉时都能疼醒。受病痛折磨，张有福心里特别烦躁。心想："原来，生命竟然是这样脆弱。就这样离开世界，我心有不甘呐。"

2001年的5月2日晚上，年过花甲的张有福独自做出一个决定。他对家人说："明天我要去西哲里木镇，找我那老朋友王布和医生，让他给我治一治。哪怕给我缓解点疼痛呢。"

自从张有福患病，急坏了赵淑兰。尤其是近几天，看到张有福进食特别困难，她心里比谁都痛。相濡以沫40多年了，眼瞅着丈夫日渐消瘦，她却帮不上忙，心里既着急又很愧疚。现在，丈夫对她说要去找王布和医生，她马上说道："好啊，那我明天陪你一起去吧。"

张有福说:"不用了,我一个人去就行。"

赵淑兰说:"可是你现在的身体状况这样差,没有人照顾你,我怎么能放心呢?"

张有福说:"我说没事就没事。"

赵淑兰语塞,眼泪却情不自禁地滑落下来。

张有福瞪着老婆轻轻地说:"干啥呢?我没事的。"

赵淑兰赶紧拭去泪水,说:"我这个人呐,就是眼泪窝子浅。"

张有福习惯了在家里说一不二,他的决定老婆孩子没人敢反驳。他觉得男人就应该顶天立地,不能婆婆妈妈的。现在,他之所以决定自己一个人去,就是不想让家人陪着他一起受煎熬。

他心想:"自己身上长的病,自己扛着,为啥还要牵连着家人遭罪呢?疼,我不说,他们就不知道。我一旦要是说出去,家人必定心里更难受。为啥要折腾家人呢?这不是我的行事方式。"

而赵淑兰担心的是,丈夫的身体已然糟糕到这种程度,万一在半道上有个三长两短怎么办。她在心里不断地掂量着。毕竟是几十年的老夫老妻了,她知道张有福的秉性,宁折不弯,只要主意定了,九匹马也拉不回来。她想来想去觉得还是顺从张有福的意愿吧,在这个节骨眼上,别再惹恼他会更好些。只是,她心里纠结个没完。这一宿,她脑袋里总是过电影似的,陈年往事、眼下难题,一幕一幕地翻来覆去地转着,悬着,整宿都没睡着。天蒙蒙亮她就起床,给老伴熬小米粥。粥熬好后盛了一小碗让张有福喝,张有福尝试几次,因感觉噎挺,就是咽不下去。

张有福对老伴摆摆手,慢慢地说:"算了,不吃了,收拾桌子吧。"

赵淑兰说:"时间还早着呢,你再试试,多少吃一点吧。"

张有福摇摇头,然后用右手食指指着自己的食道说:"它不让进呐。"

赵淑兰看着已经脱相的张有福,心如刀绞,轻轻地说道:"这可咋整啊!"

张有福说："信命吧。只能信命了。"

五月的科尔沁草原，树木长出绿叶，青草长到巴掌有余，放眼望去，一派勃勃生机。

列车车窗外的盎然生机，让张有福的心情舒坦了一些。

张有福是当天下午将近 3 点钟的时候到达王布和诊所的，因为是老患者，见面后，王布和主动和张有福寒暄。

王布和问张有福："怎么了老大哥，身体消瘦了呢？"

"唉！"张有福叹了一口气后说："一言难尽呐……"

话匣子打开后，张有福有气无力地把这半年多来的寻医问药经历给王布和简单说了一遍。王布和听完张有福的讲述后，深深地吸了一口气，说："你身体不舒服，怎么不早点过来呢？"

张有福想说话，话到嘴边，顿了一会儿又憋了回去。

王布和一边号脉，一边耐心地说："大哥，病人不能上火。你越是上火，病魔越活跃，越使劲欺负你。我给你配一些药，先治一治，看一看，好不好？"

听王布和这么一说，张有福原本忐忑的心平复了一些。

他望着王布和医生，说了一个字："好！"

王布和对张有福说："现在你的体力状况，不宜药量过大，得慢慢调节。"

张有福说："我听你的。你就死马当作活马医，咋用药你看着办。"

王布和说："那你就从今晚开始用药吧。"

张有福说："好好好。"

王布和接着说道："老大哥，这次你得住几天院了，我要观察着给你调理药方。"

张有福好像从睡梦中被叫醒一般，说："啊？还要住院呐！"

王布和说："是啊，我要观察着你的状况给你调节药量。"

张有福慢慢地点点头，说："那好吧。让您费心了！"

就这样，张有福住进了诊所。

病重的张有福心理压力非常大，大脑中不断闪出一个又一个负面信息。王布和觉得，此时给予张有福适度的心理干预很有必要。因此，王布和每天要挤出一些时间，到张有福的病房，绕过他的病，与他聊天，让他有意无意地暂时忘掉自身的病。

一天，两天，三天，不觉间很快四天过去了，张有福感觉与来时没啥区别。他心想："八成没戏了。"

第五天早餐，诊所食堂做的是小米粥、馒头、圆白菜咸菜。张有福喝了一口小米粥，不觉得噎，他很高兴，心想："看来吃药见点儿效了。"一勺，两勺，三勺，喝粥不再有噎的感觉了。他又顺手就着咸菜，一小口一小口地吃了一个馒头，也不噎了。

饭后张有福赶紧找到王布和高兴地说："王医生，今天早餐我没感觉到噎。"

王布和说："好啊！早餐你吃的是啥呀？"

张有福说："早餐我吃的是馒头、圆白菜咸菜和小米粥，吃东西不噎了，把我高兴坏了。"

王布和高兴地说："正在消肿呢，看来药见效了。"

张有福笑呵呵地说："王医生，看来我这是有希望了！"

王布和说："那当然了，我们得继续努力啊！"

说完，王布和激动地哈哈乐起来，张有福也应声笑了起来。

因为生活困难，张有福一直没有手机，家里也没有安装固定电话。病情见好的他，急着想把这个消息告诉为他担心的一家老小，第八天他就带着一大包口服蒙药出院回家了。

很快21天过去了，吃完药后张有福再次来到王布和的诊所。王布和看到张有福精神状态好了许多。交谈中张有福告诉王布和,他现在身体康复情况比较好,走路两腿也有劲了。

王布和说:"好啊。你的病能在很短的时间内有起色,确实出乎意料。这也证明你老大哥心态很好,抗压能力很强。"

张有福说:"还是您的药好使!"

王布和说:"每个生命个体都不一样,同样的药物,不同的病患,因为个体差异,疗效也会不一样。"

张有福说:"这么说,我是幸运的?"

王布和说:"你的心态好,要继续加油啊!"

张有福说:"好的,好的。"

生命的张力出乎想象。当人的意志和信念高度契合时,人可以克服很多险阻,包括抗病毒的侵袭能力。张有福强烈的求生欲望和王布和医生对症适量的施药,使他向真正的康复又向前迈出了坚实的一步。

张有福说:"要是照着这样态势的话,真有希望了。"

王布和说:"那是肯定的。我们就一起努力吧,好不好?"

张有福高兴地说:"好!好!好!"

张有福在王布和诊所连续吃了将近两年的蒙药,体重增加了,心情也好了。

为了巩固疗效,王布和让张有福在每年农历三月末开始,在青草发芽的时候都要再吃上一到两个疗程的药。十几年过去了,如今年过70的张有福老人依旧保持着健康的心态。

随着时间的推移,这些年来,王布和的口碑在突泉县民间广为流传,来王布和诊所的患者也越来越多。

张有福有一个老乡叫王海,是突泉县一名出租车司机。近几年,他几乎每天都开着车将突泉县的患者送到王布和的诊所。到了夏天,有时候,王海一天要往王布和诊所跑两个来回。

诊所大院每天人来人往，王布和日复一日地忙碌着。

妻子白秀英竭尽全力协助王布和打理药房、药浴室的工作。而诊病、针灸、拔罐等等一大堆工作，只能由他一个人去完成，每天从早到晚忙得很，王布和常常感到力不从心。

16
抉择

1998 年夏天，王布和的独生子宝音图考上了大学，在填报志愿时，王布和让儿子填报了蒙医学专业。就这样，宝音图被内蒙古民族大学蒙医学院录取。

对山村的孩子来说，考上大学是离开乡村，改变命运，实现夙愿的重要途径。

宝音图临上学之前的头天晚上，一家人坐在一起吃饭，白秀英对他说："儿子，上大学对人生来说是一件至关重要的事情，你一定要珍惜大学时光。你爸我们俩都是农民，这辈子不会离开农村。我们希望你有文化、长本领、能出息。"

宝音图说："妈妈放心吧，我一定会好好学习。"

在蒙医学院，宝音图和同学们一样，憧憬着美好未来，按学校要求完成着课业。他在大学既学习传统蒙医学，又学习现代临床医学。

内蒙古民族大学蒙医学院有很多蒙医蒙药方面的权威教授、专家。宝音图和同学们一起认真聆听着这些学者们的授课，潜心修业。

世纪之交的时候，中国大学校园里，新思想、新理念扑面而来。尤其是城市的繁华绚烂、城市的生活节奏、城市的文化氛围、城里人的思维方式、城市里新兴的就业模式等海量信息，一次次冲击着宝音图等来自农村牧区青年大学生们的心智。

大学时光匆匆而过，宝音图学有所成，顺利毕业。

让很多人没有想到的是，等宝音图大学毕业后，缺少助手的王布和让儿子直接回到他的诊所当助手。

看到许多同学一个个陆续在城市大医院就业，宝音图感到憋屈，好长时间都闷闷不乐。

宝音图对妈妈说："妈妈，我也想到城里找一个心仪的工作单位就业，这必定是我人生又一个起点。而且，体制内和体制外的身份完全是两回事，它绝不仅仅是城市和乡村的差别这么简单。"

白秀英说："是啊，你说的没错。不过，你爸爸让你回到诊所也有他的考虑。"

宝音图说："不就是缺少帮手吗？多我一个和少我一个能有多大不同呢？"

白秀英说："我是支持你往外走的。但是，这事情还得和你爸爸好好商量一下，你先别太着急啊。"

宝音图说："我现在出去闯可能是最好的时期，我想出去闯一闯。"

白秀英说："出去闯天下，光有激情是远远不够的！你可要想好了，出去容易，立足难呐。"

宝音图思索片刻后说："妈妈，总不能大学毕业后又回到原点吧。妈妈，这一段时间我心里很郁闷的。"

白秀英听儿子这么一说，心里很不是滋味。一时间不知道如何回答。

顿了一会儿，她苦笑着对儿子说："孩子，有些事情不宜太着急，练就过硬的本事才有更多的机会。"

宝音图说:"机会? 妈妈, 不出去走走, 怎么会有机会呢? "

白秀英说:"孩子, 妈妈理解你的心思。青年人有追求是好事。但是, 千万别耽误长本领。先要学富五车, 然后方显才高八斗。当医生, 无论在哪家医院工作, 一辈子都要学习。"

宝音图说:"妈妈, 这道理我懂得。"

白秀英说:"那就好, 你还缺乏实践经验, 先把基础夯实喽。"

一开始, 王布和对儿子没有解释, 他甚至没有时间去做什么解释。后来看到宝音图有很长时间情绪低落, 王布和觉得应该与儿子进行必要的沟通。有一天晚上吃过晚饭, 王布和对儿子说:"我个人觉得, 学医的目的就是当医生。医生的职责就是想法儿把患者的病治好。至于患者来自什么地方, 医生在哪个医院, 在怎样优越的环境里工作, 这些事情比起治病救人这个目标来讲, 并不是十分重要的。"

宝音图说:"爸爸, 工作环境不同, 氛围不同, 个人发展程度也会有所不同的。"

王布和说:"你说的有道理。我是这样想的啊, 大医院少一个两个像我们这样的医生, 照样会运转得很好。而在偏僻的乡村, 我们却能为那些去不了大医院, 甚至治不起病的患者提供帮助, 解除痛苦, 这是我们的价值所在呀! "

起初宝音图也想和父亲掰扯掰扯, 听着听着, 他听出来父亲话里的语重心长, 就没再说什么。

这天晚上王布和一个人滔滔地在讲, 宝音图和妈妈静静地倾听着。

白秀英几次想插话, 话到嗓子眼又止住。她是两头为难, 觉得帮谁说话都不对劲。

在王布和看来, 医生治病, 不能将患者分等分类。从生命高度而论, 人应该都是平等的, 人们获取健康的机会也应该是均等的。王布和是这样想的，也是这样做的。

对于儿子回到诊所，白秀英心里一直很矛盾。

几天后，白秀英觉得心里憋得慌，就对王布和说："孩子的知识面要比我们广，了解外面的世界也比我们多，很多做人做事的大道理他也都懂。就方方面面的条件来说，城市和乡村的差别，那可不是差一点点的呀。"

王布和说："是啊，这些都是现实问题。不过，从治病救人的视角去考虑，我们的诊所你说能停下来吗？要想持续下去，没有学有所成的年轻医生顶上来，将来怎么办呐？"

白秀英说："那非得让儿子回来不可吗？"

王布和说："你好好想想啊，像我们这样偏僻的村落，一个私立诊所，有哪个正规院校毕业的小青年愿意过来呀？我这也是没办法的办法。我别无选择呀。"

白秀英说："我自己这一辈子随你心愿，怎么地都行，可是你硬让孩子应承这沉甸甸的担子，不是在为难孩子吗？"

王布和嘿嘿一笑，说道："一个医生，应当真正知晓自己的使命是什么，感悟到自己应该要担当什么的时候，所有问题也许会有迎刃而解的那一天。"

听到这里，白秀英觉得丈夫说的在理，儿子的前程固然重要，可是诊所也的确是人手不够。

这一年从夏日到初冬，一家三口人，围绕着大学毕业的宝音图何去何从，心里矛盾了很长时间。

宝音图按捺不住躁动的心，有一天又对妈妈说："妈妈，现在要是出去，机会很多。而且，我在大学学的不仅仅限于蒙医学科。城市里的大医院，无论是医疗设施硬件，还是医疗人才团队以及先进管理理念等软件，各种条件都是相当了得。这些优势和我们村屯诊所有着天壤之别。青年人处在人力资源富集、现代化设施齐备的环境里，不仅心情舒畅，医疗技术水准也会不断提升。妈妈，我还是很向往在城市里工作。"

白秀英对儿子说："是啊，你说的没错。不过，你呢先顺着你爸爸，在诊所当助手，等到你的实践经验很丰富了，再出去也不迟，你看好不好？"

宝音图咬咬牙，沉思了一会儿，慢慢地说："妈妈，我只是说说罢了。"

白秀英听见儿子说这句话时，眼圈湿润了。此时此刻，她的心一下子更加纠结

王布和的儿子宝音图大学毕业后想在城里就业，但王布和劝儿子回来帮他为父老乡亲服务

了，泪点很低的她没能抑制住自己的泪水，赶紧安慰儿子道："当医生的目的不就是治病救人吗？凡事想开了就好办了。我们不能站在这山望着那山好，其实，山山都有秀美景色，是不是啊，儿子。"

听到妈妈用颤巍巍的声音开导自己，宝音图心里一阵酸溜溜的。他意识到，此刻，妈妈的心在为他的前程而纠结。

宝音图对妈妈说："妈妈，我知道了，我没事的。您不用纠结。"

白秀英慢慢地说："那就好！无论如何，要向前看，看长远啊。"

时间，很容易磨平人的思维棱角。

而思维的扁平化，又让人适应原本抵触的事物。

在诊所长大的宝音图耳濡目染，从小就有爱心。回到诊所后，他跟着父亲每天要接触数十个甚至上百个贫弱患者。每一位患者都有各自不同的

经受病魔折磨的辛酸经历。在诊治他们的同时，宝音图也一次次经受着心灵的洗礼。

就在这时，一位名叫钢·呼雅格的蒙古国学者来到王布和诊所。他是一位研究人类学的学者，在世界各地寻访出类拔萃的蒙古族文化人。他听说王布和的事迹后，觉得很好奇，于是就来寻访王布和。在诊所仔细观察了解几天后，他邀请王布和到蒙古国乌兰巴托进行义诊。

三个月后，王布和受邀去了乌兰巴托。

王布和在诊所的时候，宝音图是他的助手，尽管一天天很忙，却并没有感到太大的压力。现在，父亲不在身边，诊病、治病的担子一下子全压在他的肩上。一些常见病，他能够诊断治疗，而面对疑难杂症时，缺乏经验的他，只好根据患者脉象，通过国际长途电话向远在蒙古国的父亲进行远程问诊。

王布和这次出国，来回整好 20 天。在这段时间，来诊所的患者依旧络绎不绝，其中多数是从偏远的农村牧区过来的贫困农牧民患者。患者们对诊所的认可度宝音图没有想到。更让他没想到的是，因为他是王布和的儿子，是诊所的小医生，患者们像信任他爸爸一样相信他。他真正体验到了：这里的患者需要他，家乡需要他；他在家乡更有价值，更能发挥作用！

渐渐地，宝音图心中的疙瘩解开了。

后来，宝音图对他妈妈说："妈妈，我想通了。当医生的目的不就是减轻患者的病痛吗？城市医院、乡村诊所不都是接受患者、治疗患者吗？想开了之后，其实在哪里工作都一样！"

听到儿子这么一说，白秀英忐忑的心稍微平静了一点。

就是这天晚上，白秀英对王布和说："我并不是多么羡慕城里人的生活，只是我们俩毕竟就这么一个儿子，我就是想顺着儿子的想法，让他去寻找属于他自己的那片天空。现在，儿子的心静下来了，或许是他真的想开了，或许是……"

王布和微微一笑，没再说什么。

宝音图平日里除了帮父母亲打理诊所的业务，还要抽出时间帮家里侍弄庄稼地，一天到晚总有干不完的活儿在等着他去做。

看着儿子忙里忙外，白秀英心里感到愧疚。

又过了很长一段时间后，王布和觉得儿子的心态已经很好了。于是，有一天晚上对宝音图说："我当年能当上医生，对我来说是一件很不容易的事情。我想没有改革开放政策，我是当不上医生的。所以，我很珍惜这个岗位。当医生一定要把患者的生命看得高于一切，只有患者的生命得到保障，他才有康复的希望。当蒙医大夫要保持清醒的头脑，慎之又慎才行。蒙药不像西药那样对病灶进行精准打击。蒙药中所含的成分很复杂，它更像是使用兵团在打围剿战。恰到好处地施药治疗，需要相当的功夫。有心人呢，会通过大量的实践，掌握真正的本领……"

宝音图静静地听着父亲的话，他觉得父亲讲的这番道理很明了。

宝音图应和道："爸爸，我想开了。医生的天职是解除患者的痛苦。从我们传统蒙医大夫角度来讲，接地气，可以有很多作为。"

王布和说："你有这样的认识就好了。你要记住谨慎、细致这两个关键词，它会对你很有用的。"

宝音图说："爸爸，我记住了。"

王布和很看重自己的职业，他更看重自己的心愿。在他看来，自己费尽心力学到的一技之长，在当下和日后很长时间里，仍然能够救助足够多的病患。眼下，他需要有人心甘情愿地在他身边学习，日后还要尽力帮助需要救助的患者群，而这个人选除了自己的儿子，现在他还没找到第二个人。

现在，儿子已经没有了思想波动，王布和很是欣慰。事实上，王布和看重的恰恰是儿子对他事业的传承，这可以使其当初学医时的心愿得到延续。

王布和对白秀英说:"我就是个乡村医生,每天清晨睁开眼睛,要做的事情就是给患者看病,他们把健康托付给了我,我责无旁贷。有时我不得不考虑的是,10年后、20年后怎么办。我观察到儿子对患者很有耐心,将他们都当成我们的亲人一样时,我心里很高兴。患者都是一样的,哪能分三六九等呢?"

白秀英说:"儿子正在读懂你的心思,这很好啊。"

王布和点点头。

没有了思想包袱的王布和夫妇,静静地观察着儿子的言行举止。

多年来,王布和一直将自己视为农牧民的一分子,每天接触的多半也都是农牧民患者。在他的内心深处,农牧民在朴素和简单中,映射出人的本真和善良。王布和将他们的疾苦视如自己的苦难,尽力做到有求必应。细心的王布和看到儿子宝音图在用心行医的同时,常常为需要帮助的患者们排忧解难,这正是王布和想看到的,从儿子身上,王布和看到他心爱的事业后继有人了。

17
姻缘

随着时间的推移，宝音图不再寻思往外走了。

白秀英觉得没让儿子往外走，心里有亏欠。但是，儿子耽误什么也不能耽误娶媳妇。她对王布和说："儿子该处对象了。"

王布和说："是啊。不过这事儿不能操之过急，得他有自己的意中人才行。我们只能提醒，当参谋，不能包办。现在的年轻人都有自己的择偶标准，眼界也宽，是不是啊？他们的幸福要由他们自己来做主才是。"

听丈夫这么一说，白秀英觉得是这么个理。于是，她说："你说得在理。我就是心里老惦记着这件事。"

王布和说："姻缘，姻缘，你得看到有缘人，才能联姻，是不是啊？"

白秀英笑着说："你说的对。可是，在我们农村来说，儿子的岁数已经不小了。"

王布和说："给儿子娶媳妇，对我们家来说是件大事，这事呀，还真是急不得。"

白秀英正色道："这事也慢不得。"

王布和微笑着说："是，我知道了。"

进入 21 世纪，文化形态多元化的特征进一步凸显。人们的物质生活进一步丰富，各种需求更加多样化。在多种文化交融、思想开放的时代，如何坚守和传承他们的心愿和事业，对王布和夫妇来说，与生命同等重要。他们觉得给儿子娶媳妇，一定要找一位勤奋、善良、朴实、胸襟豁达的女孩子。

就在王布和夫妇心里惦记给儿子找个中意的对象的时候，有一天，诊所来了一位蒙古族少女，她叫艳灵，家住在通辽市扎鲁特旗太平乡白音温杜尔嘎查。她肠胃有点毛病，长时间脾胃不和，来找王布和医生治疗。

艳灵在王布和的诊所抓了半个月的药，因为赶不上当日南下的列车，只能等到第二天上午才能回去，于是，在诊所住下来。

第一次来这个诊所，这里的一切对艳灵来说都很新鲜。尤其是对王布和医生的行医方式，她以前只是听说过，从来没见过。当她亲眼看到患者们有钱没钱在这里都能看病，艳灵觉得很好奇。

在王布和的诊所，每天都有五项工作相当忙，一是王布和给排队候诊的患者们诊病，二是在制药车间制药，三是在药房包药、付药，四是给患者做针灸、拔罐等理疗，五是在药浴室让患者们药浴。诊病、制药、理疗这三项工作，除了诊所医务人员外，别人插不上手，帮不了忙。

每天早晨 5：30 到 7：30，上午 8：30 到 11：30，下午 5：00 到 5：30 这三个时间段，王布和要集中时间诊断，患者们也是在这个时间段从付药窗口取药。为了方便患者用药，诊所将患者每天早中晚三次服用的蒙药，都先给配伍好，而这些蒙药由药剂师们按着王布和开出的处方，从瓶瓶罐罐中一勺一勺地舀出来，倒在约 100 平方厘米的药用包装纸上，然后还要一包一包地包好。每个患者每天早晨、中午、晚上各吃一包配伍好的药。不住院的患者，一般要带走半个月的药，就得给包上 45 包药，工作量大，药房有三四个药剂员，根本包不过来。于是，常有一些陪护病人的小青年们，帮着药房药剂师打包。当艳灵看到付药柜台上有好几个年轻人在忙着包药、付药，大家忙得不亦乐乎时，闲着在一边的她，也凑上去当临时帮手。

在诊所，宝音图是全能型青年医生，帮父亲针灸、拔罐、付药，样样工种上都能看到他忙碌的身影。这天，艳灵在付药柜台外帮着包药时，恰好宝音图也在这里忙活。

艳灵长得清秀，柳叶眉，双眼皮，高鼻梁，瓜子脸，一颦一笑中透射出纯真善良的气质，加之身材高挑，在人群中显得出类拔萃。宝音图觉得这位小姑娘犹如出水芙蓉般美丽。然而，性格内向的他并没有和艳灵搭讪。

第二天，艳灵带上半个月的药回家去了。

诊所医生少，患者多。宝音图起早贪黑地帮父亲打理诊所事物，很多事情犹如过眼云烟，转瞬即逝。

时间过得很快，一晃就是半个月。

吃完药后，艳灵再次来到诊所。

号过脉，王布和又给她开出半个月的药方子。

同上一次一样，艳灵仍然要在诊所住上一宿。

艳灵眼勤、手勤，取完药后没啥事，她和上次一样，又来到付药柜台来帮忙。由于是第二次见面，艳灵和宝音图算是认识了，宝音图微笑着问："过来啦？"

艳灵也报以微笑，回答："啊。"

宝音图又问："吃完药，见效没有啊？"

艳灵回答："好一些了。"

宝音图说："那就好。"

就在这时，一股淡淡的清香味道，飘进宝音图的鼻腔。

他环视四周，发现这味道是艳灵身上散发的雪花膏的味道。

他清一清鼻腔，再细细品味时，艳灵刚刚呼出去的带着温暖的气息，恰好又飘进他的鼻腔，他感到很舒适。

宝音图流露出一丝微笑，迅即又忙起手里的工作，没再和艳灵交流。

"咚、咚、咚、咚"，药剂员从瓶瓶罐罐中，有节律地用药勺子一勺一勺地舀出面药、粒药分发到摆放好的小纸片上，付药柜台两侧的小青年们，不停地忙着给排队取药的患者们包药、付药。

王布和的诊室和付药柜台同在一个屋子里，王布和看到药房柜台前，艳灵和一帮年轻人正在忙碌，很是高兴。这一次，艳灵的温婉给王布和留下了深刻的印象。他看到这个小女孩很有眼力见儿，而且举止大方，看着很是慧质娴雅。

第二天上午，艳灵带着药回家去了。

前后吃完一个月的药，艳灵觉得身体比以前舒服很多，为了巩固疗效，她第三次来到诊所找王布和医生抓药。

由于已经是熟人，闲聊中王布和问起艳灵的基本情况。艳灵告诉他，中学毕业后在家干农活呢，现在正在家里闲着。

在将近三个月的时间里，艳灵先后来诊所五六次。

特别留意艳灵的王布和夫妇，很喜欢这位小姑娘温良的性格和得体的言谈举止。

宝音图是诊所的小医生。几个月下来，艳灵对宝音图很熟悉了。尽管这样，彼此间并没有太多的交流。

王布和的性格特别沉着稳健，凡事他都要认真斟酌着去办。近几个月来，他在留意儿子业务的同时，也看出来儿子对艳灵有好感，王布和觉得时机在渐渐成熟。

后来，王布和夫妇向宝音图提及艳灵。

宝音图很腼腆地说："爸爸妈妈你们觉得咋样啊？"

白秀英说："我们看艳灵这孩子挺好的，你要是有意，我们想进一步了解一下这个姑娘的情况。"

宝音图说："我也觉得挺好的。"

王布和夫妇听到儿子的表态，彼此对视后露出笑容。

正在这时，有患者来找宝音图，想让他针灸，宝音图应声去了。

王布和对白秀英说："给儿子娶媳妇，最重要的一点是女孩子的品性，嫁给我们儿子后，她就要和儿子一起扛起诊所这副重担。就这一点来讲，没有博爱情怀，一般人很难长久坚持下去。艳灵是农村孩子，了解农牧民的基本生存状况，如果富有同情心那就更好了。"

白秀英说："我看好这孩子，这孩子真不错。"

通辽市扎鲁特旗和兴安盟科右中旗是毗邻的两个旗，这几年，从扎鲁特旗来王布和诊所看病的患者有很多。其中有不少人同王布和非常熟悉。在征得儿子同意后，王布和托人打听艳灵是否认可宝音图。

得到的答复是：艳灵表示认可。

艳灵对自己的爸爸妈妈说："我看宝音图很踏实，是一个能靠得住的人。"

听到女儿同意后，艳灵的爸爸妈妈对来人表态说："只要两个孩子同意，我们没啥意见。"

时隔不久，按着当地习俗，王布和夫妇托了媒人到艳灵家正式提亲。

与身边很多同龄人不同，因诊所业务太忙，宝音图很少有时间带着艳灵花前月下去浪漫。他觉得对艳灵有亏欠。

对此，艳灵很是理解，她对宝音图说："爱情不见得非要如胶似漆地卿卿我我，只要两个人都有正事，以后能过正常日子就行呗。尤其是你，在诊所整天有做不完的工作，我不可以影响你的工作呀。"

宝音图说："你能理解就好。"

艳灵说："我们青年人有正事就好。"

宝音图说："谢谢你的理解。"

宝音图、艳灵与长女王恩慧合影

由于彼此理解，宝音图和艳灵的爱情，犹如和煦的春风，吹进彼此的心窝。温和、理性，艳灵觉着这样的方式也很甜美。

2002年10月份，艳灵嫁给宝音图，她很快成为王布和诊所的支柱之一。

每天，天蒙蒙亮，王布和一家人就早早起床，开始一天的忙碌。

有一天，艳灵对婆婆说："过去我是局外人，看到全家人一天到晚不停地忙碌，热闹得很。等嫁过来后才知道，经营好诊所是多么艰难。"

白秀英说："你老公公学医时的初衷，一直没有改变，一直在坚守既定的行医模式。这种宁可自己不吃不喝，也要让贫弱患者吃上良药，给他们驱除病魔的行医方式，只有融入我们这个家庭，才能真切地体会到。"

艳灵说："妈，我知道了，其实，为了实践诺言，我们一家人，天天背着山一样大的压力，才能勉强维持诊所的运营啊。"

白秀英笑着说道："孩子啊，很多事情，只有经历了才知道它的珍贵和重要。"

艳灵说："我明白了，在我们诊所，患者的病痛如同我们家人的病痛一样！"

白秀英说："是的，你老公公正是这样想的，也是这样做的。"

艳灵说："要长久坚守初衷，真是不容易啊！没有贫困群体该多好啊！"

白秀英说："我想，慢慢地会好起来的。农牧民不可能总是困难下去的。"

艳灵说："贫困有可能会消除。可是，人类疾病不可能根除啊。"

白秀英说："这也许就是诊所要长久存在下去的价值所在吧。但愿一切都好起来！"

这些年，王布和始终恪守着两条原则，其一是用良药祛除患者痼疾，其二是用良心办事为人。

领悟了诊所的真谛，艳灵每天都觉得心情舒爽，天晴气朗。

白秀英很赏识艳灵的豁达、博爱和细心。她对王布和说："艳灵就像天使，她的善良让患者们感到温馨。她会让我们心无旁骛地为患者提供力所能及的服务和帮助。"

王布和说："博爱是我们诊所的奠基石，我爱人人，是诊所不变的宗旨。我们诊所能不能长久地将博爱洒播，能不能长久地维系下去，艳灵很重要。"

白秀英说："艳灵让我们很放心，她让我们吃了定心丸。"

王布和说："给患者解除病痛，让诊所保持和谐，首要的是我们家庭要和睦。而这里，最为关键的人物就是儿媳妇。她的善良、博爱程度，决定诊所能不能按着我们延续多年的心愿，去为众多患者服务。"

白秀英说："艳灵不是物质型的。她是典型的能包容山川原野有胸襟的草原女人。"

王布和笑而不答。

物欲往往让人迷失方向,博爱常常让人海阔天空。

在王布和的心灵高地,患者至上。他和他的家人都要倾心、倾情、倾力为患者服务。

左起:王乌恩夫、宝音图、艳灵、王恩慧、王好日娃。宝音图现任内蒙古蒙奥药业有限公司董事长

18
春天

有一位蒙古族妇女名字叫七月，她是一位命运多舛的人。在她虚岁13岁那年，母亲因病去世，两年后，家境贫寒的她不得不辍学务农。

小小的年纪，单薄的身体，七月每天要跟着爸爸，从事日出而作日落而息的农业生产劳作。

18岁那年，经人介绍，七月就嫁人了。

不知是什么因由，七月结婚两年后，不幸患上严重的类风湿病。

为了治疗类风湿病，她去过很多家医院，用过好多种疗法，可是，都没有明显的疗效。后来只好依赖激素类药物顶着，渐渐地四肢各个关节越长越大。每天期盼康复的她，看到的自己却是一天不如一天，原本少言寡语的七月，愈发变得自我封闭，极度自卑。

短短几年，七月的四肢都变形了。两只手不能自如地拿东西，严重弯曲的两条腿走不了路，她失去了生活自理能力。

面对自己不争气的身体，七月非常苦恼，可是她又有啥办法呢？日复一日，年复一年，煎熬中几年过去了，漫漫的寻医路，将家里拖累得入不敷出。

让七月万万没想到的是，有一天，丈夫把她送回娘家，干脆撒手不管了。

七月又气又恼，她没办法接受这突如其来的冷酷。

活生生地被人抛弃，七月憋屈得喘不过气来。一夜间扁桃体脓肿，嗓子沙哑发不出声音。她举目四望，茫然不知所措。

七月自言自语道："这样窝囊吧唧地活着有啥用？还不如死了痛快呢。"

此时，她的脑子里涌进来很多杂七杂八的想法。从此，在很长一段时间里，她陷入极度郁闷中，甚至有时变得精神恍惚，语无伦次，这让娘家人愈加担忧。

看到女儿懊丧，爸爸心里极为担心她，害怕她一旦想不开做出什么不可预测之事，他把瓶瓶罐罐的药物和带尖、有刃的剪刀、小刀等器物，都放在七月伸手够不着的地方，并安慰道："姑娘，你不要沮丧，有病我们就得慢慢治疗。有爸爸在呢，我们一定想办法给你治疗。我们要好好活着，会有出头的那一天。"

七月抽泣着对爸爸说："去哪里说理呀，看我没啥用处了，竟然把我送回娘家。我是人，不是物啊，难道人有了病，就随意扔掉吗？"

爸爸说："姑娘，你一定要想开些。在人生路上遇到沟坎是在所难免的。我们不能退缩，要不然更是无路可走了，是不是啊？既然缘分到头了，就该面对现实。人总是要向前看，往前走的，对不对？"

七月把目光移到窗外，叹了一口气，静静地说："什么叫缘分呐？难道感情和身体好坏也要挂钩吗？"

爸爸被问住了，他一时不知道该怎么回答。

看爸爸不吱声，她又深深地叹了一口气说："也是，责怪别人又有啥用呢？都是自己的身体不争气，成了废人。"

爸爸说："姑娘，你一定要有信心，现在医学发展得这样快，我就不信治不好你这病。"

心乱如麻的七月说："爸爸，我知道您是在安慰我。我这病如果好治的话，早就治好了，它太缠人了，让我生不如死啊。"

七月的心变得冰凉，叹了一口气，然后说道："难道失能的人就没了尊严吗？"

爸爸赶紧说："姑娘，你是有尊严的。你的娘家人都很关心你、爱你。你一定要清醒过来呀，该过去的总会过去的。强扭的瓜不甜呐，该走的就让他走好了。他要走，你是拽不过来的，由他去好了。"

七月捂住胸口咬着牙说道："你们说着轻松，有谁能知道我现在的心情，我已经憋屈得快要喘不过气来了。"

爸爸说："所以说一定要想得开，你如果把自己长久地套在怨恨里，那遭罪的还是你呀，我们可不能自己折磨自己呀，是不是？"

沉默了一会儿，七月对爸爸说道："是啊，一切都过去了。可是我的青春已经没有了，我怎么可能说忘就忘得了呢。"

爸爸喝了一口茶，慢慢地说："姑娘，学会忘却其实也是一种智慧。聪明人会忘掉该忘记的东西。"

对于太阳而言，千疮百孔的地球永远是它的卫星。

此时此刻，七月感觉到爸爸就像温暖的太阳一样，在她身心俱疲、一无所有、病病恹恹的时候，照样得到爸爸的细心呵护。

爸爸说："姑娘，爸爸是上岁数的人了，你要知道一个道理，人在适当的时候，要调整好自己的心态，你要学会冷暖自知啊。"

七月噙着泪轻轻地点头。

爸爸继续说道："姑娘，太阳每天都会从东方升起。只要生命不息，生活必将会继续下去。"

七月擦了一下泪水，对爸爸说："爸爸，娘家才是我心中的高地，是我真正的家，家里每个人都同情我，爱着我。"

爸爸说："是啊，我们大家都很关心你啊！姑娘，你能感受到娘家的温暖就好。"

七月说："我忽然感觉到太阳离我很近！阳光是这样的炙热。"

听到女儿这句话，爸爸乐了。说："好，好，好，这就对啦！只要心不死，人就会健康的。"

七月说："爸爸，我也想好好活着。可是，现实就是以这样的方式和我开玩笑。"

爸爸说："你呀，可能是命中就有这道坎儿，绕不过去的。不过，风雨总会有停歇的时候，苦难也会过去的。"

七月说："但愿吧。"

在娘家，七月感受到了人间的温暖，没人给她白眼，七月有了尊严，也有了继续活下去的勇气。

娘家人眼瞅着被类风湿病折磨得日渐蜷缩、身心极度疲惫的七月，很是心疼，他们四处寻医问药。然而，一切都是枉然。

几年来的寻医历程让七月心里明白，得了这种病就是慢慢地耗，她见过的同类患者，只听说过有缓解的，没见过治愈的，而她是其中最严重的一个。

自从患上类风湿病后，七月过早失去了自如行走的能力，同时失去的还有生命的绚烂色彩。

同千千万万个患者一样，七月渴望康复。刚 20 多岁的她多么想再次挺胸站起来，她每天都期盼着医学上能有奇迹出现。

七月含着泪对爸爸说："爸爸，落炕以后我才真正体会到健康人能自由行走是一件多么幸福的事情。"

爸爸赶紧说道："姑娘，你要有信心，爸爸相信你一定会康复。你一定能够和别人一样，有一天会自如行走的。"

七月慢慢地摇摇头，说："爸爸，这恐怕太难了。"

爸爸说："姑娘，我们一定要有信心才行啊，千万不要灰心呐。"

七月勉强点点头。

现在的七月，每天必须服药，一旦停药，很多关节都疼痛难忍。她也知道娘家的家底有多厚，刚刚解决温饱的庄稼人，长年累月地花大钱去治疗类风湿病，迟早会出现穷尽钱财的时候。为此，七月心里总是很忐忑，她不知道哪天钱张罗不着了，药停下来，自己顶不住，那该咋办。

七月对爸爸说："爸爸，我拖累你们了，苦了我的娘家人。你们为了给我治病，把家里能卖的猪啊、牛啊、羊啊，都变卖得差不多了，说实在的，我也很心疼，我得这种病，把你们都给害苦啦。"

爸爸说："姑娘，你可别这么说。你难受，心堵得慌。爸爸不能替你受罪，我心里更难受啊。"

七月听到爸爸说这句话的时候，泪水不由自主地滚落下来。让爸爸伤心了，她又反过来安慰爸爸。

一晃儿，被送回娘家快两年了。七月的四肢肌肉继续萎缩，筋不断地变短，她变得越来越蜷缩，谁见了她都心疼。

额尔敦础鲁是七月的娘家所在村子的村干部，他看到七月娘家人面对落炕的七月想不出好办法时，心里也很着急。

2003年春天，额尔敦础鲁在一次出差时听说王布和治疗过类风湿病患者。于是，回到村子里后，他赶紧把这个信息告知给七月的娘家人。

这一年，七月虚岁24岁。

几天后，额尔敦础鲁同七月的父亲一起，把七月用担架抬着，先搭乘长途汽车，然后又倒了两次火车，辗转来到王布和的诊所。

来到王布和的诊所时，被病魔折磨的七月已经六神无主，一条鲜活的生命正在枯萎。

额尔敦础鲁把七月这些年来的遭遇，一股脑讲给王布和，请求王布和

王布和把呵护生命健康做为天职

给予关照。

号过脉，王布和对七月说：“你这病拖得时间太长啦，现在你不仅仅是类风湿病，你吃的激素类药物太多了，看到的是四肢关节变形，其实你的内脏也都受到不同程度的药害。药对症才能治病，如果方向错了，就会形成药害。你现在的免疫力太差了，要想法子增强免疫功能。既然来了，那就要慢慢地进行调理，得了这病就不能着急，要慢慢治疗。”

七月抬起脑袋，望着王布和频频点头。

药害，这个道理七月是懂得的。这些年来为了治病，她吃过的药品不知道有多少种。正如王布和医生所说，在吃药治疗类风湿病的同时，她发现自己的消化功能，从几年前就开始严重弱化。

七月说：“王大夫，这些年我就是靠药物顶着，不吃药就疼得受不了。”

王布和说：“有了病，吃药是没错，但是你这种病光吃药很难治好，需要综合治疗才行。”

王布和给七月开完处方后告诉她：“你得住院治疗，像你这种慢性病的治疗，并非一年半载就可治愈。在我这里治疗类风湿病必须得口服蒙药和药浴、针灸等配合，综合施治才能奏效。”

一年半载都不能治愈，那得需要住院多长时间呢？七月脑海里不得不认真思考药费、食宿费、专人陪护等一系列严峻的现实问题，同时这些问题也早已摆在她娘家人面前。

怀揣着忐忑的心，七月住进了王布和的诊所。

春暖花开的日子，总是让人抓不住就溜掉了。很快两个多月过去了，经过药浴、针灸、按摩和口服蒙药等系统化施治，七月感觉身体要比刚来时舒服一些。虽说见好，七月和她父亲都知道，落炕已经很久的她，距离真正的康复还相距甚远。

到了农历四月中旬后，陪护她的爸爸犯难了，家里的农田，再不抓紧时间侍弄，恐怕今年就要撂荒。如果就此把七月带回家去，那么，女儿前期的治疗必然要前功尽弃。可是，让女儿继续在诊所接受治疗，又没有合适的人过来陪护。

失去基本行动能力的七月，非常珍惜这来之不易的治疗、康复的机会。但是，她也清楚，要是娘家的庄稼地真的撂荒了，明年一家老小就没有了基本的生活来源。她甚至自责自己的命运竟然这样不济，本来业已见到的曙光，又要不得已失去。

一连好几天，七月和爸爸陷入极度的矛盾之中，闷闷不乐。

一天早晨王布和巡诊时，七月的爸爸把这无法排解的难题说给了王布和听。

王布和知道，七月如果现在回家去，那么，她那刚刚看到的康复迹象必将化为乌有。出于对鲜活生命的尊重，王布和把这个难题接了下来。

一个没有归期的、失去生活自理能力和缺少经济来源的类风湿患者，就这样落在了王布和的诊所。

王布和对七月说："过去你经受的打击太大啦，但是你能扛得住，这一点就很了不起。人，往往在患病以后才会懂得珍惜健康。诊所是我家开的，多一名你这样的患者，不过是再多添一张床，多一口人吃饭而已。如果说犯难处，就是得有人经常护理你。就让我家属白秀英和儿媳艳灵多帮帮你，让你渡过这个难关吧。"

七月的爸爸赶紧说："谢谢你王大夫！给你添麻烦了，这真是不好意思啊。"

王布和平静地说:"不谢,不谢。老大哥也不年轻了,回家去把庄稼地侍弄好,让七月在诊所放心接受治疗好啦。"

七月激动得喉咙发颤,泪水溢出眼眶。她说:"谢谢您,王大夫!这得给你们家添多大的麻烦呐!"

王布和说:"你不用客气,好好配合治病吧。"

就是从这一天起,七月的饮食起居、综合治疗费用都由王布和一家人扛着。

王布和对七月说:"你毕竟是年轻人,仍然有望康复。关键在于你有没有恒心接受慢慢治疗。像你这样的体能,用不得猛药,你受不了的。必须得依着你能撑得住的体能,适量施药,慢慢去攻,急不得。"

"是,是,是。"七月不时地点头称是。

七月的爸爸带着希冀回家去了。

此后,护理七月的工作主要就落在王布和的妻子白秀英和儿媳艳灵肩上。然而,诊所大院里有千头万绪的好多事情也在等着她们帮助王布和去处理。白秀英和艳灵不能时时陪伴在七月的身边,王布和有时只好求助七月的病友及其陪护的家人们,帮着临时照顾七月。

时隔不久,为了方便照顾七月,王布和给她买来一把轮椅。从此,七月可以在别人的帮助下,能够在屋里屋外进行活动,这让七月很是激动。

七月对王布和说:"我特别羡慕能够自如行走的人们,这几年,我的两腿越来越不听我使唤,心里非常着急。每当看到小孩子们满院里跑,我就回想起自己的少年时代。那个时候我也是蹦蹦跳跳的,那种幸福感,没落炕的人可能感受不会那么深。我常常在心里想,啥时候我也能挂着拐棍,在屋里屋外走动呢?您说,我一个20多岁的人,年纪轻轻的,只要动一动,就得麻烦您家大婶或者是弟妹艳灵背着、抱着、抬着,我心里实在不是滋味啊。"

王布和说:"你现在只要好好配合治疗就行了,别的啥也不用想,慢慢治,好日子还在后头呢。"

七月说:"好的,好的。"

随着初夏的来临,诊所院里往来的人越来越多,一个又一个故事接连在温暖的和风里流传着。

19

驿站

天气越来越暖和。经过口服蒙药和药浴等综合施治，七月的气色渐渐地好起来。

药浴是王布和常用的一种渗透疗法。王布和认为，风湿、类风湿、腰椎间盘突出、皮肤病等一些病症，适合用蒙医药浴疗法辅助治疗。针对不同病类的患者，王布和要用不同配比的药浴液进行治疗。药浴液中的药材少则30至40种，多则达到50至60种。

王布和蒙医院药浴室

王布和告诉七月："蒙医药浴最忌讳的是着凉。现在这个季节，室内外温差比较小，适合病人进行药浴治疗。虽然这样，你仍然要多加注意，千万别着凉，一旦不小心着凉，有可能犯病。"

七月说："好的，我会注意的。"

王布和认为，慢性病患者的康复，一方面要用药物治疗，要找到病因，然后想方设法切断致病诱因；另一方面还要辅助心理治疗，让患者放下心理包袱，在释然状态下配合医生治疗。在诊所住院患者中，数七月的心理包袱重，如山一样，她常常自闭，默不言语。

王布和对七月说："患者的心理压力过大，会影响经络畅通，药效、疗效就差。病，犹如风。风，不会恒久劲吹，病，不会持续让人疼痛。重要的是学会放下心理包袱，学会在心理上战胜自我。一个人如果心理免疫力没有了，身体免疫力也会自然会降低。"

七月苦笑了一下，说："就我这种脆弱的身体状况，想放下心理包袱，哪能那么容易呀。落炕后，我无数次叹息过，哭泣过，也曾天真地期盼过，哪一天奇迹能够出现。可是，一直都没有啊。时间长了，我就变得不愿意说话了，也不想说啥。有时候两眼直盯着天空，脑子里就像演电影一样，映现出很多恐怖的画面。"

王布和说："病人不能有过多的焦虑，要想法子改变思维方式。有意识地自我调节注意力也是很有必要的，比如多想想和煦的春光、清澈的河流、绿色的植被，听一听优美的歌曲等，这些健康元素都有益于康复。"

七月说："是啊，这些道理我懂得。可是，我就是摆脱不了过去的那些阴影。病倒了，人走了，家没了，能不想吗？有些事情想忘掉也没那么容易的。唉！"

王布和说："已然过去的苦难，不妨把它看作特殊的'财富'。你还年轻，心里要多想一想健康、阳光的事情，然后规划好属于你自己的未来，这才是上策。"

七月说："您说得对，我有的时候，一不小心，就陷进苦涩的回忆中。

那是一团乱麻，没有头绪，陷进去就出不来。"

王布和说："一定要忘掉该忘记的过去，向往该向往的未来，这样才有助于你康复，有助于身心健康。"

七月说："是啊，真应该是这样的。"

王布和说："不仅仅是应该这样的，而是必须的……"

经过药物治疗和多次心理疏导，半年后，七月感觉到手脚不像以前那样僵硬了，原来一直肿胀的很多关节在慢慢消肿；再后来，她那已然蜷缩起来的两只手，竟然能够慢慢地张开一些。

七月对王布和说："就这个变化，以前我连想都不敢想，那时我有个愿望，啥时候能用自己的手，自如地拿着碗筷自己夹菜、吃饭。"

王布和说："其实，意志和信心对很多人来讲，比什么都重要。只要精神不倒，病魔就会退缩。"

七月说："的确是这样。人要是没有了信心，恐怕神仙也救不了。"

对七月的这些认识上的变化，王布和给予肯定。

慢慢卸下了心理包袱的七月，非常珍惜王布和医生给予她的治疗机会。药浴池里的温度在 45~46℃间。每次药浴，很多人能挺 3 到 4 分钟后就满身是汗，她尽可能地坚持到 5 分多 6 分钟，让药物多一点浸入体内。对此，王布和的妻子白秀英很是担心，将这一情况及时告诉了王布和。

王布和严肃地对七月说："你这种过度治疗不是好事，你是想赶紧把病治好，可是你的体能承受不了猛药。在诊所我们必须保障你的生命安全。"

七月赶紧说："我真的很着急，巴不得明天就好利索呀。"

王布和说："这怎么可能呢？你的病必须循序渐进地进行治疗，才有可能去根，急不得啊！"

七月说："我知道错了。让您费心了。"

从那以后，七月严格按着医嘱治疗。

时间过得很快，一转眼到了秋季。已经成熟的谷穗垂着头，在微风中泛起金黄色的波浪，诊所前面的卧龙山上，五角枫炫出红彤彤、金灿灿的色调。湛蓝的天空中不时掠过爽爽的清风，吹起七月额头上的刘海。七月惬意地仰望蓝天。这时，鸿雁一群又一群咕咕嘎嘎地组着队，唱着歌儿向南方飞去。看着雁阵南飞，七月想起自己白发苍苍的老父亲。她自言自语道："自由飞翔的大雁真幸福啊，它们是要回南方温暖的家。家，多么令人向往啊！我也想家，但不知道啥时候能回娘家去。"

七月心里清楚，娘家，并不遥远。然而，对她来说却犹如在天边。

七月对王布和说："也不知道啥时候我能摆脱轮椅，拄棍行走。"

王布和说："你要多做一些康复训练。只要坚持，应该能够做到。"

七月说："我想爸爸了。若能够拄棍行走，我一定回家看我爸爸，看看家乡的一草一木，山山水水。"

王布和说："好好治疗吧，等治好了病，健健康康地回家去吧。"

七月说："我会努力的。"

在七月心里，爸爸妈妈是最为重要的人。可是，妈妈去世得早。如今，年迈的爸爸在苦苦地撑着家。

七月说："过去，我脑袋就是一根筋，愿意钻牛角尖。"

王布和说："对我们老百姓来说，线性思维不见得不好，就看是不是健康型的思维，是不是能激发你的正能量。无论什么人，都要有个归宿。而家不仅仅是栖息之地，也应该是慰藉心灵的殿堂。"

七月说："家，对有的人来说是实实在在的处所；对现在的我来说，它也就是个概念。其实，诊所给了我比家更温馨的港湾！"

七月知道，王布和的诊所是她人生的重要驿站，让她担心的是一旦踏出诊所大门，害怕再也见不到康复的未来。

20
心园

　　王布和认为，人生之路没有笔直的坦途，谁也说不准会拐上几道弯，遇上几道坎儿。人生犹如树苗，需要阳光呵护，雨露滋润，继而才会枝繁叶茂。正因为这样，他面对患者时总是保持着从容、海纳百川的心态。对此，七月深有体会。

　　时间过得真快，不觉间 2006 年的夏天到了。

　　历经 3 年多的住院治疗，七月的两只手可以自如地拿放物品，凭借拐杖，两条腿可以慢慢地行走，这对七月来讲已经是个奇迹！

　　患上类风湿病后，七月的右腿比左腿蜷缩得更严重些。现在，她的两条腿也都有一定程度的康复，但是，支撑力还是有一定的差异。

　　这一天，在查病房的时候，王布和问："这一段时间，你的右腿的劲头咋样啊？"

　　七月回答："感觉要比以前有劲儿了，现在拄拐杖走不像以前那样费劲了。"

王布和觉得题都应有解

王布和说："好啊，没事的时候要适度行走锻炼，多抻一抻筋。"

七月说："好的。"然后，七月指着自己的两腿，笑着说："小时候，刚学会走路时是什么样的感觉，我没有记忆。20多岁后走不了道儿，感慨太多了，那时候真羡慕能自如行走的人。现在，我也能拄拐杖走路了，我看到了我的明天。"

王布和鼓励她道："你有信心就好，其实，人生常常需要两个字的支撑，就是'毅力'，我相信你的毅力。"

七月激动地说："多谢您了王大夫，让您一家人费心了。"

王布和爽朗地一笑，说："只要你能快点康复就好，你要坚持，要加油啊！"

七月说："我会的。我不仅要自如地行走，我还想着跑步呢。"

王布和又是哈哈一乐，然后说道："只要坚持治疗，我相信你能够做到的。"

用传统蒙医疗法治疗类风湿病，需要很长的康复治疗期。王布和告诉七月："巩固疗效至关重要，像你这样的慢性病，还需要耐心治疗很长一段时间。"

七月点点头。

对于七月来说，疗期长意味着给王布和一家人带来更多的经济负担。生活依赖诊所，康复需要诊所。尽管心里过意不去，可是，现在的她又没有第二个选择。

半晌，七月拄着拐杖，慢慢来到病房外花坛前，轻轻拂去坛沿上的浮尘后坐定，深深地吸了一口清新的空气，顿觉心旷神怡。

沐浴明媚阳光，欣赏云淡风轻。七月静静地观察着来来往往的人们。她从众人绽开的笑容和友善的言语中感觉到，诊所这片天地，正是自己向往已久的心灵园地——如辽阔的草原容纳万物，如汩汩清泉沁人心脾。受这里人文气息熏陶，来到诊所的人们很快都能融进和谐、温馨、向上的氛围里，抛去怨恨，甩掉苦恼，逐渐摆脱疾病的困扰。

七月抬头向南望去，卧龙山上芬芳的花草在微风中摇曳。眼前的这一美景让她想起了家乡。瞬间，她的花季少年时代映入脑海中。

七月的故乡在科尔沁草原南部，茫茫草原让人心驰神往。少年时代，她也像很多小姐妹们一样，在草原上欢唱蒙古族民歌，跳安代舞、筷子舞……

想着想着，她脱口而出："青春真是无价呀！年少时代多么美好啊！"

七月喜欢草原，喜欢花草树木。在她的心中，草原上最艳丽的花朵是萨日朗。

如今，正是萨日朗盛开的季节。七月眺望着诊所门前的山坡。

清风徐徐，火红的萨日朗，在青草间跳动着生命的音符，在山坡上舞动着欢快的节奏。

不一会儿，天空中飘来几朵云彩，随之滴答下来小雨滴，打得草叶起起伏伏，犹如少女们在炫舞。

七月起身回到病房，意犹未尽地透过窗户，静静地继续欣赏着自然之美。

下完小雨，天空中的白云犹如天女散花般朵朵散开，在蓝天的映衬下，显得越发娇美。七月仰头看着天上的行云，慢慢地说："彩云，多美呀！"

更让七月兴奋不已的是云彩在不时地变幻着形状。它，好似一群少年在一片蓝色舞台上霓裳翩翩，舞之蹈之。

云本无形，而风造化之。

风，是从哪里来的呢？它又到哪里去呢？它为什么会在天空中让云儿起舞？陡然间七月的脑子里涌出很多问号。

在无尽浮想的同时，她的思维又不时跳跃到曾经过去的岁月，多年与疾病缠斗的她，对生命的脆弱性感受更深。心想："人，经不起病魔长久的摧残；病，能让强健体魄支离破碎。"

来王布和的诊所前的那段日子，七月就像折了翅膀的燕子，困惑、无助，有无尽的苦恼，甚至等待着可怕的那天降临，她曾经彻底地崩溃过。

让她庆幸的是，处在生命的十字路口时还能够峰回路转。尽管治疗时间很漫长，这对她而言不是问题，一年强似一年的疗效，让她对生活信心满满。

康复中的七月认准了一个道理，诊所是她最可靠的依赖。

晚霞映红天边，彩云把天空装点得缤纷绚烂。下过小雨的草原上，负氧离子更加活跃起来，七月又走出病房来到花坛前。她深深地吸了几口清新的空气，感到心肺通透畅快！

这时，从病房走出来，到诊所院里聊天的住院患者们，陆续多了起来。

七月知道，来王布和的诊所的患者都有一个心愿：把病在这里治好，然后轻轻松松地回家去。

王布和看到七月正在和病友们一起有说有笑，便走过去对患者们说：

"三年前的七月和现在判若两人。那时，她自闭、苦恼、焦虑，没有行动能力。后来，渐渐地，她转变成内心很强大的人，她敢于战胜疾病。"

说完这句话后，王布和对七月说：："你现在的心态很好。战胜疾病首先要战胜自我，一个常常乐观的人是不畏惧疾病的。"

七月说："现在身体舒坦了，心情跟着也好起来了。"

王布和说："很好，要保持住这样的心态。"

七月说："我一定会的。"

王布和对围坐在一起的人们说："七月是值得我们大家学习的榜样。她这个人看似柔弱，实际上特别刚强。刚来诊所的时候，四肢蜷缩，生活不能自理。让我钦佩的是，她特别有毅力，有信心，有恒心，能坚持。所以，有了很好的疗效……"

在众人面前得到主治医生的表扬，七月心里美滋滋的。七月心里明白，像她这样因严重的类风湿病导致四肢变形、身体蜷缩的病人，治疗起来急不得，只能慢慢地康复。看到自己渐渐生活可以自理，她信心倍增。

曾经的陌生不再生疏时，人，就融进了这个环境。对七月来说就是这样。

在诊所的1000多个日日夜夜里，七月目睹着诊所数以万计来来去去的患者。透过他们，她对人生、对生活、对社会有了更加直观的认知。她看到，在诊所这个大环境里，时时刻刻都在涌动着一种无形的力量，这种力量使得原本陌生的人们很快都能相互扶助。

七月遥望天际，耳畔回荡着王布和医生经常给大家说的一句话："在每一个人的内心深处都有静怡的园地。"

正在康复期的她和很多人一样，对于自己的未来，也有着美好的向往。然而，她的家还会接纳她吗？日后又将面临怎样的境遇呢？

21

困惑

　　韩额尔敦是一位性格内向、温和的蒙古族青年。从小喜欢看书、学习的他，本想通过读书上大学改变命运，可是家里实在拿不起书费、学杂费，读完初中不得不辍学务农。

　　对于这样的命运安排，他很无奈。而比韩额尔敦更加难受的是他的爸爸妈妈。他们期盼自己的儿女们个个都有出息，将来能够出人头地。但是，长期缺钱的日子使得他们的很多愿望都被迫画上了休止符。

　　韩额尔敦跟着父亲春种、夏锄、秋收、冬闲。务农时间久了，不能继续学业的遗憾和烦忧从他心中慢慢淡去。

　　岁月无声，年轮有迹。转眼间几年过去了，韩额尔敦也到了该成家立业的年龄。没承想，就在这个时候，韩额尔敦不幸患上输精管梗阻的疾病。一家人着急了，他们四处寻医问药，几年下来，家里穷得叮当响。更为可怕的是，搭进去不少钱，病却没能治好。

　　爸爸妈妈非常担心儿子的将来。他们将慢慢老去，而儿子岁数大了以后怎么办。老两口常常为韩额尔敦的将来发愁。

人无论贫富，只要与疾病无缘就好。韩额尔敦却偏偏不幸患上疑难杂症。

已经很长时间了，患病后久治不愈的韩额尔敦对未来失去信心，觉得眼下的生活索然无味，他变得更加沉默寡言，全家人也因看不到治愈的希望而茫然。

这一天，看韩额尔敦不在家。他的爸爸妈妈又一次唠起他的病来。

韩额尔敦的妈妈说："额尔敦这孩子命真苦。"

韩额尔敦的爸爸说："谁说不是呢。他怎么就摊上这种病呢？"

韩额尔敦的妈妈说："你说，这孩子要是没个依靠，将来可怎么办呐？要是托生在富裕人家，也许还有路子可走。我们却只能睁大眼珠子，没个法子。"

韩额尔敦的爸爸说："啥也别说了，这都是命啊！命中注定的事情，谁能改变得了啊。"

韩额尔敦的妈妈说："我不甘心呐……"

韩额尔敦的妈妈说着说着泪水就滑落下来。

看到老婆抽泣，韩额尔敦的爸爸叹了一口气，说："掉眼泪就能解决得了问题吗？"说完，他从屋子里走了出去。

韩额尔敦的妈妈知道，无论怎么样，日子还得继续过。于是，抹掉眼泪，拿起笤帚打扫屋里屋外。

1996年初秋的一天上午，韩额尔敦无精打采地从自家院子里走出来，慢慢走到村东头小溪边，他看到清澈流动的溪水下面有很多河卵石，在阳光照射下，这些河卵石显得晶莹润滑，不远处绿藻里，有一群小鱼儿在游玩嬉戏。

眼前的自然律动让韩额尔敦感受到生命的另一种味道。他心里嘀咕："烦恼，其实都是自己给自己心理上无端添加的砝码，溪水无求，绿藻无求，鱼儿无求，也因此它们悠闲自得。人，愁也是一天，乐也是一天，想开点才是。"

韩额尔敦想极力调整自己的心态。可是，就在这时，他的腹股沟区又隐隐作痛起来。

寻求解脱的时光总是转瞬即逝。长在身上的病得不到医治，心里的烦恼挥之不去。

韩额尔敦期盼自己也能和同龄人一样健康向上，灿烂地笑着，阳光地生活着。然而，这一天却遥遥无期。

已经有两年多时间了，好似有一块无形的巨石重重地压在韩额尔敦的心上，让他难受不已。病，把他的精气神都给压垮了。

1997年3月下旬，一个偶然的机会，韩额尔敦听说科右中旗的王布和医生能治疗疑难杂症，而且对贫弱患者给予照顾。半信半疑的他在家纠结了几天。4月2日，他还是凑了一点路费，乘车辗转来到了西哲里木火车站，下了火车，韩额尔敦看到车站门口有五六辆毛驴车，车夫在使劲吆喝："接站，接站，去王布和诊所的，去王布和诊所的！接站、接站……"

看到很多人一个个都坐上"驴的"，韩额尔敦也凑到"驴的"跟前，问："多少钱？"

车夫答："两块钱。"

韩额尔敦再问："王大夫的诊所远吗？"

车夫用鞭子一指，说："西屯子，河西呢。你坐不坐？要坐赶紧上车。"

韩额尔敦心疼钱，晃晃脑袋。

就在此时，车夫甩起鞭子，吆喝一声，"驾"，毛驴车便沿着坑洼不平的草原路，七扭八拐地往前颠簸起来。

韩额尔敦拖着病痛的身躯，沿着毛驴车车辙慢慢来到诊所。

进到诊室后，韩额尔敦悄悄靠着南墙角站着，仔细观察王布和医生给患者们挨个号脉诊断。

虽说韩额尔敦年龄不大，近几年却见过很多医生。让他感到不一样的是，王布和医生诊病时，用手指头搭脉不过一两分钟时间，就能诊断出患者的基本病情，这让他有些惊诧不已。

约莫半个多小时的时间，王布和就诊断完这批乘火车来的患者，就剩韩额尔敦一个了。王布和看到这个精瘦的小伙子虽不言不语却很有礼貌，便招呼韩额尔敦："小伙子，你怎么啦？"

韩额尔敦环视左右，脸憋得通红，翻挎包找化验单子。

这时，王布和说："把你左手伸过来吧。"一边说，一边把手指头搭在韩额尔敦的左手腕上给他号脉。

也就一分多钟时间，王布和推开韩额尔敦的左手说："看看你右手脉搏。"

韩额尔敦屏住呼吸，想听一听王布和医生怎么说。

把完韩额尔敦的两手脉象，王布和微笑着对他说："小伙子，你的脉象弱，气血不畅，导致局部功能性障碍，得细细调理。"

这时，韩额尔敦从挎包里，拿出来一大摞子在其他医院诊断的化验单。

看过化验单后王布和说："蒙医诊断和西医不太一样，治疗方式也不一样。我的治疗方法是治疗病灶这部分，同时还要关注边际未病的那部分。"

韩额尔敦认真倾听着。

王布和继续说道："患病，有些是偶然的，有些又是必然的。关键是得了病就要及时治疗。病，一拖必然对身体器官产生破坏力，久拖不治或者治疗不当，将会严重影响健康。"

韩额尔敦频频点头说："是，是，是。"

王布和从韩额尔敦脉象上判断，他这样的病，不是简单地口服蒙药就能治得了的，必须综合施治。更为棘手的是，由于这个患者走过多家医院，经过多个医生的手，吃过多种药物，机体功能已经处于紊乱状态，让机体气血畅达，需要相当长一段时间。

王布和说："你的病有自己的特殊性，需要住院治疗。你体内循环系统出现障碍的根源，还是机体本身功能弱化，清淤是一项循序渐进的工程。你的病光吃药还真不行，要结合物理疗法进行综合施治才行。"

韩额尔敦心想："我哪有钱住得起院呢？"一脸无奈的他倒吸了一口气，然后把眼神从王布和脸上转向窗外。

近几年来，为了给韩额尔敦治病，他的家已经到了山穷水尽的地步，举步维艰的他不可能住院治疗。

出于礼貌，韩额尔敦问："王医生，我这病要是住院的话，得住多长时间呐？"

王布和说："像你这种情况，十天半个月肯定不会有太明显的疗效。"

韩额尔敦轻轻地叹了一声，抬起右手挠挠头，说："这可咋整？"然后，眼神从王布和面部移了过去。

韩额尔敦心里很矛盾。他不想放弃这次治疗的机会，只是经济条件太差，实在住不起医院。

韩额尔敦想把自己近几年的治疗经历和困惑，向王布和医生详细叙述一下，可是，性格腼腆的他又不善言辞。他皱起眉头说："住院是住不起的，我家里特别困难，来您这里的路费还是借的。"说完这话，就不停地左手搓右手，右手搓着左手，眼睛不敢正视王布和，更不知道接下来该说啥是好。

看着忐忑的韩额尔敦，王布和轻轻地说："有了病，就要想法子治疗啊，不治可不行啊。"

韩额尔敦说："可是，我实在是没法子了。这几年，我们农民种地，粮食卖不上价，我又闹病，家里的经济早就耗干了。"

说完这句话后，眼泪就扑簌簌滚落下来了。

王布和赶紧说："小伙子，你别太激动啊，我帮你想办法吧。"

王布和重视每一位患者的尊严，特别是对久病不愈的患者，更是细心开导。王布和说："小伙子，我给你找个床位，条件差一点，你就对付着住；吃饭问题我去跟食堂说，管你吃饱。"

就这样，韩额尔敦的吃、住、医疗费用都由王布和医生包了。

额尔德觉得这真是从天上掉下个馅饼，被他双手接住了。他喜出望外，连声说道："谢谢您，谢谢您！"

王布和摆摆手说："不用谢，不用谢。"

当天下午，韩额尔敦就住进了王布和的诊所。

尽管王布和的诊所里条件很简陋，但对韩额尔敦来讲，依旧感到像在自己家一般温馨。

为了给韩额尔敦进行系统治疗，王布和在让他口服蒙药的同时又给他做针灸等理疗，并分阶段进行适度的药浴治疗。

韩额尔敦虽说岁数不大，却早已成为"老"患者了，对于王布和医生的这种一连串的综合治疗方法，他过去却从未见过。

一晃，两个月就过去了，经过王布和的细心调治，韩额尔敦感觉到自己的腹沟部不再疼痛了，腰部明显比以前有劲了，脸色恢复成红润有光泽。

韩额尔敦激动地对王布和说："病了好几年一直治不好，没想到，来您这里治疗一段时间，就有了明显的变化，谢谢您。"

王布和笑着说："等病好了回家找个好对象，早点成家立业啊。"

韩额尔敦嘿嘿笑着点点头。

人有了自信，就有了精气神。精气神足了，抵御病魔的能力也会相应增强。韩额尔敦就是这样，他感觉到生活越来越有滋有味了。

诊所需要打理的事物很多，王布和一家人从早到晚忙个不停。于是，一些行动方便、手脚利落的患者都主动来帮忙。得到有效治疗的韩额尔敦也和其他年轻患者一样，闲着的时候，就为诊所做一些力所能及的事情。看着韩额尔敦精神头越来越好，有说有笑，王布和打心眼里高兴。

王布和对韩额尔敦说:"在诊所大院,我想看到的是患者们都和你一样,祛病康复,能够在诊所大院里开心地说笑。"

韩额尔敦嘿嘿一笑,作为回应。

在诊所住的时间久了,细心的韩额尔敦对王布和的行医、行善有了进一步的认知,同时对传统蒙医疗法更加敬畏。韩额尔敦觉得当个好医生是天下最辛苦的事,也是最崇高的职业之一。韩额尔敦曾经多次有过冲动,想拜王布和为师学习传统蒙医学,只是害怕王布和不会接受他,他一直不敢说出口。

22

药商

拉西尼玛是赤峰市阿鲁科尔沁旗人。他曾是一名代课教师，后来"下海"经商，成为经营药材的商人。

1996年夏天，他听说千里之外的科右中旗有一位叫王布和的乡村医生以特立独行的方式行医，每天要接诊很多患者，他觉得有可能找到商机。于是，千里迢迢来到诊所。

善于眼观六路的他，在诊所看到王布和的患者里不仅仅有兴安盟本地的，还有不少来自包括他的家乡赤峰市以及通辽市、呼伦贝尔市、锡林郭勒盟等在内的草原上的农牧民患者。见诊所院里院外众人来来去去，他心中窃喜。

作为商人的拉西尼玛，在做销售方面练就了一股韧劲和耐心，无论到有规模的医疗机构还是小诊所，他都要想法子卖出去一部分药材。

颇为豪爽的他开门见山地对王布和说："我带来了一些药材样品，你看看有没有需要的。"

他一边说着，一边从皮箱里拿出来上好的麝香、牛黄、藏红花、诃子、文冠木等药材样品，摆放在王布和面前。

王布和看完后说："你带来的这些样品，质量都挺好的。我自己配制蒙药，讲究的正是药材的品质。"

拉西尼玛赶紧说："药材品质你就放心好了，我做药材生意是用良心在做。药材优劣关乎患者的健康和生命安全，这道理我懂的。"

王布和说："我们医生的职责是要把患者的病治愈，这里很关键的因素就是对药材品质的把握。在这一点上，无论买谁的药材，我都不得不认真细致。"

拉西尼玛说："质量这方面你就放心好了，我绝不含糊。"

王布和说："那好。我这里正想进一些药材。"随后把妻子白秀英招呼过来说："你到库房看一看，给拉西尼玛大哥列出个进货单子。"

约莫过了半个多小时，白秀英列出进货单子：麝香1千克、牛黄2千克、藏红花10千克、白云香30千克、黑云香30千克、诃子100千克、珍珠5千克、珊瑚5千克、松石10千克、草乌40千克、香青兰40千克、紫筒草50千克、丁香30千克、文冠木30千克。

拉西尼玛边看单子边计算货款，说："前三项得需要不少钱啊。能不能先预付一些款？"

王布和说："我们初次合作，还是货到付款吧。"

拉西尼玛呵呵一笑，赶紧说："好说好说，就这样办。"

这次来王布和诊所，他也想建立长期的合作关系，于是就住了下来。

事也凑巧。就在拉西尼玛来王布和的诊所的当天晚上，诊所发生了一件让王布和意想不到的事情：一位来自锡林郭勒盟的女患者，她的名字是阿拉坦娜布其，牧民。在晚上将近8点钟的时候，她突然休克，不省人事，王布和与他的助手们赶紧进行抢救。

诊所不大，一有风吹草动满院皆知。看到王布和忙着抢救患者，很多人都围在窗外看，拉西尼玛也跟着众人看看究竟，人们都在为阿拉坦娜布其捏把汗。

经过将近 4 个小时的施救，阿拉坦娜布其的状态终于稳定下来。

事后拉西尼玛问王布和："这个患者是怎么回事啊？"

王布和说："她的肠胃持续痉挛，导致不能上下通气，再加上剧烈疼痛，休克了。"

拉西尼玛问："是急性病吗？"

王布和答："休克是急性病。"

拉西尼玛说："真是危险呐！万幸的是她在诊所发病，抢救及时。"

王布和说："是啊，我也从来没有遇到过这样的急症。"

拉西尼玛说："人的生命真是太脆弱了。"

王布和说："现在她病情稳定了，应该暂时没事了。"

拉西尼玛问："她是刚来的吗？"

王布和说："来诊所已经有几天了。她其实是一位重病患者，身体已经很虚弱，精神压力太大。"

喜欢刨根问底儿的拉西尼玛，认真地听王布和讲述阿拉坦娜布其的故事。

阿拉坦娜布其和她的丈夫敖日格乐两个人都是王布和的患者。过去，夫妻俩都患有风湿性腰腿疼的老毛病，头几年他们曾在王布和的诊所治好了风湿病。让阿拉坦娜布其没想到的是，半年前她患上胃病，去过几家医院看病，都确诊为恶性肿瘤。得知自己的病情后，阿拉坦娜布其顿时心里发冷，她绝望了。医生们建议她赶紧进行手术治疗，家境贫寒的她不想过多地拖累家庭，选择保守治疗。阿拉坦娜布其背负起沉重的精神压力，整天寻思自己时日不多了，使其身心俱疲，身体越来越虚弱了。后来，实在没有其他办法了，丈夫领着她来到王布和诊所。

王布和说："人无论患什么样的病，只要精神不倒，都有治疗的空间。

一旦精神被击垮，扶起来很难呐。"

拉西尼玛说："患上绝症的人，心理压力肯定会很大，减压真的很难。"

王布和说："病人对死的恐惧其实是心理疾病。真要是无力回天了，恐惧又能解决什么问题呢？相反，面对现实，积极配合医生治疗才是上策。"

拉西尼玛认可王布和的观点。

这次王布和紧急救治危重患者的过程，给拉西尼玛留下了深刻印象。从王布和身上，他进一步认识到乡村医生的价值所在。

经历过这次生死大劫后，阿拉坦娜布其对生命有了新的认识。

王布和在用药物治疗的同时，也对她进行有效的心理治疗，让她放下心理包袱，树立自信心，同病魔进行抗争。在王布和的精心治疗下，阿拉坦娜布其渐渐找回自信，身体慢慢得到康复。

拉西尼玛很欣赏王布和医生的认真、踏实、真诚和勤奋，而王布和喜欢拉西尼玛的敏锐和爽快。

在与拉西尼玛的交谈中，王布和得知他人脉很广、路子很宽，西藏、新疆、云南、广西、贵州等地的名贵药材，他都能弄得来。

对于传统蒙医大夫来讲，不仅仅要准确诊断患者的疾病，更重要的是要用自己信得过的药物去治疗。而其中，能否拥有正儿八经的药材也是至关重要的一环。王布和需要拉西尼玛这样能量大一些的药商。

在王布和自制的蒙药中，既有草本科药材，也有木本科药材和矿物质，还有一些是动物身上的入药部分。过去，王布和四处张罗一些稀缺的药材，现在，拉西尼玛的到来能给他缓解一下稀缺药材的供应问题。

刚开始，王布和从拉西尼玛那里购买的药材的量不是很大。

王布和对拉西尼玛说："药材不像其他商品，不能库存太多。一旦积压或者保管不好，就会出现质量问题。"

拉西尼玛说："你说的有道理，的确是这样。我们已经熟悉了，你需

药商拉西尼玛被王布和的医德及其大爱所感动，经常赊账为其购进好药材，在王布和治病救人的路上给予了很多帮助，随着买卖药材的诚信交换，两家人成了最好的朋友。图为王布和、白秀英夫妇（右）与拉西尼玛、龙花其其格夫妇（左）合影留念

要什么药材，需要进多少，我随时给你进好了。"

对于拉西尼玛的表态，王布和很满意。

后来，王布和从拉西尼玛手里采购的药材都是当地没有的，有的属于紧俏药材。对于这一点，拉西尼玛心里很清楚。

再后来，因业务关系，拉西尼玛每隔一段时间就要来一次诊所。

一来二去的，拉西尼玛和王布和成了好朋友。

拉西尼玛健谈，他对王布和说："你的摊子很大，维护这么大的摊子不易呀！"

王布和说："其实要说不容易，每个人都不容易，就看你对事物怎么看。有些事情看似不容易，那要看谁去做，怎么做，为什么而做了。"

拉西尼玛掰着手指头，重复着王布和的话："怎么看，怎么做，为什么而做。"他觉得这三句话越嚼越有味道。后来他了解到，有一部分贫困患者之所以来王布和诊所，就是想得到王布和医生的免费治疗。作为药材商，他知道王布和配制这些蒙药需要投入不少成本，长此以往，王布和能撑得下去吗？如果真的哪一天撑不下去了，那么，后来的困难患者该咋办呢？拉西尼玛在心里打了个不小的问号，他觉得应该善意地提醒王布和，想一想更稳妥、更可持续的办法。

拉西尼玛说："不应该给行善、便民的人当绊脚石。可是我这个人，心里有话隔不了夜，我主要是担心你呀，哪一天真的撑不下去了，你该咋办？"

王布和温和地笑着说："作为朋友，我理解你的担忧。不过，我选定的行医方式，这辈子是不能改变的。这就像我的诊所不会挪地方一样。就在此地，就是这个诊所，就是这种行医方式了。"

听王布和这么一说，拉西尼玛觉得现在再说什么都是多余的。他知道王布和的患者主要分两大类：一类是四处寻医，病却没有治好，把王布和诊所当作最后一根"救命稻草"的患者；另一类是因病折腾得家里基本上一贫如洗，实在没钱治病，听说王布和能行善医病就过来的患者。拉西尼玛心中担忧的是，这种行医模式王布和还能维持多久。

23
对话

拉西尼玛跑业务很勤快，每隔一两个月，就来一趟王布和的诊所。

2004 年农历六月初的一天下午，拉西尼玛再一次来到诊所。看到王布和正在忙活，寒暄之后，他走出诊室，在院里院外观察来回穿梭的人流，又观赏诊所周边的景致。

拉西尼玛每次来王布和的诊所，都是在诊所吃住。他喜欢和王布和谈论医药、医学，也喜欢谈论人生、生命、价值取向等话题。

得知拉西尼玛来了，晚饭白秀英炒了一盘韭菜鸡蛋、一盘芹菜粉条，另外洗了一大盆子小白菜、水萝卜、小葱，再摆上大酱和芥菜咸菜，主食为小米水饭。知道拉西尼玛喜好喝酒，白秀英给烫上一壶老白干。拉西尼玛和王布和一家人，围着圆桌一起吃饭。虽然是粗茶淡饭，大家却吃得有滋有味。

席间，白秀英说："库房里藏红花、鹿心血、诃子等十几种药材，需要赶紧进一批了。"

王布和接过话茬说："这一段时间，来诊所调理心脑血管疾病和肝病、肾病的患者多了一些，药材消耗量大。"王布和说完这句话，瞅了一下拉西尼玛。

拉西尼玛说："我手里的野生藏红花已经不多了，鹿心血倒是好办，其他的要进多少，给我拉个单子，我手里有的，明天就让我老婆发货，没有的，我去亳州看看。"

王布和赶紧说："这两天，我再给你凑一凑钱。"

白秀英微笑着说："近期钱总是打不开点，真是不好意思。"

拉西尼玛说："没事的，你们也不容易，支撑这么大的摊子，需要照顾的患者又那么多，也真是够你们受的。"

白秀英瞅了一眼王布和说："有啥办法呀，当初他开诊所时就选择了这样的路，必须得想着法子走下去呀。"

说话间，宝音图、艳灵小两口已经吃完了饭。宝音图微笑着说："大伯您慢慢喝，我到病房去巡一巡。"

艳灵也附和道："大伯慢慢喝。"

拉西尼玛嘿嘿一笑，说："好！我这好喝酒的，就是愿意拉长桌。"

王布和说："不急，我们慢慢吃。"

白秀英说："这粗茶淡饭的，照顾不周啊！"

拉西尼玛说："太客气啦。这满桌都是自己家园子里产的健康食品，多好啊！"

白秀英呵呵一乐，说："我们农村就出产这玩意儿。"

拉西尼玛满脸笑容，端起酒盅又喝了一口。

王布和一家人日子过得简单。一日三餐清淡饮食，穿着打扮简单朴素。为了节省开支，每年开春后，要在诊所后院种植黄瓜、白菜、芹菜、茄子、辣椒、土豆、豆角等蔬菜，一年四季家用的肉蛋奶，也基本都是家里自产的。王布和要尽可能地压缩生活开销，将省下来的钱用于诊所，用到那些最需要帮助的患者身上。

拉西尼玛对王布和的家底儿一清二楚。他心里明白，经营一个成规模化的诊所，如果不精打细算，将难以持久支撑下去。一旦维持不下去，那么受伤的将是无助的患者们。他很赏识王布和对"人为什么而活着，人活着为了什么"等话题的解读。

拉西尼玛抿了一口酒，然后瞅瞅王布和，说："其实，你走的这条路，别人很难走得通，难以复制。"

听拉西尼玛这么一说，王布和把手中的筷子轻轻撂下，微笑着慢慢地说："每个人都有多条路可选，都能找到自己的活法，也都会有自己的追求。我选择这个职业的初衷非常简单，要尽我的能力为我的患者服务。让我庆幸的是，我是开私立诊所的，是说了算的人，可以按着选定的行医方式走下去。"

拉西尼玛尊重王布和的行医方式。通过与王布和接触，他对生命的真谛、对生活的态度有了更多的思考。在他眼里，王布和虽然是一名普通的乡村医生，很多行事方式却与人们惯常看到的有市场意识的医生不太一样。

拉西尼玛问："能将自己的初衷作为长久的坚守，需要定力，也需要家人、朋友的理解。你是怎么做到的呢？"

王布和回答道："我就认准一个道理：当医生，治病救人。别人需要我帮助，我将不遗余力。"

拉西尼玛说："人要立事需要智慧，人要立仁则需要爱心。但是，一般只能在能力范围内去有所作为，我觉得你在持续做着超负荷的事情。"

王布和说："我是农民，我们家就是一个农村家庭，我的很多患者也是农牧民。在农村生长的人，知道农牧民的不容易。我给贫困农牧民患者付出时，总觉得是在一次次地完成我的心愿。"

拉西尼玛点点头，微笑着说："是啊，他们的确还处在弱势状态。"

在西哲里木镇，王布和有几位同学和朋友日子过得很殷实，其中有的

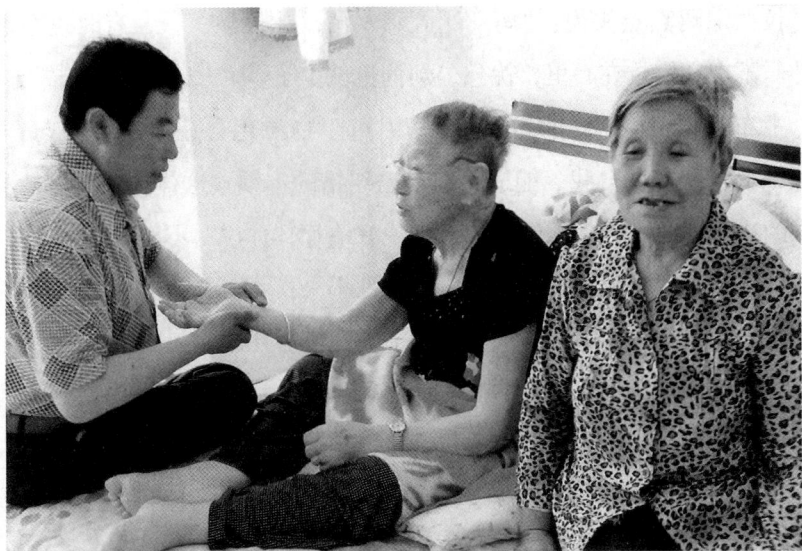
王布和到患者家为患者诊治

开大型农场，有的在经商。拉西尼玛曾多次看到，王布和手头实在紧张时，就要从这几个同学、朋友那里临时借钱来周转。

起初，拉西尼玛认为，只要王布和的诊所与其他医疗机构一样，明码标价收费，每天有这么多患者，不可能会出现资金短缺的问题。后来，他也意识到，若王布和真的那样做的话，很多来找王布和看病的贫弱患者，将被拒之门外，甚至，其中有一部分人将失去康复的可能。只是，这种担子压在王布和肩上，显得过分重了一些。拉西尼玛甚至觉得，要是换了别人，也根本挑不起这副沉重的担子。

拉西尼玛好奇地问："在你的诊所里，很少看到愁眉不展的患者和陪护家属，这种状态让我感到挺有意思的。"

王布和很欣慰地说："也许是这里能养人吧，偏僻的乡村，洁净的空气，简单的饮食，还有开放的大院，大家放下心理包袱，彼此可以开心地聊天。"

拉西尼玛点点头说:"病,让人愁;情,让人愁;钱,有时也会让人发愁。不把它们放在心里,忧愁、烦恼也就少了。"

王布和说:"最难治疗的是心病。过于物质化会让人迷失方向。人,应该练就常常审视自我、能适时给自己纠错的本领。这样的人会更加身心健康的。心病没了,其他的病相对来说好治疗,你说对不对?"

拉西尼玛说:"你现在的状态已经是小马拉大车了,来求助于你的群体,已经远远超出你的经济承受能力了。我们看在眼里,心里很着急啊。"

王布和微笑着说:"这几年来,你对我们诊所给予过不少关照,我很感激你。"

拉西尼玛摆摆手,笑呵呵地说:"过奖了,过奖了!我们也帮不上太大的忙。"说完这句话,他端起酒杯,滋溜一声又喝了一口。

王布和的诊所刚开张的时候,是在自己居住的两间土房子里。几年之后,患者渐渐多起来。他便在自家住宅东面,盖了十间砖房子,其中包括诊室、药浴治疗室和住院病房等。但是床位太少,患者多了以后就住不下。为了给患者节省费用,每年夏天,王布和都在诊所的大院里,临时支起好几个大型蒙古包,免费让患者及其陪护人员住宿。面朝窗外坐着的拉西尼玛,看到很多患者晚饭后在蒙古包外溜达。

拉西尼玛说:"蒙古包派上大用场啦。"

王布和说:"从我们农村、牧区过来的人不挑剔,无论吃的饭菜,还是住的地方都不挑,适应性特别强。"

拉西尼玛明白,很多患者兜里确实没几个钱。其实,距离王布和的诊所不远的西哲里木镇,就有好多个旅馆,沿街还有好多个饭店。很多患者不是视而不见,而是在精打细算着每一分钱的用项。

拉西尼玛说:"一分钱掰成两半花,把钱用在刀刃上,这是好事。老百姓会过日子才会发展的。"

王布和点点头说:"是啊。会过日子,这是很好的现象。人呐,不应该把很多心思放在吃喝娱乐上，过分讲究吃、穿，会使人滋生不良习性。我认为生命的意义不是索取，也不是消费，而是尽力给社会做点什么！"

拉西尼玛会意一笑，又端起酒杯喝了一口。

和王布和对话，拉西尼玛觉得很舒坦。

由于诊所急需进一批药材，第二天上午，拉西尼玛坐上南下的列车，按王布和开出的采购单子，进药材去了。

来王布和的诊所住院的患者在临时搭建的蒙古包前

24

圆梦

这一段时间，韩额尔敦常常愣神。

韩额尔敦的些许反常表现，让细心的王布和觉得有些奇怪，于是问韩额尔敦："你是不是身体不舒服？"

韩额尔敦微笑着说："没有，挺好的。"

王布和接着又问："那么，是家里有啥事情了？"

韩额尔敦回答："没有，也都挺好的。"

王布和舒了一口气，说："啊，那就好。"

作为主治医生的王布和，经常注意观察住院患者的情绪反应。按常理，病渐渐好起来的韩额尔敦应该越来越欢实才对，可是，韩额尔敦近期却不是这样。王布和认为韩额尔敦一定遇到了难解的问题。

韩额尔敦心里的确有事。让他常常感到郁闷的是，已经基本康复的他，出院以后将来能干啥。家里人多地少，如果回家种地，就必然要和兄弟们争嘴，而且单靠十几亩农田很难能过上像模像样的日子，要外出打工又没有专长。更让他担心的是，一旦再犯病怎么办。他很想跟着王布和医生学习传统蒙医，可是学历又不够。学医，是不是非分之想呢？一连串的问题让他很是纠结。

心中有解不开的疙瘩，时间就像被抻长了一样，一个"慢"字让他不知道怎么办才好。

纠结了几天之后，有一天临近中午的时候，徘徊在诊所外的韩额尔敦透过窗户看到王布和正坐在诊室里，一个人在整理病案，于是就走了进来。王布和抬眼看到韩额尔敦，便问他："有事吗？"

韩额尔敦说："没事。"

王布和心想："没事他来干什么呢？"但是，韩额尔敦既然说了没事，也就不便追问下去。于是说："啊，那坐吧。"

韩额尔敦问："有什么事我可以做的吗？"

王布和说："没什么事。"

说到这里，王布和放下手头的活，对韩额尔敦说："我看你这一段时间康复得挺好，可以出院回家了。回家后你有啥打算呐？"

韩额尔敦回答道："回去的话，只有一条路，就是帮家里人侍弄庄稼。"

王布和说："也好，你是个有耐性、做事认真的人，依我看，你干啥都能干好。"

得到王布和的赞许，韩额尔敦心里美滋滋的。

王布和喝了一口茶水，继续忙他的活。

韩额尔敦坐下来，静静地瞅着王布和整理病案。

看韩额尔敦静坐在对面不动，王布和边整理病案边想，韩额尔敦这孩子肯定有什么心事，于是抬起头又问道："怎么了？是不是遇到啥事了？"

韩额尔敦说："没有。"

王布和说："有啥心事，你就说吧。"

韩额尔敦鼓足勇气说："有机会的话，我想跟着您学习传统蒙医学，不知道行不行。"

听到韩额尔敦这句话，王布和愣了一下。他思索了一会儿后说："现在学医都是在正规医科大学学习，跟我当初学医不一样，时代进步了，医科大学也多了。"

韩额尔敦说："可是我已经没有这样的机会了。我初中毕业就辍学，上不了医科大学。"

王布和觉得韩额尔敦说的也在理。一个初中毕业后回家种地好几年的人，要考医科大学还真不太现实。况且，韩额尔敦家境又很困难，无力供他上学。想到这里，王布和说："现在的年轻人可选择的职业好多呢，你应该好好考虑考虑。"

韩额尔敦说："我已经考虑好长时间了，现在的我，除了种庄稼，再没有其他的技能。如果您能接纳我，对我来说是唯一的机会。"

听到这里，王布和觉得韩额尔敦的确很无助。于是说："在诊所工作，收入低，责任重，又很忙活人。这活可不像别的行当，病人的健康，甚至生命，都攥在医护人员手里，半点马虎都不能有才行啊！"

韩额尔敦说："是啊，您每天都是这样做的，我们这些病人都看在眼里呢。"

王布和很欣赏韩额尔敦的厚道、勤奋。他觉得这样靠谱的小伙子，要是一辈子窝在农村，年年种十几亩薄田，也太可惜了，有必要帮一帮他。想到这里，他对韩额尔敦说："如果实在没有其他更好的去处，你可以到药房当个药剂员，药房需要一个懂蒙文、认真负责的帮手。"

韩额尔敦赶紧起身，向王布和鞠躬，说："谢谢您！"

王布和哈哈一乐，说："不用谢，不用谢。"

韩额尔敦没想到，王布和会这样痛快地答应他，让他留下来，便激动地说："您能让我留下来，对我来说就像做梦一样。"

王布和说："那你就跟你的爸爸妈妈商量一下吧，如果他们愿意让你留在诊所，你就先留下来吧。"

韩额尔敦说："这事不用和他们商量，只要您同意就行。"

王布和说："你这孩子主意真正。那好吧，你要是能给自己做得了主，这事就这么定了。"

韩额尔敦说："好好好！"

这一天对韩额尔敦来说，是历史性的。让他没想到的是，得到王布和医生的救治后，还能有机会在诊所学徒。那天夜里，脑袋贴上枕头后，他的脑海里反复映现出往事，这几年来，在寻医路上一个又一个坎儿，家里爸爸妈妈的愁苦……他想着想着，泪水滚落到枕头上，辗转反侧大半宿就是睡不着。

从第二天起，韩额尔敦由患者变成了诊所的一名工作人员。他穿上白大褂，跟着宝音图，在药房拿着王布和医生开出的蒙药方子，给患者包药、付药。

王布和采药间隙

自打开始学徒，因工作关系，韩额尔敦与王布和交流的机会也便多了起来。

王布和有时要特意挤出一些时间对韩额尔敦进行蒙医学辅导。

后来，韩额尔敦发现，王布和的患者群虽然很庞大，然而，常用的药品种类并不多。他只是依据每个患者的病情进行不同配伍，这让韩额尔敦感到好奇。他心想："这千奇百怪的疾病，怎么就被这屈指可数的二三十种蒙药给征服了呢？"韩额尔敦对传统蒙医蒙药，越发感到好奇。

王布和给患者治病的药物，清一色都是自己配制的蒙药。在夏季，他除了起早贪黑地给患者看病外，还要抽出时间到草原上采药。王布和每次出去采药，韩额尔敦都跟着一起去。

王布和对韩额尔敦说："识别药材，明白其药性，对我们行医的人来说是很有用的。"王布和接着说，"像我这样在农村牧区行医，必须要弄清楚每一种蒙药的具体成分。"

韩额尔敦问："这是为什么呢？"

王布和说："什么样的病，要用什么样的药物来治疗，这在蒙医药经典书籍上都有明确的表述。可是，患者个体是有差异的。所以，用药的量、药引子都要有所变化。我自己配制的药，自己明白药效，这是我采药、制药的根本原因。你在药房工作，知道我常用的蒙药就是 32 种，但是依据不同的病，就有不一样的配伍方式，我常用的配伍方式有 360 种。当然，一些特殊的病，还有其他的药物和其他的配伍方式。传统蒙医医生就是这样，要依据患者脉象、体质、年龄、性别等不同信息，进行合适的、有针对性的治疗。"

韩额尔敦静静地听着王布和的讲解。

王布和说："采药是一件很快乐的工作，不仅亲近自然，更重要的是让人可以思考，让人感悟到用药治病犹如用钥匙开锁这样的道理。"

韩额尔敦点头道："对呀，确实是这样的。"

王布和在采集药材的同时，总是不失时机地向韩额尔敦讲解采药的时机、药材的品性、晒制方法、储藏注意事项以及配伍方法等，听王布和一遍又一遍地叨咕，韩额尔敦在心里一一记了下来。

王布和说："实践过程，对医生至关重要。没有足够的实践经验，很难成就事业。"

韩额尔敦说："有些内容在书本上是找不到的。即使有，也很简单。而通过您手把手的指导，印象会更深，实用性也更强。"

看到韩额尔敦的进步，王布和很满意。

随着时间的推移，王布和越来越喜欢韩额尔敦的谦和为人，他发现韩额尔敦不仅很有悟性，同时还很善良，有爱心，这让王布和感到很高兴。

王布和所用的蒙药，都是在诊所制药房里自制的。

他将配伍好的药材，用石头碾子慢慢碾磨成细粉、过筛，然后，需要缓释的就团成圆粒，不用缓释的则制成散剂。

蒙药的核心机密都在碾药房，一般只有很可靠的人才能进得了碾药房。

起初，这项工作由王布和自己做。后来患者渐渐多起来，他忙不过来，碾药这项工作只好由他的妻子代劳。白秀英一干就是二十年。

时间过得真快，转眼三年过去了，在王布和的精心指点下，韩额尔敦对蒙医蒙药有了初步的掌握。

王布和喜欢韩额尔敦的心细、有耐性、勤琢磨，觉得这个小伙子是个可塑之才，他想让妻子多带一带韩额尔敦。王布和与妻子沟通完了之后，把韩额尔敦招呼到家里，对他说："从明天起，你要跟着你师母到碾药房碾药，碾药房的工作不同于一般的工作，药材配伍丝毫不能有误，你要养成每批次药材必须复查核实的习惯。"

韩额尔敦说："好的，我一定会做到。"

王布和问："你知道为什么把你安排在碾药房吗？"

韩额尔敦回答道："我知道，让我去碾药房，是老师对我的高度信赖。

药物的配伍容不得半点马虎,更要紧的是在药房碾药意味着会长本领。"

王布和说:"按传统方式行医的蒙医医生,一定要有自己的看家本领。"

韩额尔敦回答:"知道了,老师。"

参与碾药后,韩额尔敦对蒙医蒙药有了更多的了解。

在王布和看来,医生给患者治病,应该把握住两条线:一条是通过业已显露的表象,准确诊断疾病并且找到致病因。找到病根就可以有的放矢,达到事半功倍的效果。另一条是对自己所使用的药物的功效要有精确的把控,要依据患者个体生命体征的不同表现适量施药。

王布和常把自己的岗位比作走游丝。他觉得医生诊病、治病必须保持高度的清醒。正如他的启蒙老师布日古德少布所说的那样,蒙医医生号脉诊病,手指头的敏感性极为重要。这些年来,不仅王布和自己不沾酒,他要求徒弟们也都要禁酒。对于这一要求,韩额尔敦自从点头答应那一天起,一直保持滴酒不沾。

王布和对韩额尔敦说:"传统蒙医主要是按着赫依、希拉、巴达干来诊断患者疾病。正常情况下,健康的人体会处于动态平衡状态中。当某种诱因导致体征失衡时,会引起赫依、希拉、巴达干的异常,继而形成疾病状态。现在有些病,在过去经典的蒙医书籍中没有出现过。书上没有注明不等于过去没有这种病,比如像吉兰—巴雷综合征等,只不过传统蒙医是将其按着三根七素原理进行归类、诊断、治疗。以后但凡遇到类似这样的情况,务必要勤琢磨,然后再去辨证治疗。"

韩额尔敦认真地听着老师讲解。

平日里,王布和要处理的事情太多,或许是因为神经总是绷得紧紧的缘故,他感觉不到自己的疲倦。每天,只有到了晚上静静地躺下后,才有疲惫的感觉。

看着师傅天天过度疲劳,韩额尔敦很是心痛,对王布和说:"老师,您一天天地从早忙到晚,太累了。"

王布和带着徒弟为患者诊病

王布和哈哈一乐，然后从容地说道："现在累就累点吧，等你们都成长起来了，就好办了。"

人生最幸运的事情，莫过于遇到良师益友。解惑，导引，平视，传递正能量，对此，韩额尔敦深有体会。

王布和夫妇很赏识韩额尔敦这个小伙子的谦和能干，身为师傅师母的夫妇俩，将韩额尔敦视如亲人。

眼下，让他们最为操心的，是韩额尔敦的婚姻大事。

25
成家

　　韩额尔敦来到王布和的诊所已经三年多了，病愈后的他，跟着王布和医生潜心学习传统蒙医学。由于王布和对他的器重，他渐渐成为师父的得力助手之一。而已经到了该结婚成家年龄的韩额尔敦的婚姻大事，也早已成为王布和的一块心病。

　　王布和每当向韩额尔敦谈起这事，韩额尔敦总是推说不着急。

　　王布和觉得这样下去可不行，必须得早点让他成家立业。于是，有一天晚上下班以后，王布和把韩额尔敦留下来，对他说："你该找个对象了，青年人要在应该干啥的年龄段就干啥，有些事情是拖不得的。"

　　看到师父这样认真，韩额尔敦脸憋得通红，回答道："我本身是学徒的，没多少收入。我爸爸妈妈种地收入也十分有限，只够维持生活，家里帮不上多少钱财。老师，您的好心我心领了，我还年轻，赶趟，这事啊不用着急。"

　　王布和摇摇头说："这样可不行啊，不能因为家里困难就不成家呀。

你的婚姻大事不能再耽搁下去了，得想个办法才是。"

韩额尔敦低着脑袋，搓着手说："老师，没事的。我不急。"

王布和说："这事我得和你师母好好商量了，不能再拖了。"

听老师这么说，韩额尔敦心里暖暖的，他没再说什么。

王布和知道韩额尔敦家境贫寒，即使有成家的想法，他也没有起码的财力来支付彩礼钱、置办婚礼。经过几番考虑，他决定让妻子白秀英出面，在自己能说上话的亲戚朋友圈里去物色个姑娘。

几天后的一天中午，白秀英对王布和说："这几天我物色了几个女孩子，这其中有我们大姑姐家的姑娘白梅，她也到了该出阁的年龄，给韩额尔敦撮合撮合，行不行啊？"

王布和说："好啊，这是个好主意。要不等哪天，你去大姐家提一提这事儿，没准还行呢。"

白秀英说："行，那我就去试一试吧。"

时隔不久，还没等白秀英去，王布和的姐姐姐夫来王布和家串门，白秀英在吃饭的时候，就把这事儿提了起来。

王布和接过话茬对姐姐、姐夫介绍说："韩额尔敦这个小伙子人品好，本分，务实，有责任心。他干啥像啥，是个可以有作为能自食其力的小伙子。"

由于韩额尔敦来诊所时间较长，王布和的很多熟人都认识他。王布和的姐姐、姐夫以前也见过韩额尔敦，也听说过他的一些状况。

姐夫问："那孩子的病彻底好了吗？"

王布和回答道："早就好啦，啥事儿没有。"

姐夫应道："那就好，看两个孩子有没有缘分。现在的年轻人的事情，得他们自己有感觉才行，我们没法包办，是不是啊？"

王布和的姐姐说："就是，看两个孩子有没有这个缘分吧。"

白秀英说："韩额尔敦这小伙子确实很优秀的，就是家里经济条件差一些。"

王布和又把话茬接过去，对姐姐、姐夫说："嫁女儿，要看男孩子人品和潜质。人品好，有潜质，比什么都重要。"

姐姐说："对呀，如果人品不好，就是家有万贯，也不会有幸福的。"

姐夫说："你们俩看上的人一定错不了。我姑娘白梅是个老实巴交的人，这你们是知道的。女孩子能嫁给人品好、有出息的人，才能幸福一辈子。依我看，只要小伙子人好，俩人都能相中对方就行。"

听到姐姐、姐夫的表态，王布和夫妇很是高兴。

在依旧沿袭传统婚姻观念的科尔沁草原上，孩子们的婚姻大事必须得到家长的认可，尤其是得到女方父母亲的同意非常重要。现在，姐姐、姐夫态度明了，王布和夫妇心里有些托底了。

几天后，白秀英邀请外甥女白梅来家里串门，经过说媒，白梅与韩额尔敦还都很心仪对方，恋爱半年后，在王布和夫妇的操办下，他们结成伉俪。就这样，韩额尔敦成了王布和的外甥姑爷。

大约又过了半年多，韩额尔敦在王布和的资助下，在诊所大院道南买了个砖石结构的三间房子。自己在诊所给王布和当助手，妻子白梅和左邻右舍一样，开了个乡村旅店，为诊所里住不下的患者提供食宿。有了温暖的家庭，也有了基本的经济来源，韩额尔敦小两口日子过得很滋润。

一年后，韩额尔敦夫妇有了一个大胖儿子。

抱着胖乎乎的儿子，韩额尔敦对媳妇说："西哲里木镇是我的福地，我在这里找回了健康，找回了自信，也拥有了一切。"

白梅笑着说："啥人啥命，命中注定。"

韩额尔敦说："我不这么看。要不是碰到我师父，我的人生轨迹不知道是啥样子呢，谢谢你接纳了我。"

白梅应和道："这话我喜欢听。"说完俩人爽朗地笑起来。

有了安稳的工作和幸福的家庭，韩额尔敦可以心无旁骛地学习、工

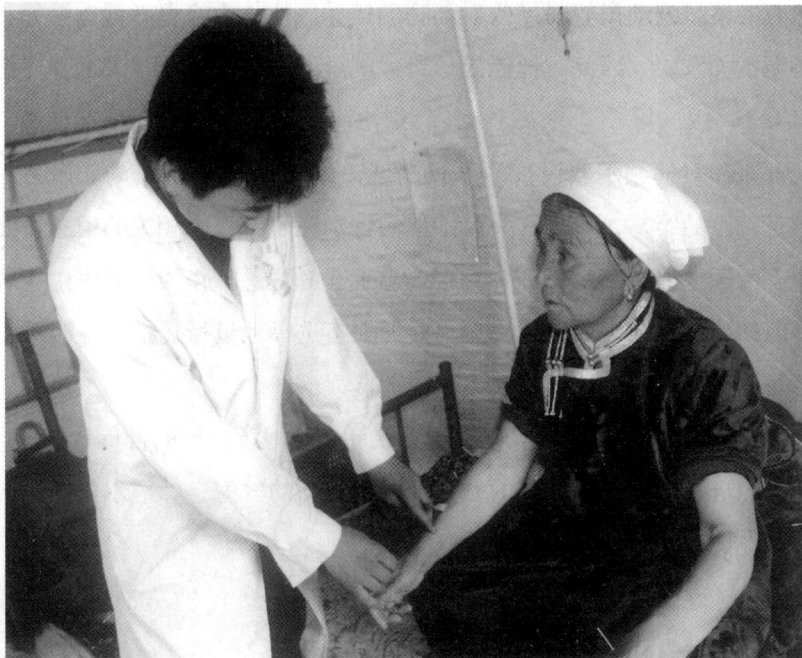

韩额尔敦学成后独立行医

作了。

　　在王布和看来，让韩额尔敦安心地在诊所工作、学习，不仅要让他无后顾之忧，更重要的是让他学到真正的看家本领。

　　王布和对韩额尔敦说："当医生最忌讳的是心中老惦记着功利。医生一旦被浮名、功利所诱惑，弄不好就不能自拔，那就很危险了。克制自己，就像水库关上水闸一样，要严丝合缝，滴水不漏。身正，首先要心正。"

　　韩额尔敦应道："老师，我记住了。"

　　王布和告诫韩额尔敦："蒙医医生一定要练就良好的悟性和思维的缜密性；行医施药失之毫厘，谬以千里。"

　　韩额尔敦认真倾听着，频频点头。

　　行医多年的王布和在治疗患者的过程中，最担心的是患者病情反复，而患者的情绪波动很容易导致对药物的排斥。他认为给患者营造温馨和谐的环境至关重要。因此，他倡导诊所大院里的医护人员，每天都要保持面带微笑。

王布和对韩额尔敦说："人们对信息的需求是与生俱来的。患者最在乎的是自己的康复，基于这一点，他们特别关心与自己相关的信息，尤其关注主治医生的一言一行，并且很多患者喜好联想。作为一名医生，对五花八门的信息，一定要进行梳理，然后要有选择地进行传播。有时医生不经意间说出去的话，可能让患者想入非非。"

韩额尔敦说："老师，我知道了。我一定会注意自己的言行。"

言传身教是王布和一贯的做法。聆听老师的教诲，韩额尔敦觉得每天都有些许长进。

26

感
恩

知恩图报，是王布和一向恪守的做人原则。

在王布和一家人最为艰难的时候，布日古德少布收他为徒，并认真传授蒙医蒙药学问，王布和一直怀着感恩的心敬重师傅。

布日古德少布性格特立独行，他没有成家，一个人过日子。

在 20 世纪 60—70 年代，因诸多因素影响，布日古德少布在家乡一直不得志。他觉着蓄积了很多能量却无处施展才华，因而郁郁寡欢。后来，年近四十的他，带着些许遗憾离开西哲里木草原去投奔亲戚，去了两千多里远的内蒙古巴彦淖尔盟草原。在一个陌生的环境，陌生人中间，当了一名乡村赤脚医生。起初，他觉得这样的日子还不错。然而，渐渐地他发现，自己的性情与这里的"水土"有些不服。于是，他又开始郁闷起来。

20 世纪 80 年代初，实行改革开放后，东西南北中各地的人们，思想观念变化之快出乎意料，新的思维方式不断推动时代变革。这时的布日古德少布也是心里长草，他想换一换环境。思来想去，还是回到故土——兴

1990 年冬季王布和与师傅布日古德少布合影

安盟。

然而，要是回到出生地西哲里木镇后索根营子嘎查，他又觉着心里不甘。那里有他的得，也有他的失和痛点。在故乡多年被边缘化的内心伤痛，没有人能够医治得了。心里纠结很长时间后，1983 年夏天，他在科右前旗满族屯满族乡安家落户，成为一名牧民。布日古德少布安家的牧村位于西哲里木镇以北三百多里远。

科右前旗满族屯满族乡在中蒙边境地区。这里地广人稀，民风淳朴，在 20 世纪 80 年代，是一个缺医少药的地方。

布日古德少布在满族屯一边养点牛羊，一边给头疼脑热的患者治病，每天都有事做，觉得很充实。

不知不觉中十几年又过去了，看到启蒙老师年岁已高，独居生活有些不方便，需要有人照顾。于是，1996 年夏天，王布和用积攒的三万多元钱，在自己家后院子里，给老师盖了一百多平方米的三间大瓦房，把布日古德少布接了过来，让他安享晚年。

来到王布和身边后，不再为生活奔波的布日古德少布心里很舒畅。一日三餐，他是王布和家里的座上宾。在这里不仅衣食无忧，而且整个诊所大院里来来往往的人们，都高看他一眼，敬重他！

宝音图、韩额尔敦他们，尊称布日古德少布为"爷爷老师"，给他沏茶倒水，每天将他的屋里屋外打扫得干干净净。

塔拉艾里依山傍水，是个养生宜居的好地方。布日古德少布很喜欢这里的自然之美和人文气息。对于年过六旬的独身老人而言，在这样惬意的环境中生活，幸福指数自然就提升了一大截。

自从来到王布和的身边，目睹王布和没白没黑地忙活，布日古德少布既欣慰又担忧。让他欣慰的是，王布和行医的境界和这些年历练的本领，给众多患者找回了健康，在他目之所及的区域，唯独王布和仍坚守着有钱没钱都给患者治病这一境界；担忧的是，王布和一家人撑起这么大的摊子，太勉强了，每天有那么多贫弱患者需要接济，王布和早已力不从心。

布日古德少布对王布和说："你现在的摊子铺得有些过大，已经远远超出一个乡村医生的能力范畴。负荷过重，容易被压垮，你有必要控制一下诊所的发展规模了。"

王布和挠挠头说："老师您说的对。现在诊所的业务量，确实让我负重太沉，可是，我已经刹不住车了。我不能将患者拒之门外，尤其是每当看到那些贫困患者，我就联想到当年我爸爸求医无门的情景。我向您学习传统蒙医学的初衷，您是最清楚的。谢谢您的关心提醒！"

布日古德少布慢慢地说："唉！我也是说说罢了。我知道你内心深处的想法。我这上岁数的人呐，想到什么就说什么，你要保重，这样才能为更多的人服务。你说对不对啊？"

王布和说："老师，您说得对！我会好好把握分寸的。"

布日古德少布一脸和善地微笑着说："好好好！"

和很多老人一样，布日古德少布也喜欢把自己的所学向下一代传递。有时，布日古德少布拿出一些蒙医蒙药的老方子，与宝音图、韩额尔敦他们一起分享。他想在潜移默化中夯实年轻人的根基，为诊所出一点绵薄之力。

布日古德少布对王布和说:"我们因为有缘,所以成为师徒。在我这一生当中,我师傅吴海和你十分重要。在我懵懂的幼年,被师父收为弟子,后来他给我传授自己的所学。你在年少时,主动拜我为师,潜心学习,成就自己。你们俩都是我生命中的重要支撑,这其实都是我的得。我自己没能做出什么,这是我的失。让我高兴的是,你为社会付出了让很多人连想都不敢想的爱心,苦了你了。"

王布和说:"老师您过奖了!"

布日古德少布说:"从我老师和你身上我悟出一个道理,人,无论生长在什么样的历史背景下,生活在什么样的生活空间里,拥有心愿,把握机遇,努力追求和实现人生价值,非常重要!在这方面你们俩做得都很好,都是我的榜样。"

王布和赶紧站起身,说:"老师,您过谦了。您是一位传承者,是桥梁和纽带。其实,您在特定的历史时期完成了别人不可替代的使命。每个人在社会上扮演的角色都不同,无论何时、何地,只要将自己该扮演的角色扮演好,我觉得就是实现了人生价值。"

布日古德少布嘿嘿一乐,慢慢地说:"人生很有意思。有的人,人生绚烂,体现人生价值的平台很大;有的人一生都不得志,慢慢地自然枯萎。拥有绚丽人生的人,一般情商都很高。"

王布和说:"人,做到物我两忘,也就没有了烦恼。"

布日古德少布说:"是啊。很多烦恼就是因为心中抹不掉'我'而起。你有这样的境界,事业也就能顺畅发展了。"

王布和说:"谢谢老师的指点。"

布日古德少布说:"现在,我只有一个担心,就是你太累了。你也是年过五十的人了,承担身体可支撑得了的工作量就好。什么事都要有度,超过这个度就有可能不可逆呀。"

王布和说："谢谢老师的提醒，我会把握住工作节奏的。您不要太担心。"

布日古德少布微笑着说："对有的人来说，放，容易；收，很难呐！对有的人来说，收，很容易；放，却是很难的！"

王布和静静地听着老师语重心长的话语。

近年来，诊所向前迈进的速度超越了很多人的预期。看到徒弟王布和这样没完没了地忙碌，布日古德少布很是心疼。他是一位笃信因果的人，说话，他只能点到为止。

天有不测风云。

2011年秋天，布日古德少布感到身体很不舒服。实在挺不住了，到医院检查，发现已经是肾癌晚期。

王布和一边张罗钱，一边四处打听名医良药，最后同布日古德少布的直系亲属们一起，把老人带到长春一家大医院进行外科手术。

经过医护人员的不懈努力，布日古德少布安全地从手术台上下来了。

为了便于随时在大医院就医，出院后，王布和给师傅在内蒙古乌兰浩特市租了个楼房，并雇用护工长期照顾老人。

从那时起，每到星期天，王布和都要抽出时间，驱车200多公里去看望师傅。

这时的布日古德少布因受病痛折磨，性格、思维都出现了一些变化，甚至有时趋于暴躁状态。年过五旬的王布和侍候师傅，就像个小学生尊敬老师一样，对师傅百依百顺，毕恭毕敬。

尽管王布和他们小心翼翼地侍候着，布日古德少布的病仍旧不断恶化着。术后仅仅两年多时间，布日古德少布在乌兰浩特病逝。

27
敖包

色仁道尔吉是内蒙古通辽市扎鲁特旗文化局退休干部。年近七旬的他，几年前先后患上牛皮癣、肝硬化、心脏病和高血压等病，病情总是反反复复，让他很苦恼。后来，他听说王布和医生能治疗这类疾病，于是，2003年4月下旬，来到王布和的诊所。

色仁道尔吉是文化人。1966年至1970年，他是中国驻蒙古国专家组翻译，在诗歌、散文、书法以及在绘画等方面都很有研究。回国后曾在北京、呼和浩特等地做文化工作，可谓见多识广。后来回到家乡扎鲁特旗，在当地政府部门工作。

改革开放后，他曾担任当地文化局副局长一职，后又担任文化市场管理办公室主任等职务。爱好文化艺术的他，曾大力扶持包括版画艺术创作在内的很多文化艺术门类的传承发展。

王布和给色仁道尔吉号过脉诊断完了之后告诉他，他的病需要循序渐进综合施治，其中牛皮癣要口服蒙药并结合药浴治疗，效果会更好一些，建议他住院治疗。色仁道尔吉采纳了王布和的建议，在诊所住了下来。

过去很多年，到王布和的诊所求医的多为农牧民患者，而有工作、能报销药费的人，一般都去大医院检查治疗。色仁道尔吉是王布和接诊的少有的具有较高文化素养的住院患者。

与色仁道尔吉一起药浴、住同一个病房的患者中，有一位名叫包占的人，他也是蒙古族人，时年 38 岁，来自内蒙古赤峰市阿鲁科尔沁旗天山镇。

包占是一位下岗失业人员，多年前养成好喝酒的习惯。几年前下岗失业后，心情郁闷，常常借酒浇愁，血压忽高忽低。更让包占难受的是四年前不幸患上严重的腰椎间盘突出症。起初，感觉腰疼，腿疼，走路两腿发麻。在医院拍片检查，医生告诉他是腰椎退行性改变，有多处向内生长的骨质增生，压迫椎管使其变窄，神经传导受阻。医生们给出的建议是手术治疗。原本就没有多少积蓄的他，上哪里去筹集 20 多万元的手术治疗费用呢？无奈，只好选择保守治疗。于是，包占开始吃药、打针、牵引、按摩、针灸。多项治疗措施都尝试过了，可是，一直不见效。更为可怕的是，短短两年多时间，他就变得家徒四壁了。放弃治疗他不死心，想要继续治疗又没有钱，无助、苦恼、焦急，使得包占的脾气变得极其暴躁。

让包占万万没有想到的是，患病三年后，他大小便失禁，时隔不久瘫痪了，腰部以下没有了知觉。

还没到不惑之年，就变得生活不能自理，这让他苦不堪言。

"腰椎间盘突出竟然有这么厉害？怎么就能让我瘫痪了呢？"包占想不开。

包占告诉色仁道尔吉，当他听说王布和医生独特的行医方式之后，就有了来这里的想法。后来，在亲戚们的帮助下，他被送到千里之外的王布和的诊所。

过去，王布和没治疗过这么严重的腰椎间盘突出的患者。

治疗包占的病需要口服蒙药，另外还要配合理疗并进行药浴渗透治疗。包占的体重将近 200 斤，每天到药浴池药浴治疗是最大的难题。而包占的病又是一种没办法确定疗程的疾病，因而亲眷们没人能长久陪护他，后来，将包占留在诊所，先后都回家去了。

王布和自己一个人抱不动包占，每天让包占药浴的时候，他要临时找来两三个人将包占抬进、抬出药浴池。

由于包占大小便失禁，王布和只好给包占腾出一个特护病房。病床上，在他下半身部位给铺上细沙，底层是褥子。沙子脏了随时换掉，尽力保持卫生干净。

包占对色仁道尔吉说："那个时候的我就像婴儿一样，每天只能躺着，屁股底下是细沙子，大小便出来，埋汰了，王布和医生就像长辈一样，马上给我收拾干净。"

口服蒙药，结合药浴、针灸、按摩等多种治疗方式，100 天后，包占的右脚大拇指有了知觉，能动弹了，这时的王布和比包占还高兴。

"那天早晨，王布和医生给我针灸的时候，是他发现我的右脚大拇指能动弹了。虽然，动弹幅度不大，这对我来说，是个极大的进步。对王医生来说，是很大的成就。"包占说

色仁道尔吉问："真是个奇迹。那后来呢？"

包占说："又过了十来天，我的左脚脚趾头也都有知觉了。后来，王布和医生在治疗的同时，每天找来助手，抱着我，让我扶墙站立，尽量让我去做我能做得了的康复训练。这一年多时间里，他为我操心很多，所以在我身上，奇迹也是一个接一个地显现。"

包占告诉色仁道尔吉，他来王布和的诊所，已经是第二个年头了，现在的他能拄着拐棍行走。

正在康复中的包占觉得色仁道尔吉是一位智者，他很想把自己这些年的遭遇和在王布和的诊所得到救治的经历，悉数讲给色仁道尔吉听。色仁

道尔吉善于倾听，俩人经常能深入地聊些共同的话题。

和包占一样，在诊所大院有一些患者是老病号，他们愿意与色仁道尔吉分享自己的故事。色仁道尔吉了解到的是，来王布和诊所的患者们，大多数都有鲜为人知的求医历程和各种各样的苦楚。通过广泛了解，他还发现一个很有意思的共性问题，许多患者健康意识比较差，他们在患病之初都不太当回事，能挺就挺一挺，等到实在挺不住了，就到处寻医问药。几番折腾，家底儿空了，病却没有治好。到后来捉襟见肘时，他们才找到王布和医生。

感动色仁道尔吉的不仅仅是王布和的医术，更是王布和随时随地的行善之举。

色仁道尔吉习惯了每天饭后在院子里散步。有一天日落时分，他看到一个二十二三岁模样的小伙子，背个小挎包匆匆来找王布和。色仁道尔吉原以为是急诊患者，让他没想到的是，这个人是来求助的。原来，这个小伙子是个外地人，来西哲里木镇后把钱花光了，没钱住旅店，要去通辽又没有路费。有人告诉他："去找王布和要。"

了解到这个小伙子的难处后，王布和给了这个陌生人足够的住店和去通辽市的火车票的钱，这个小伙拿到钱，高高兴兴地走了。

正在院子里聊天的七月告诉色仁道尔吉："这样的救助事情并不新鲜，王布和医生的诊所总是敞开着大门，谁求到他，他都不拒绝。"

色仁道尔吉说："这也太难为王布和医生了吧，不能啥事都让他扛着啊。"

坐在花坛边上的包占插话道："谁说不是呢？可是，事实就是这样啊，没办法的。"

色仁道尔吉沉思了一下，说："我看出来啦，面对求助者，王布和医生就是没办法也会想办法给予帮助。"

包占说："就是，你说得太对了。"

色仁道尔吉（右）与编导阿斯汗（左）合影

色仁道尔吉说：“要是照这样继续下去，太难喽。”

包占说：“就是嘛。”

透过王布和的日常善举，色仁道尔吉看到了王布和的善良、质朴。

回到病房后，色仁道尔吉对包占说：“社会需要像王布和的诊所这样的机构，只是常人难以做到，更难以长久坚持下去呀。”

包占说：“能够让诊所维持运行，王布和医生太不容易了。”

色仁道尔吉说：“正是。”

有一天色仁道尔吉对王布和说：“我看到你的诊所虽然条件有些简陋，可是这里给人的感觉很温暖。”

王布和说：“我也想改善一下环境，但是眼下我还很难做到。我寻思，还是先把钱用在资助那些治不起病的患者身上，诊所条件改善能等，病人的病却不能等啊，你说是不是？所以我想诊所的条件改善，还是慢慢来吧。”

色仁道尔吉说："也对，治病宜早不宜晚呐。"

王布和说："在我的患者群里，像你这样有深厚文化底蕴的人，过去很少见。老大哥你说话、办事有板有眼，看问题总有自己的角度。"

色仁道尔吉哈哈一乐，说："我也是爱寻根问底，说的都是实话。"

王布和说："有文化的人想问题就是更全面。"

色仁道尔吉说："过奖过奖。"

在色仁道尔吉看来，王布和的诊所明显呈现出和谐的文化样态。患者来自四面八方，过去从未见过面的人们，来这里得到王布和医生诊疗后，大家都能相互照应。这种祥和的就医环境和良好的疗效，恰恰是王布和一直尽心竭力付出的结晶。处在草原深处偏僻村落的诊所，能拥有这番景象，让色仁道尔吉有了更深层次的思考。

色仁道尔吉看到，患者一拨接一拨地来到诊所大院，王布和承受的身心压力越来越大。然而，王布和依旧从容面对。从王布和的身上，色仁道尔吉感悟到，一个天生不会拒绝他人的人，当上一名医生，最大的快乐是消除患者的病痛，而最大的苦恼，是想帮助更多的人，却又力不从心。

平日里就喜欢研究文化的色仁道尔吉，不仅留意着周遭的变化，看问题时也常常注意其文化属性。对民俗文化颇有研究的他，很欣赏王布和的这种大爱方式。王布和不仅惠泽了数以万计的贫弱患者群，同时又在净化着人们的心灵。

色仁道尔吉对包占说："我觉得王布和医生的思想意识早已超越物质范畴，他的追求是超越你我想象的大爱。对于患者来说，他，其实就是一名消除患者病痛的使者。"

包占说："你说的有道理，他就是一名使者。"

色仁道尔吉说："使者是目标的执行者。而王布和的目标又是什么呢？"

包占说："解除患者们的病痛呗。"

色仁道尔吉说:"我看不仅仅是这样,他的所思、所想、所为,耐人寻味。"

经过一段时间的思索,色仁道尔吉觉得王布和这个人物的境界,在道德层面上具有标杆意义。于是,他选择了当地古老的传统文化,以在山上立石头敖包的方式来表达对王布和医生的敬意。

色仁道尔吉在王布和的诊所门前的卧龙山山脊上,选择了一处较为平坦的地方。每天早起后,他就慢慢爬到山上,捡几块石头认真地摆放。

看到年近七旬的老人,每天早起爬上山捡石头立敖包。起初很多人感到好奇,慢慢地有一些年龄较大、腿脚利索的患者或者是陪护患者的家属们也跟着色仁道尔吉老人上山捡石头堆敖包。

山上的敖包在一天天变大。这时的色仁道尔吉觉得,应该给敖包树立

敖包成山村地标之一,苏力德迎风轻轻飘扬

一个"苏力德"。于是，一天上午药浴完了之后，色仁道尔吉来到西哲里木镇，在一家制作铁艺的作坊，亲自监工打造了一个"苏力德"，高高兴兴地扛到山上，插进敖包里。

日复一日，山上的石头敖包越堆越大，几个月后，卧龙山上的石头敖包高高耸立起来，敖包上的"苏力德"，象征着一定会战胜病魔！

敖包成山村地标之一，苏力德迎风轻轻飘扬着。来来去去的很多患者常到卧龙山上转敖包三圈，驻足祈愿早日康复。

霍林河穿越山林和草原，从塔拉艾里侧畔流淌。河湾处的诊所人来人往，王布和每天都在认真地诊病治病。敖包见证着诊所里一个又一个的感人故事。

就在此时，一位"不速之客"的到来，打破了诊所往日的平静。

28
怜悯

2003 年 6 月下旬，一个患有精神病的人流浪到内蒙古科右中旗西哲里木镇。

6 月 27 日上午 10 点多钟，从西哲里木镇来王布和的诊所治疗风湿病的三位 40 多岁的蒙古族女病友药浴完之后，并排坐在诊室里长条椅上散汗。她们在闲聊的时候，坐在中间位置的人说："今天早晨我看见过一个'疯子'，啊呀妈呀，可恐怖呢，头发长长的，还戴个大檐帽，满脸污垢啊。"

坐在左边的人问："哪儿来的？"

答："不知道啊。"

这时，坐在右边的人接过话茬说："都逛荡好几天了。我听说，那个人饿了就捡拾地上的西瓜皮和饭店门口扔的剩饭吃，渴了还喝路边沟渠里的脏水呢，夜里不管是居民家院里、院外还是屯子边上，得意哪就在哪睡觉。"

左边的人再问："一直在镇子里转悠吗？"

靠右侧的人答道："镇子里转，南屯子、北屯子也都去过的，我听说有好几个人被他吓着过。"

今天早晨见过那个精神病人的妇女说："我看他还穿春秋装呢，指不定离家有几个月了呢。"

王布和问："这个精神病人一直都没人管吗？"

这时，在诊室里的很多人开始七嘴八舌地说道："一个流浪的精神病人，谁敢管啊？躲都还躲不过来呢。"

王布和说："现在，他的家人一定很着急呢。"

有人接茬道："急有啥用啊？家人又不会知道他在哪里，像他这样一个重度精神病人，不可能知道自己家怎么走才能回去的，家人也不知道他逛到哪里了，这两头搭不上的。"

另一个人则说："就像他那样子啊，家人要不要他，还都两说着呢。"

王布和说："真是可怜呐！"

说完这话，王布和便沉思起来。

而诊室里的人们仍在将这个人作为话题继续聊着。

在王布和看来，像这样的精神失常的患者，多半是因为离家后找不到方位而走失。一时间，他心里沉沉的。

午饭前，王布和把家人召集过来，说："上午听患者们议论，东屯子来了个流浪的精神病人，已经在镇里和附近几个屯子转悠好几天了，挺可怜的。我们是开诊所的，不能视而不见啊，我想把他接到诊所给他恢复神智。"

白秀英乍一听，愣了一下，然后抬起头说道："这，你得担多大的风险呐？风险也太大了吧？人们都在躲着走，你却把他接到诊所，你考虑清楚了没有啊？"

王布和带着很复杂的表情说："风险是有的，可是眼下还有更好的办法吗？"

白秀英说："可是，我们诊所的安全也很重要啊。你想想看，他是个没有人管束的有精神障碍的病人，你说你怎么监护他吧？"

王布和说："想想办法吧。现在是雨季，霍林河水涨起来了。我们附近这几个村子都在霍林河边上，像他这样没有自控能力的人，一旦有什么闪失可就是大事啊。"

宝音图挠挠头说："爸爸说的对，在这雨季，一个无家可归又没有行为能力的精神病人，的确处处是危险。"

王布和接着说道："刚才我听患者们讲，这个精神失常的流浪汉在到处乱走，已经吓着好几个村民了，必须得有人管一管了。"

白秀英看到王布和执意要救治，便叹了一口气，说道："精神病人流浪，的确是够可怜的。既然你想救治，那你就拿主意吧。我就是担心风险太大了。"

得到家人的同意后，王布和自己开着老式北京吉普车，带着儿子宝音图和徒弟韩额尔敦，在西哲里木镇挨个街道去寻找，找来找去，最后在镇北面约2公里处的霍林河西岸的沙坑里发现了那个满身污垢的精神病患者。听到吉普车动静后，他从沙坑里站起身，只见他披着半尺多长的头发，戴个不知从哪里捡来的铁路工人丢弃的褪色大檐帽，左脚有点毛病，一瘸一拐地向河岸走去。

王布和把吉普车停稳后慢慢走近他，抬起右手温和地招呼道："嘿，来呀，我们回家吃饭去。"

说来也怪，听到王布和和蔼的招呼声，他愣了一下，转过头瞅瞅王布和。

王布和说："走，回家吃饭去呀。"

这个精神病患者听懂了王布和的话。他顿了一小会儿后，乖乖地向着王布和走了过来，就这样，王布和把这个流浪的精神病患者请上吉普车，接到自己的诊所。

来到诊所后，王布和问这个精神病人："你叫什么名字啊？"

答："刘天华。"

王布和又问："家是哪儿的？"

答："河南的。"

王布和追问："河南哪里的？"

答："河南的。"

王布和再问："你家在河南的哪个地方住啊？"

答："河南的。"

王布和问："你今年多大了？"

答："二十多。"

王布和追问："多大啦？"

答："三十多，二十多……"

王布和知道，对这样语无伦次的人，再继续问下去也问不出什么有价值的信息了。

为了安全起见，王布和在第一时间，用手持电话给西哲里木镇派出所打了电话，将自己想救治这位流浪精神病患者的事情向民警进行了认真汇报。

随后，王布和又找来理发工具，让一个会理发的小伙子给刘天华剪掉不知道留了多长时间的长发，理成平头。后又里里外外给刘天华洗了一遍，并换上一身新夏装。

宝音图、韩额尔敦带刘天华回诊所

王布和开始诊治刘天华

此时此刻，在诊所大院里，刘天华成为当日最大的新闻资讯。

让围观的人们感到温馨的是，不一会儿，王布和的妻子就做好了一大碗热气腾腾的荷包蛋面条，让儿子宝音图给刘天华端了上来。

正在王布和诊所拍摄纪录片的笔者和同事——兴安电视台摄像师阿斯汗，用摄像机记录了刘天华在餐桌上稳稳坐定享用美食的镜头。

看着刘天华埋头吃饭，王布和说："小刘，你慢慢吃！"

刘天华只说了一个字："啊！"然后低头继续吃面条。

王布和转过身对儿子宝音图说："人活着都不容易，生命，对每个人来说都只有一次，任何人都没法逾越生命的高度。人无论健康还是不幸患上疾病，都有权利得到起码的尊重。我们当医生的要尊重生命和健康。"

宝音图说："知道了，爸爸。"

王布和救治刘天华这件事情，立马成为人们都很关注的话题。而王布和身边的人都在替他捏着一把汗。

把刘天华接来诊所之后，王布和遇到的第一个难题是怎样保证他的人身安全，同时又要确保诊所其他人的安全。这对王布和及其诊所来说，都是不小的挑战。

眼下，监护刘天华只靠王布和自己和家人，显然力不从心，王布和在诊所里里外外，物色来物色去，最终想到一位叫达胡巴雅尔的人，于是，让儿子宝音图把他请到诊室。

达胡巴雅尔今年已经 53 岁了，是一名典型的蒙古族汉子，家住内蒙古霍林郭勒市。达胡巴雅尔虎背熊腰，脚大臂长，能说能干，青年时代在当地是一位小有名气的蒙古式摔跤手。

王布和说："老大哥，刚才你也看到了，新来的这个精神病人得有一个勤快、精明的人帮我监护好，我想来想去，只有你能帮上这个忙……"

达胡巴雅尔挠挠头，一边听王布和说话，一边顺手点燃一支烟，他吸了几口，然后对王布和说："这可是个不大好干的差事啊，我怕胜任不了。"

王布和说："你说得对，这活儿的确不好干。"

达胡巴雅尔摇摇头说："监护这样的病人，我是一丁点经验都没有啊。"

王布和说："不要紧的，只要精心就好。"

达胡巴雅尔感到两难，觉得答应也不是，不答应也不是。

王布和之所以想让达胡巴雅尔帮着他监护刘天华，是因为达胡巴雅尔身材较为魁梧，能镇住刘天华。同时，他又做事心细、有板有眼。

达胡巴雅尔是一位住院患者家属。他带着他老婆在王布和的诊所已经连续住了四年多时间了，这几年，他老婆用药免费，两口子住宿也免费。他欠着王布和医生的情无以回报。现在，诊所需要他帮这个忙，他不好推托。达胡巴雅尔低头想了一会儿，抬起头说道："王大夫，您救治这样一个流浪的精神病人，疗期得需要多长时间呐？"

王布和答道："这个说不准的。"

达胡巴雅尔说："问题就在这里。他是个没人管的病人。没人管的时候，和我们不相干，您主动去救治，有可能就要沾手啊。"

王布和说："我们不能这样考虑问题呀。他也是人呐。只不过有病而且走失了，我们尽可能给他治一治。你可能要辛苦一段时间了。"

看王布和医生态度这样坚决，达胡巴雅尔觉得推托是推不掉的了。于是说："好吧，只要您信任我，我尽力就是了。我还有个担心的事情是他

王布和在治疗刘天华

会不会有攻击性，别的倒是无所谓。"

王布和说："暂时看，他的脾气还不是很大。另外，他对这个环境很陌生，细心一些也许不会。我之所以看重你，是因为你很有耐心，这一点很重要。你要试着想法子和他多沟通，精神病患者多数都是胆子小、心胸相对狭隘的人，和他沟通时要注意循序渐进。老大哥你要知道，监护精神病患者可不同于监护普通患者，一点都不能刺激他，一旦受刺激，啥事都有可能发生。"

达胡巴雅尔说："这我知道。难的是咋想法先让他信任我。"

王布和说："从现在开始只要我给他治疗，你都要跟着我，让他认识你，同时让他感觉到你是他可依靠的人。"

达胡巴雅尔抬起左手挠挠头，说："护理精神病人，我真的一点经验都没有啊。"

王布和说："我们就把他当自己的孩子一样，悉心照顾不就行了嘛，没经验不要紧，只要精心就好。"

达胡巴雅尔说："这一点我能做到。"

王布和说："那就好，你就辛苦一段时间吧，这个人实在是太可怜了，不康复一段时间，就没法确定他来自哪里，也没有办法和他家人联系。我们大家一起努力，救救他吧，好不好？"

达胡巴雅尔说："那好吧。"

谈妥之后，王布和把刘天华先安排在达胡巴雅尔夫妇的隔壁病房。也就是从这一刻起，达胡巴雅尔在护理自己老婆的同时，还要协助王布和医生关心照顾刘天华。

那么，在诊所一住就是四年多的达胡巴雅尔，又有怎样的苦难经历呢？

29

生命

达胡巴雅尔的老婆名叫亮花，她是一个苦命人。

亮花，身高约一米五二左右，青年时期是一位小鸟依人的女人。她性格温顺，人很善良。十多年前不幸患上胃病和类风湿病，达胡巴雅尔四处寻医给她治疗，可是都无济于事，亮花的病越来越重。

达胡巴雅尔曾经家境不错，过去，他家在霍林郭勒市经营小旅店、小饭店、小歌厅等实体经济，还拥有跑运输的大卡车，日子过得殷实。没想到他老婆患病后，四处求医，钱就像流水一样花出去，后来没法子了，他就变卖家产给老婆治病。

短短几年间，他家经营的旅店、饭店、歌厅都兑出去了，卡车也卖了。没了来钱道，筹集给老婆看病的钱和全家人生活费用，常让达胡巴雅尔头疼。

1999 初秋，亮花又一次犯病，生命垂危。达胡巴雅尔赶紧张罗钱，把老婆带到通辽市的一家医院住院治疗。由于病人免疫力极其低下，尽管医生们想尽办法为她治疗，却无力回天，亮花的心肺等多个器官出现衰竭。

重病缠身的亮花已经好几天吃不进食物了。在短短几天时间里，院方先后三次下达病危告知书，让达胡巴雅尔准备后事。一时间达胡巴雅尔心乱如麻。他不想眼睁睁地让心爱的妻子就这样走了，可是又没有办法留住她的生命。

躺在病床上的亮花面无血色，嘴唇发干，两眼直直盯着达胡巴雅尔。达胡巴雅尔用羹匙一点点将温开水送到老婆的嘴里。

死神不想放过亮花，在不停地催促她走。亮花眼巴巴望着丈夫，奢望丈夫能够再想想办法留住她的生命。

亮花以微弱的声音断断续续地说："这么大的医院连这点病也治不了吗？真的再也没办法了吗？"

站在病床边的达胡巴雅尔忍着泪水轻轻地说："医生们正在想办法呢，没事的啊！你要坚强点，啊！"

亮花的呼吸又急促起来，喘着粗气说："我，快支撑不了了。你尽力了！是我命不好，拖累你了，对不起！我走后，你要带好孩子们。"

达胡巴雅尔赶紧说道："你要挺住，医生们正在研究治疗方案呢，没事的，啊！"

亮花说："我知道的，他们也都尽力了。别再麻烦人家了！都是我命不好啊！"

达胡巴雅尔轻轻地说："你听我的，要坚持住。孩子们还小，他们需要妈妈。"

亮花用微弱的声音，颤巍巍地说："我累了。"

达胡巴雅尔用右手轻轻地抚摸着妻子的额头，说："你睡一会儿，休息一下吧。"

亮花说："浑身都疼，睡不了啊。"

眼瞅着一起生活了20多年的结发妻子就要从他眼前撒手而去，达胡巴雅尔再次感到心在阵阵作痛。

就在这时，亮花清清嗓子说道："趁我还没有咽气，快把我带回家去吧！无论发生什么，我想回到家里，这是我最后的愿望了。"

没等达胡巴雅尔说话，亮花继续说道："这一次，你就听我的，好吗？再耗下去，也不会有什么结果的。"

达胡巴雅尔只好点点头。

第二天早晨，达胡巴雅尔和几个孩子以及几位至亲含着泪水，用棉被抬着亮花，踏上从通辽市返回霍林郭勒市的列车。

在回家的列车上，有好心人看到奄奄一息的亮花，便说起西哲里木镇的王布和医生曾治愈过类风湿病人，建议他们何不试一试。听到这一信息，达胡巴雅尔犹如抓住了一根救命稻草，马上做出决定，中途在西哲里木车站下车，和亲戚们一起，抬着亮花来到王布和的诊所。

王布和每天要接诊许多患者，但是从来没见过像亮花这样严重的患者。他看到亮花已经脱相，在凹进去的瘦瘦的脸颊上，两个眼窝深深地陷了进去，灰色的面庞上，一双眼睛艰难地睁开，不一会儿又慢慢合上。上气接不上下气的每一次呼吸，都要牵动全身上下，覆盖在身上的毯子，在微微颤抖着。

王布和赶紧号脉，细细诊断。然后对达胡巴雅尔说："病人胃不好，肝不好，类风湿病，心脏不好，肾脏也不好，是综合征了。"

诊断完了之后，王布和把达胡巴雅尔招呼到诊所外面，问："怎么才来呢？"

达胡巴雅尔回答道："一言难尽呐，我们一直在治疗，只是越治越重，这几天，人家医院接连下了三次病危告知书，让我们准备后事。昨天下午我老伴要求回家，没办法，我和孩子们、亲戚们商量后，就顺着她的意愿要回家去。在列车卧铺车厢里，有好心人看着她可怜，就告诉我们说你这里治疗过这样的患者。于是，我们就中途下车，直接奔你来了，救救我老婆吧！"

王布和先是用左手挠挠头，然后又摇摇头说道："来的不是时候啊，太晚喽。"

达胡巴雅尔问："一点办法都没有了吗？"

王布和说："病人已经到了这个份上，恐怕谁都无力回天呐。我问你，她现在的饮食情况咋样？"

达胡巴雅尔回答道："已经连续好几天了，连小米粥都很难咽下去。"

王布和说："你看看，不吃不喝，没有能量和营养来支撑，她怎么能挺得住呢？"

达胡巴雅尔接过话茬说道："是啊，我老伴儿被病折腾得只剩下皮包着骨头了。王医生，不瞒你说，现在的她就像是神经都裸露出来了一样，全身上下哪儿都不能触碰，一碰就疼得要喊，好多天了，她只能仰躺着。所以来时，我们不敢用担架抬，而是用棉被抬着过来的。"

王布和知道，收治这样危重患者，十有八九要沾手。

达胡巴雅尔是个直性子人，就在王布和医生犹豫的时候，他说道："王医生，你就死马当活马医吧，我能去的医院都去了，能找的医生都找过了，离开你这里，我们只有一条路，就是回去等她咽气。她得病这十多年来，我的家产已经耗尽了，上中学的三个孩子，几年前也都接连辍学。原来以为总会有个出头的日子，盼着老婆能康复，想不到她的病越来越重，现在已经这样了，我再也没法子了，真的，我们已经啥法子都没了……"说着说着，达胡巴雅尔呜呜呜哭起来。

王布和安慰道："老大哥，你也别太激动。病人还指望你出主意呢！"

达胡巴雅尔说："我已经没有选择了，如果你不收治，我们只能回家去了。"

王布和知道，亮花长期吃药，体内各个器官早已不按常态运行了。一个濒于枯竭的生命，让其回天很难做到。只是，如果不收治的话，这个屡弱的生命很快就要凋零。想到这里，王布和对达胡巴雅尔说："既然这样，那就暂时住下吧。"

达胡巴雅尔拭去泪水，说："谢谢您，王医生！"

王布和对达胡巴雅尔说："你来的不是时候，已经错过时机了。现在，你妻子已经药物中毒了，而且中毒不轻啊"。

达胡巴雅尔说："不瞒您说，这十几年来，我老婆天天都在吃药，而且是一大把一大把地吃药。只要听说哪里有好医生，我就带着她过去，到头来，钱花光了，病却没能治好。"

王布和说："是药都有一定的毒性，用药治病就是以毒攻毒，如果用的药没对症，必然要产生毒副作用，就成为药害，它会伤害身体的其他器官的。"

达胡巴雅尔说："我老婆真的没少吃药。我估计啊，这十几年来，一个毛驴车的药指定是吃过了。至于什么药害，我们老百姓上哪知道啊？"

王布和叹了一口气，欲言又止。

亮花本来长得瘦小，再加上多年来遭受疾病折磨，人越来越纤弱，来王布和的诊所时，她的体重还不到50斤。

此时的亮花，就像是一片正在枯萎的叶子，很久得不到水分滋养，在骨瘦如柴的躯体上，两只眼神在寻觅着每一根能勾得住的救命"稻草"，让人十分揪心。

就是从这一天起，达胡巴雅尔和老婆吃住在王布和的诊所。对亮花这名患者，王布和在治疗她的类风湿病的同时，用蒙药系统调节胃、脾、胆、胰腺、心脏、肝脏等多个内脏器官。

经过王布和医生的精心调理，亮花慢慢地能吃点东西了。看到老伴的病一天天有起色，达胡巴雅尔渐渐也展开了愁眉。死里逃生的亮花对自己也有了信心。后来，为了方便达胡巴雅尔照顾老婆，王布和专门腾出一间能烧火做饭有热炕的小屋，让他们居住。

　　达胡巴雅尔每天伺候老伴服药，安排饭菜。经过一千多个日夜的调养，亮花得到很好的康复。

　　达胡巴雅尔夫妇觉得能有今天，这是奇迹。

　　尽管这样，达胡巴雅尔一直不敢把老婆带回家乡去。

　　在达胡巴雅尔看来，只要住在诊所，王布和医生可以经常性地依据他老婆身体状况进行调药，离开这里，一旦有什么意外，弄不好有可能前功尽弃。

　　如今，四年过去了，亮花把诊所当成了自己的家。

　　达胡巴雅尔夫妇对王布和心存感激，但是一直无以回报。现在王布和提出让他帮忙监护刘天华，尽管这是一项有难度的差事，但达胡巴雅尔还是应承了下来。

　　王布和告诉达胡巴雅尔："像刘天华这样的患者，在治疗过程中帮他恢复记忆很重要。他的病无非是受极度精神刺激所致，天下没一个人生下来就是精神病。我们要善待他，帮他恢复神智。"

　　达胡巴雅尔说："您放心吧，我会尽力的。别的活干不了，护理病人的事情我一定会精心的。"

　　王布和说："像刘天华这样的患者，长期过着流浪生活，陡然间有人给他端菜、端饭，他会感到这个陌生的社会群体的不一样。尽管他神志不清，与生俱来的自我保护意识应该还会有一些的，你一定要注意细节。"

　　达胡巴雅尔说："好的好的。"

　　监护刘天华给达胡巴雅尔带来了不小的挑战。刘天华说话语无伦次，而且操一口河南腔，起初达胡巴雅尔听不太懂；达胡巴雅尔说的是带着蒙古语腔调的普通话，刘天华也听不大明白。

　　日子一天天滑过。

　　王布和每天除了让刘天华口服蒙药外，还要亲自给他进行半个小时的针灸。每次针灸时，刘天华都很安静。

经过两个多月的精心治疗，刘天华的病情一天天好转。后来，在达胡巴雅尔的陪伴下，刘天华常到诊所大院里溜达。

从霍林郭勒市和赤峰市一带过来的患者中，有一些人过去在他们当地曾见过当时披头散发、满身污垢的刘天华。他们没想到如今这个人像换了个人似的。

达胡巴雅尔问王布和："赤峰市到霍林河市有一千多里远，也不知道刘天华是怎么走到这里来的。"

王布和说："他有可能是沿着铁路线走过来的。他的脑子里可能有某一段铁路信号的印记，偶尔有可能会想起来。你和他交流的时候，要试一试有关列车等的话题，看他有什么反应。"

达胡巴雅尔点头说道："行行行，好的，好的。"

由于刘天华身份背景一直是个谜，在诊所大院里，他的行为常常成为患者及陪护人的谈资。

刘天华到底是哪里人呢？王布和医生能治好他的病吗？怎样才能找到他的家人呢？达胡巴雅尔在心里打了很多问号。

30
期待

转眼间两个多月过去了。什么时候能治愈刘天华的病，很多人都在瞪大眼珠子看呢。

刘天华曾经像蒲公英一样随处飘荡。王布和把他接到诊所后，给予他亲人般的关心照顾，每天都要亲自给他针灸，然后还要想法逗他开心，让他按时口服蒙药。

王布和在精心治疗刘天华的同时，期盼他早日康复。而期盼，有的时候是一种重负，是一种煎熬，甚至有可能是一种奢望，个中滋味只有王布和自己心里更清楚。

在王布和的诊所，有很多患者的病情要比刘天华严重得多。由王布和全权负责治疗、住宿、饮食的也不止刘天华一个人。但，只有刘天华是不知道从哪里来，也不知道将来要送到哪里去，是一个特例。

王布和期盼刘天华能够早日康复，以便将他送回家或者让其家人来诊所把他接走。但是，刘天华一直说不清楚他家究竟在哪里，这让王布和很是犯难。

2003 年 8 月份，王布和在接受中央电视台西部频道记者多闻采访时，希望借助央视平台，能够找到刘天华的家人。然而，西部频道的受众群必定有限，王布和的这个心愿没能实现。

一直没办法联系到刘天华的家人，监护刘天华的达胡巴雅尔心里比王布和还要着急。

王布和对达胡巴雅尔说："我们还是要进一步保持耐心，等他康复得差不多了，一定会找到他的家。"

达胡巴雅尔说："我总是想，如果有他家人陪伴，会康复得更快一些。"

王布和说："是啊，要是有他家人来陪护，那该多好啊！"

达胡巴雅尔说："我还担心有什么闪失。"

王布和说："你的担心不无道理，我知道治疗这样一位患者要承担的风险有多高。我们要知难而进，不仅要有勇气面对现实，还要有足够的耐心才行啊，凡事只要保持住耐心，一定会有结果的。"

经过多年探究，王布和总结出治疗精神病的综合疗法，即口服蒙药结合针灸，外加心理干预。再暴躁的精神病患者，来到王布和的诊所后，经王布和诊疗，很快会变得温顺听话。

达胡巴雅尔目睹过王布和快速救治急性精神病患者。那是刘天华被接到诊所后三个多月的一天下午，将近五点钟的时候，有三个人赶着毛驴车，把一个精神病患者五花大绑送到王布和的诊所。王布和接诊后亲手给这位患者进行了系统的针灸，并安抚他喝下配伍好的蒙药。说来也很奇怪，来时处于狂癫状态的这名患者，接受治疗仅仅两个多小时，就变得温顺了许多。

王布和告诉这个患者的家属，把捆绑他的绳索解开。患者家属说："解开绳索就控制不住他，而且还具有攻击性。"

王布和耐心地告诉患者家属："精神病患者本来是因为精神受到强烈刺激后患病的，用捆绑方式限制他的自由，有可能更会加重他的病情，是不可取的。我们要善待他，精心照顾好病人，不让他再受到刺激，这样才有助于治疗。"

患者家属将信将疑，仗着胆子将绳索慢慢解开。

看到王布和和善的面庞，这位患者原本绷得紧紧的面容松弛了许多，也没再表现出狂躁。

王布和对当时在场的达胡巴雅尔说："越是这种狂癫型的患者，相对来讲越好治一些。而像刘天华这样四处流浪，与家人失去联系多时，甚至家人有可能早已放弃治疗的患者，大多都不太好治。这类患者往往是病期太长，治疗过多次，或者不见疗效，或者病情反反复复。对他们进行治疗，所需疗程必然会耗费更长时间。"

达胡巴雅尔点头称是

王布和期盼着刘天华早日回忆起来自己家乡的确切位置以及亲人。而性格极度内向的刘天华始终没有开口。是想不起来呢，还是因为不堪回首的往事而不想回忆呢？这一切都不得而知。

达胡巴雅尔每天除了陪护妻子，主要就是与刘天华聊天。按着王布和的吩咐，哪怕是车轱辘话，也要多聊一聊。

因为诊所事务太多，王布和没有精力去寻找刘天华的确切家庭地址，他期待着刘天华能够早日康复。

时间在一天天过去。

每天，在达胡巴雅尔的陪伴下，刘天华在这个多民族聚集的诊所大院里，看到很多在他记忆中从未有过的事物。

很快进入深秋季节了。现在，刘天华常跟着达胡巴雅尔参加一些自己感兴趣的活动，有时候几个人聚在一起打扑克牌，有时候聚在一起说笑话、讲故事、唱唱歌曲。

看着刘天华的进步，王布和很是欣慰。当然，王布和心里也清楚，现在的刘天华，距离真正的康复仍有一段距离，他还需要一段时间的巩固治疗。

31
失踪

人，做善事常在一念之间。

人，遇到麻烦事常在转眼之间。

经过近五个月的系统治疗，刘天华有了一定程度的康复。而这时的他，思想活动也比以前更加活跃了。

2003 年 11 月 30 日傍晚，太阳落山后不久，刘天华借助暮色，悄然离开了诊所。

达胡巴雅尔还以为刘天华是出去解手了，看他出去半天没回来，便满大院儿地去找他，厕所、柴火垛、猪圈、羊棚、碾坊，到处去寻找，就是不见刘天华的踪影。再后来，可着塔拉艾里去找也没找见。此时的达胡巴雅尔急得嗓子直冒烟，他急匆匆地跑过来跟王布和说了这一突发情况。

一时间王布和也蒙住了，问达胡巴雅尔："你没看见他往哪个方向去了吗？"

达胡巴雅尔说："我没有看见。我以为他是出去解手了，谁知道一会儿工夫就没影子了。"

"完了，这下可能要麻烦了。"王布和说完这句话就赶紧跑到诊室外面四处张望。

塔拉艾里东面是霍林河，向南、向北、向西是绵延几千里的大兴安岭山脉。山上随处可见连片的次生林带，在夜里，若一个人独自走进林中很容易迷路，十分危险。更为严峻的是，11月底的科尔沁草原已进入深冬季节，在零下20多摄氏度的夜里，于野外过夜，不睡觉则已，一旦睡觉，闹不好就要冻死。

监护不力，人命关天。王布和最为担心的事情发生了，他心里非常焦急。

达胡巴雅尔心里十分纳闷，说："他怎么突然就不见了呢？"

王布和说："有可能是犯病了。"

达胡巴雅尔问："要是犯病的话，会去哪里呢？"

王布和说："如果是犯了病的话，按着常理，他仍有可能还会沿着霍林河畔的铁路沿线行动。"

达胡巴雅尔挠挠头，附和道："嗯，有这种可能性。"

王布和说："我们赶紧沿铁路线两侧找人吧。"

这时，宝音图、韩额尔敦他们也都闻讯赶了过来。

王布和让儿子宝音图赶紧启动"老掉牙"的吉普车，并将在场的七八个人分成两组，王布和自己带着一组，向西北方向找人，另一组人则沿着霍林河畔，向东南方向搜寻。

冬日里，草原上的夜空繁星闪烁。王布和带着搜寻的人们，沿着通辽至霍林河铁路线东侧，大约五公里幅度，向西北方向挨个沟壑，逐个村屯去寻找。

在科尔沁草原，农牧民家家户户都养狗。看到走近院子的陌生人，狗会不停地吠叫。

王布和他们重点沿着路边坑包寻找的同时，每到一个村子边上，都要停下车，关了灯，熄了火，静静地听一听村子里的动静，然后大家再分头一趟房一趟房地搜寻。

"没有！"

"这里也没有！"

"这里还是没有！"

搜寻的人们一个个向王布和汇报。

王布和在带队向北搜寻的同时，还不时地用手机与向东南方向去的搜寻组保持联系。得到的答复依旧是"没有""还是没有"这样的答复。

刘天华到底往哪个方向去了呢？大家不断猜测他的去向。

途中王布和问达胡巴雅尔："刘天华这几天有什么反常现象吗？"

达胡巴雅尔说："也没看出有啥特别的反应。"顿了一小会儿后达胡巴雅尔说："感觉话比以前少一些，偶尔有愣神的时候。"

王布和说："今天上午我去给他针灸时，还好好的呀。"

达胡巴雅尔说："是啊。他是偶尔愣神。"

王布和再问："这两天受到过什么刺激没有？"

达胡巴雅尔说："没有，绝对没有。"

王布和说："这么说，他有可能回忆起得病前的什么事情了？要不然不会无故愣神的。"

达胡巴雅尔点点头，说："嗯呐，有这种可能性。"

王布和说："虽然眼下刘天华并没有完全康复，但是，随着病情的好转，他的思想活动也会活跃，曾经致病的诱因信息，在脑海中会反复出现，导致情绪波动。病人在这个阶段最容易再次失去理智而犯病。"

达胡巴雅尔若有所思，问："这种阶段性情绪波动，不好把控吧？"

王布和说："主要是病人很难自控。发现苗头后，要及时进行心理干预，这一点很重要。"

达胡巴雅尔自责道："我还是没经验，对这些细微变化没太注意，也没能及时告诉您。"

王布和说："现在重要的是要早点找到刘天华，不要有什么意外就好。"

达胡巴雅尔应和道："是是是。"

时间过得很快，一晃五六个小时过去了，南北两线分头搜寻的队伍都没有找到刘天华的踪影。

按理说，刘天华步行，应该走不了太远。但是，他毕竟是个患有精神疾病的人，自保意识淡薄，跌进山沟或者在林中遇见野兽的可能性也都有。更让王布和担心的是，此时，霍林河水还没有彻底封冻，假如他从冰面上行走，一不小心滑进去，危险性将会更大。一个又一个可能出现的危险，在王布和脑海里交织着，坐在副驾驶座位上的达胡巴雅尔知道自己有过失，一会儿自责，一会儿叹息。

夜越来越深，原野上越来越寒冷。

刘天华仍旧音讯全无。

刘天华到底往哪个方向去了呢？搜寻队寻找的方向是不是错了呢？王布和承受着重重的心理压力，他带着搜寻的人们在茫茫夜色中，小心翼翼地继续寻找着。

达胡巴雅尔担心王布和的身体扛不住，轻轻地说："我们这样没谱地寻找，不知道啥时候能找到刘天华。你不能24小时连轴转呐。要不然，你在车里先打个盹儿吧。"

王布和说："不用，我一点也不困，没事的。大家耐心地找吧。"

不觉中，东南方露出鱼肚白，一宿没能合上眼的王布和，开着吉普车继续向前搜寻着。

随着天色有了一些亮光，视线扫射得越来越远。

然而，无论天亮还是黑夜，在连绵起伏的西哲里木至霍林河铁路两侧，寻找不知何故出走的一个中年男子，难度实在太大了。

达胡巴雅尔说："唉！都是我的失误啊！一不小心，就弄得这般糟糕。"

听达胡巴雅尔这样自责，一时间王布和不知如何回应。过了一会儿，他说："我们继续耐心地找找看看。"

说话间，太阳升起来，可视范围更广了。

达胡巴雅尔问："刘天华他一个人夜行，能去哪里呢？会不会还在西哲里木一带逛游呢？我们用不用回头去找啊？"

王布和说："他应该有方向感的。只是我们不知道他到底往哪个方向去了。"

一直过了中午，南北两路搜寻队伍都没能找到刘天华的踪迹。

奔波了一宿加大半天的王布和，看出大家都很疲惫。于是，在途中路过一个屯子时，到这里的食杂店里买了点面包、方便面和咸菜，大家胡乱对付了一下，继续往前去寻找。

这时，王布和他们距离塔拉艾里向西北方向，已经走出来80多里远了。

大家觉得，一个身无分文的人，在寒冷的冬天，不可能空腹行走这么老远。达胡巴雅尔再次劝王布和回头去找。

王布和一边驾驶着车，一边对车里的人说："刘天华的生存能力要比常人强很多。没把他接到诊所之前，他的饮食极不正常，适应力强。另外，精神病人在犯病的时候，会热血沸腾，体能极强，甚至不知道饥渴。我们还是再往前走走看看，这里的沟壑很多，大家再仔细搜一搜吧。"

正说话间，王布和发现前面不远处有一个牧点，牧场上有一群羊在悠闲地觅食，一个中年牧民牵着马，在观望他的羊群。王布和驾着车远远地绕过羊群，把车开到牧羊人跟前，询问今天有没有看到一个中等个头、操河南口音的30多岁的男人路过这里。牧羊人说；"临近中午的时候，倒是有一个男的从大前面向霍林郭勒市方向走过，没跟他唠嗑，也不知道他是什么口音。"

听牧羊人的描述，很像刘天华。王布和赶紧开车向牧羊人指的方向驶去。

大约往前又行驶六七公里后，王布和发现在山脚下一处相对平坦的地方，刘天华正一步一步往前走呢。

王布和脱口而出："看，那不是小刘吗？"

达胡巴雅尔惊讶地说道："他都走到这里来了？这小子。"

车上的人都很激动，说："哎呀！终于找到了。"

王布和说："小刘安全就好。"

王布和越过刘天华30多米后，在他面前把车子停下来。在大老远的野外，突然见到王布和他们从吉普车上跳下来，刘天华惊了，他本能地拾起脚下的比拳头还要大的石头砸向王布和他们，他边砸边往后退。

对刘天华这突如其来的应激反应，大家始料未及。

王布和告诉大伙先往后退去。

看着大家没再向前，刘天华也稍稍静下来了。

王布和对刘天华说："小刘，我们大家找你呀，都一天一夜了，快回家去吧。等你病好了，我们把你送回你家。我们先回去吧，好不好？"

"不去！"刘天华极度亢奋，叫喊声越来越大，歇斯底里的他让在场的所有人都发怵。

"小刘，你静一静，我们回家去吧，啊！"王布和依旧和颜悦色地劝他。

这时的刘天华，一手拎着一个大石块，慢慢往后退了几步，站在那里直直地瞪着王布和他们。

对峙了20来分钟，达胡巴雅尔有些按捺不住了，想冲上去制服刘天华，被王布和喝止住了。

王布和说："他现在情绪激动，不能刺激他，精神病患者总有间歇的时候。"

王布和一边安抚身边的人，一边还是耐心地劝刘天华回去。

冬日里的太阳不觉间就挂在西山头上了。斜阳下，人的影子变得长长的。如果再晚了，可能更难说服刘天华。王布和突然想起车上还有两袋方便面，他让宝音图去拿过来，攥在手里对刘天华说："小刘啊，你先歇一歇，先吃点东西吧，你是不是饿了呀？啊？小刘，来，快过来吃点方便面。"

刘天华远远地瞅着，并没有走过来。

不过，看到食物后，的确刺激了刘天华的胃口，他那绷紧的神经也松弛了一些。为了不刺激他，王布和弯腰把其中的一袋轻轻地向他抛过去，说："吃吧，小刘。"

刘天华迟疑了一会儿，看到王布和他们并没有怒视他，于是，向前迈了几步，把一只手中的石头扔了，从地上拾起方便面。

王布和他们静静地看着刘天华。

刘天华捡起方便面，并没有马上吃，他还是静静地望着王布和他们。他发现王布和他们在善意地瞅着他，刘天华的情绪进一步平和下来。善于察言观色的王布和，把手里的另一袋方便面用两手撕开后，边说边向刘天华走来，说："小刘啊，这方便面你要打开吃，这里边还有佐料呢，你把这佐料倒在方便面上才好吃呢，你看这样吃，看见没有啊！"王布和一边说，一边向刘天华靠近。

此时，刘天华把另一块石头也扔到地上，想用两手撕开方便面包装袋子。

王布和说："小刘啊，你先吃这一袋，那个我给你打开。"

王布和稳稳地走了几步就到了刘天华跟前，并把方便面递给了他。

早已饥肠辘辘的刘天华，拿到王布和递给他的面就嚼起来。

王布和和蔼地问："好吃吗？"

刘天华点点头。

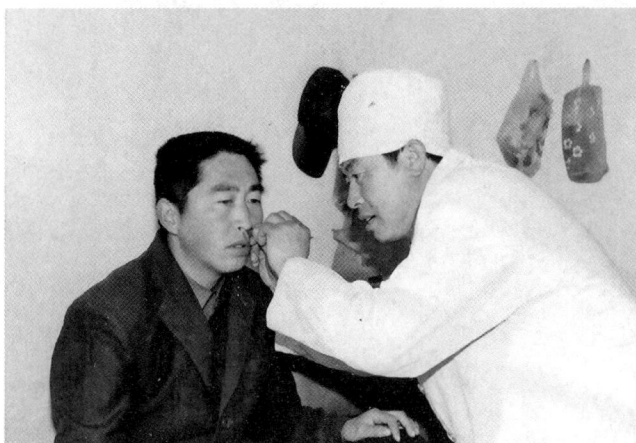

王布和给刘天华针灸

王布和说："小刘，你慢慢吃，家里还有呢，一会儿我们回家去吃吧！"说话间，王布和轻轻地牵着刘天华的衣袖，说："走吧，车里暖和。"

这时的刘天华变得很听话，跟着王布和走向吉普车。

回到诊所后，王布和好饭好菜让刘天华饱饱地吃了一顿。

吃饱饭后，刘天华倒头就睡。

睡了将近 20 个小时，刘天华才醒过来。

一直监护刘天华的达胡巴雅尔发现，经过这次深度睡眠，醒来后的刘天华，对前天发生的事情似乎已经完全不记得了。

说来也怪，从这一天起，刘天华的病明显地好了起来。

达胡巴雅尔对他老伴儿说："我看过很多精神病患者在将好的时候，有些人会有亢奋性反应，小刘过了这个坎儿，下一步就好办了。"

很快又是两个月过去了，经过王布和进一步调理，刘天华已经成为有说有笑的人，这一段时间，他再也没有应激反应。

这时的王布和觉得应该立即着手去找刘天华的家人，可是，事情并非他想象得那样简单。

32

路遥

连续治疗七个多月后，刘天华在生活方面基本上能够自理。他记起来自己是河南省睢县一刀刘村的。

王布和问："你父亲叫什么名字啊？"

刘天华答："刘新华。"

王布和问："你家里的电话号码是多少号？"

刘天华摇摇头，苦笑着说："我记得家里没有电话。"

王布和再问："你是什么时候从家里走出来的？"

刘天华说："这个不记得了。"

王布和不想刺激刘天华，很多敏感的问题都没有向他提及。

考虑到笔者（特格喜）和阿斯汗是兴安电视台的记者，信誉度高，方便与外界交流，春节前王布和医生给我们打电话，委托我们帮着找一找刘天华的家人。

2004年2月12日早晨，笔者从114查号台查询到河南省睢县是商丘市所属的一个县。通过商丘市公安局，又找到睢县公安局的电话号码，笔者把王布和医生如何救治刘天华的事情，一遍又一遍地向对方说清楚，以求得他们的支持。

从睢县公安局了解到，一刀刘村在孙聚寨乡。笔者又打通孙聚寨乡政府的电话，乡政府接电话的人给了笔者当地派出所的电话号码。笔者把王布和医生救治刘天华的情况再一次详细地告知对方。派出所接电话的民警听清楚后，给了笔者一刀刘村党支部书记和村主任的电话，两人都姓张。笔者给村支书打电话，他在电话里说："村里确实有一个叫刘新华的农民，他有个患精神病的三十四五岁的儿子，走失已经好几年了，有这事情。"

笔者问他："是不是叫刘天华？"他稍稍顿了一下说："啊，应该叫刘传亮吧。对，应该叫刘传亮，我们是前后两个屯子的，他家在前屯子住。"

笔者说："你能不能找到刘新华，让他来内蒙古兴安盟科右中旗西哲里木镇塔拉艾里，接走他的儿子。"

就像科尔沁草原腹地的塔拉艾里人，对河南省睢县一刀刘村人很陌生一样；中原的一刀刘村人，对科尔沁草原深处的塔拉艾里同样闻所未闻，对方将信将疑。

笔者在电话里一再强调，自己是当地地区电视台记者，同时告诉他："我今天上午已经打了一大圈电话才找到你，就是想帮助王布和医生，找到这个患者的家人。"

张书记同意下午找刘新华来村部，让笔者下午再打电话。

按着约定，笔者在当日下午两点钟，准时把电话再次打到河南省睢县一刀刘村，先是张书记接的电话，等确认完了之后，他再把电话转交给刘新华。

刘新华显得很激动。他在电话里告诉笔者，他的儿子叫刘传亮，乳名叫刘天华。精神不好，离家走失已经4年多了，一直没有音讯。不过，他还是半信半疑的。他说将电话给他的儿子。笔者说："我是从内蒙古兴安盟乌兰浩特市给你打电话的，你的儿子在离我这里还有 300 多里远的乡下。过几天，我要去西哲里木镇塔拉艾里王布和医生的诊所，然后再打电话时，你就可以和你儿子通上话。"

笔者在电话里听到，刘新华一边和这边通话，一边在和身边的人交流，他们以为这有可能是个圈套，是骗局。他们不太相信能有这样的医生。可是，寻子心切的刘新华又不敢轻易放弃这样的线索。

笔者十分清楚地告诉他们："刘天华的病现在基本上好了，等我去了塔拉艾里后，再给你们打电话。"

3 月 16 日，笔者和摄像师阿斯汗再次去王布和的诊所采访。

在诊室见到刘天华。将近两个月不见，他的状态进一步见好。就在刘天华和其他人聊天的时候，笔者轻声地说："刘传亮啊！"

刘天华很惊讶地转过身来，问："你怎么知道我的名字？"然后双目久久地注视着笔者。

笔者说："我和你爸爸通过电话。"

刘天华惊愕，说："我大大？"

笔者说："是的。"

河南人管父亲叫"大大"。他已经好久没说"大大"二字了，显得很激动。

此前，笔者用手机和一刀刘村的张书记做过沟通，约定今天下午 3 点钟让王布和医生与刘新华通电话。

王布和说："小刘啊，一会儿，我们一起给你爸爸打电话。"

刘天华嘿嘿嘿乐着问道："真的吗？"

王布和说："是真的。到 3 点钟，我们就打电话给你爸爸。"王布和接着说："原来你的大号叫刘传亮啊？"

刘天华笑着说道："是的。"

已经记不清楚有多长时间没和家人联系了，听到过一会儿就能和爸爸通电话，刘传亮心潮澎湃。

下午 3 点钟整，长途电话接通了。王布和医生和刘新华双方都很激动，王布和简单说几句话后，就赶紧把电话交给刘天华。让在场的人没想到的是，对方一连串地对刘天华进行询问。还好，刘天华在电话这头，对家人、左邻右舍以及几个主要亲戚的名字，回答得都让对方满意。

刘传亮非常激动！一个不知归期的患病游子，陡然间寻到亲人，他喜出望外。王布和、达胡巴雅尔他们看着刘传亮的高兴劲儿和幸福样，也都十分高兴。

正当人们高兴的时候，刘新华要求儿子把话筒递给王布和。

当王布和高高兴兴地接过电话后，听到的却是对方要求王布和把刘传亮给他送过去。

王布和没有迟疑，说："我现在很忙的，每天要给上百名患者看病，实在是没有时间送啊，还是你们家里来人，把你儿子接走吧。"

电话那边说道："我们这边也没时间去接呀。"

王布和脸上顿时掠过复杂的表情，随后认真地说道："我真的没时间送，还是你们过来接走吧。你们不要担心，我是免费给你儿子治病的，不要钱，不要任何费用的。"

刘传亮在王布和旁边静静地听着电话两头的对话。

在王布和打过去的长途电话里，双方交谈了将近 20 分钟，最后刘新华说："要是你们不送来，那就我们去接他吧"。然后就把电话给撂下了。

撂下电话后，王布和轻轻地叹了一口气，但并没有说什么。

王布和既为刘传亮比较顺利地和家人通话，并通过了家人的"考核"而感到欣慰，同时又为他家人复杂的想法而担忧。

等待了一周时间，刘传亮的家人并没有过来接他。于是，王布和第二次与一刀刘村的刘新华通电话，想确认他们哪天能动身来内蒙古。对方说这一两天就去。王布和心里明白，对方并不太着急。对此，王布和及其周围的人们感到很意外。

等待了 10 天依旧没见到父亲，刘传亮心理出现波动。王布和觉得有必要对刘传亮进行心理疏导，同时他又觉得，必须再度确认，刘新华到底来还是不来，要是来的话，什么时候过来。

3 月 25 日下午，王布和第三次与刘新华通电话，告诉他近几天他儿子的情况，问他们啥时候能真的过来接走儿子。刘新华说："明天肯定就去。"听到这句话，王布和心里很高兴。

通完电话，王布和走到挂在墙壁上的中国地图前，细心地查看从河南商丘到西哲里木站的铁路线，他估计从河南省到北京需要一天行程，从北京到内蒙古通辽市，再需要一天时间，从通辽至西哲里木镇需要大半天时间。这样一算，应该需要三天时间。于是，3 月 28 日下午，王布和掐着点，领着刘传亮来到西哲理木火车站接站。马上要见到爸爸了，刘传亮满脸笑容。他急切地看着从大南面呼啸而来的列车。

随着汽笛声响起，列车驶进西哲里木站。刘传亮擦亮双眼，看着每一个从车厢里走出来的乘客。

遗憾的是，他的爸爸没有出现。

这时，值班站长吹响了哨子。列车启动了。

王布和问："没有吗？"

刘传亮摇摇头，说："没有。"

王布和说："按理说，应该今天能到啊。"

刘传亮说："大大岁数大了，他会不会坐过站了呢？"

王布和说："应该不会的。今天没来，那我们明天再来接站吧。"

刘传亮说："好的。"说完这句话就跟着王布和往回走，走几步，他又回头瞅瞅车站。

第二天下午，王布和领着刘传亮再次来火车站接站，刘传亮仍旧没有见到他爸爸。列车启动离开站台以后他说："我大大今天还是没来。"

王布和望着向北疾驰的列车说："走吧，我们先回去吧。小刘，我们明天再来啊。"

连续三天到车站接站，一直没有接到爸爸。刘传亮情绪明显低落下来。

第四天下午，还是在同一时间，王布和领着刘天华和达胡巴雅尔准时又来车站接站，刘传亮同样是扫兴而归。

回到诊所后，刘传亮闷闷不乐。他对达胡巴雅尔说："大叔，我家里人会不会嫌弃我，不要我了？"

达胡巴雅尔赶紧说："哪能呢？你爸爸一定会来到的。你可不能乱想啊。王大夫刚才不是说了吗，我们明天还去接站。"

刘传亮无奈地点点头。

就这样一连五天，刘传亮每天跟着王布和高高兴兴地来车站等候列车进站，要接他的爸爸，而他的爸爸一直没来。这时的刘传亮显得十分沮丧。

跟着一起去接站的达胡巴雅尔挠挠头问王布和："小刘回家的路有那么遥远吗？这是怎么回事呢？"

王布和沉思一会儿后说："或许是在途中遇到什么事情了吧！"

达胡巴雅尔说："这都多少天了，能有啥事呢？会不会不来了呀？"

王布和轻轻地说："不应该呀。骨肉亲情怎么能割舍得了呢？我们还是耐心等着吧。我们现在要做的事情还是安抚好小刘的心，别让他的情绪过于波动，尽量让他放下思想包袱。"

达胡巴雅尔小声地说："小刘的心呐，早就长草喽。真是想不到啊，我们着急，他的家人却不着急啊，真没办法呀。"

王布和说："明天我们还去接站。"

2004年4月2日下午2点32分，从通辽开过来的列车停在西哲里木火车站，翘首期盼多时的刘传亮，看到他的老父亲扶着车门扶梯走下没有站台的列车，大呼一声"大大！"便快步跑了过去，刘新华应声张开双臂，紧紧抱住儿子，顿时父子俩呜呜呜大声哭了起来。

此时，走到他们身旁的王布和也抑制不住热泪，他一边抹着泪水，一边高兴地对达胡巴雅尔说："太好了！太好了！小刘找到爸爸了。"

达胡巴雅尔嘿嘿嘿地乐着说："小刘找到爸爸啦，真好啊。"

哭罢，刘传亮拉着他爸爸的手，介绍说："这是王医生。"

刘新华扑通一声，双膝跪在王布和面前磕头，说："谢谢王医生！"

王布和赶紧把刘新华老人扶起来，说："大哥你这是干啥呀？快起来，快起来！"

刘传亮又转身面向达胡巴雅尔，说："这是大叔！"

刘新华向达胡巴雅尔深深鞠躬。达胡巴雅尔赶紧欠身回礼。

刘传亮问他爸爸："妈妈好吧？"

刘新华答道："你妈她很好的！"

刘传亮高兴地说："那就好！"

这时，汽笛声响起，列车缓缓启动了。

王布和招呼刘新华走出车站，把他们一行请上车，不一会儿大家就来到诊所。

陪同刘新华过来的还有两个人，其中一位是一刀刘村的村支书张书记，另一个是刘传亮的姐夫。

落座后，王布和向刘新华一行简单介绍了自己一家人和达胡巴雅尔。

寒暄之后，陪着刘新华一同过来的张书记告诉王布和："刘新华刚生下来三个月的时候，他的父亲在淮海战役中就牺牲了，刘新华是烈士之子。他有一儿一女，刘传亮还有个姐姐。几年前，刘传亮因婚姻问题导致精神分裂，病情反反复复。后来病重后离家走失，刘新华四处寻找多时都没有找见。现在，他们家里生活特别困难……"

王布和一边倾听，一边插话道："真不容易啊！"

张书记说："刘传亮走失以后，刘新华老两口特别焦急，亲戚朋友们也都帮着找，就是找不见呐。谁能想到他会走到这里来，这是好几千里地远啊！"

刘新华插话道："多谢你了，王医生，让我找到了儿子，你还给他治好了病，谢谢你呀！"

王布和说："不用谢。谁家摊上这样的事情，肯定都是着急上火。这回没事啦，把小刘接回家，一家人团团圆圆过日子，好不好啊？"

刘新华乐呵呵地说："谢谢你王医生，太感谢你了！"刘新华边说边从怀里掏出来1000元钱，递给王布和，说："王医生，这是我们老两口的一点心意！"

王布和赶紧挡住，说："老大哥，你这是干啥呀？你赶紧揣回去，我绝对不能收的。我救治小刘，是我们有这个缘分，小刘的病好了，比什么都重要。"

看到王布和坚决不收，刘新华只好作罢。

刘传亮一直坐在他父亲的身边，刘新华激动地端详着失散多时的儿子，乐呵呵地说："胖了。"然后呵呵呵乐了起来。刘传亮也跟着嘿嘿嘿笑起来。

看到父子俩幸福的笑容，王布和心里释然了。

刘新华一行特别谨慎，他们在来塔拉艾里之前做足了所有能够想到的预案，包括来到科右中旗后，先到公安局报案，并对王布和的背景进行详尽地了解，通过科右中旗公安局联系到西哲里木派出所，确认在王布和的诊所是否有刘传亮其人。由于要做足这一系列稳妥的功课，使得刘新华他们到来的时间，要比他儿子刘传亮的预期晚了十多天。

来到王布和的诊所后，他们所见到的和过去想象的有着天壤之别，这一点让他们感到预料之外。

第二天早晨，刘新华一行在诊所目睹了王布和医生一连串给50多名患者诊病过程和患者们有钱没钱都能得到治疗的行医方式后，再一次感受到震撼。

半晌，刘新华和儿子一起步行到西哲里木镇，在一个装潢店买了一面锦旗，上面写上"恩泽长流"四个字送给王布和。

九个多月来，王布和医生每天都关注着刘传亮的饮食起居和康复治疗。他把刘传亮视如亲人，天天盼着他康复后能与家人团圆。如今，这一愿望实现了。

明天，刘新华就要带着儿子回河南去。晚上，王布和在饭店摆了一桌很丰盛的饭菜来款待刘新华父子一行。大家边吃边谈论刘天华被接到诊所这九个多月来传奇般的经历，谈着谈着，大家都流下激动的泪水。

两天来，一直在观察基本不曾言语的刘新华女婿，对王布和医生说："我们接到你们的电话时，都不敢相信这是真的，一路上也是提心吊胆的。这两天在诊所大院里，我们确实感知到了王医生的品格和魅力，以这样方式行医的诊所，我以前从没听说过，也是不可想象的。我是搞企业的，在当地有个小型造纸厂，我们搞企业追求知名度和利润。但是，在你这里却看不到常人追逐的名利，我的心里是一团谜，王医生你到底在追求着什么呢？"

王布和哈哈一乐，说："其实啊，我行医只有一个追求，就是尽力治好患者们的病痛。人活着奋斗是对的，但是，不停地追逐名和利，那就太累了。我认为，对人生来说，名利都是阶段性的附着物，一旦把它看淡，烦恼就少了，同时幸福感也就更多了。我相信缘分二字。如果刘传亮不流浪到我们这里，我们相隔好几千里地，一辈子都不可能认识。你说这不是我们的缘分吗？我是个乡村医生，没有那么大的追求，我就是想好好给患者看病。"说完，王布和又是哈哈哈爽朗地一笑。

刘新华说："你的胸怀比草原还大呢，你让我们感到心里暖暖的。"

王布和说："大哥您过奖了！"

子女是爸爸妈妈心中的宝贝。家，是孩子的天堂。只要爸爸妈妈健在，家就永远在。只要爸爸妈妈健在，子女永远都是孩子！

席间，王布和静静地观察着刘新华父子，他看到刘新华的眼神老是围着儿子转悠，慈祥的面庞和满意的笑容让人羡慕。王布和边看边说："小刘啊，当初你是无意识离开家的，这一走，让你爸爸妈妈操碎了心。回家后要好好地过日子，啊！"

刘传亮说："哎！谢谢王医生！"

王布和说："不谢不谢！"说完，又是哈哈哈一乐。

王布和滴酒不沾，而他那一次又一次爽朗的笑声，给酒席不断增色添彩。

那天晚上，除了王布和、刘传亮，其他的人都喝了不少草原白酒。但，没一个人喝醉。

次日早晨，王布和夫妇给临行前的刘传亮送来一套草原奶食品和一条蓝色的蒙古哈达两样礼物。

刘传亮沉浸在幸福之中，脸上一直泛着笑容。上午九点钟，王布和一家人把刘传亮一行送到西哲里木火车站。

刘新华父子高高兴兴地登上开往通辽的列车，找到座位后赶紧打开车窗，挥舞着手向送行的人们告别，王布和与妻子白秀英一边挥手一边悄悄拭去早已盈眶的泪水。

随着汽笛声响，列车向南疾驰而去。王布和的脑海中又浮现出刘传亮这九个多月来的一幕幕往事。

33
关注

内蒙古兴安盟民族事务局原副局长佟秀英走基层

王布和学医的目的很明确，就是要尽心尽力为患者服务。这些年来他脚踏实地，济贫助困，竭力祛除患者们的病痛。天天忙着给众多患者诊病、治病的他没有闲心考虑私利、浮名，以至于过去他的事迹在家乡——内蒙古兴安盟很多人都不知晓，这里也包括一位叫佟秀英的中层领导干部。

佟秀英是 1980 年内蒙古兴安盟复建时，从呼伦贝尔盟选调过来的干部。20 世纪 50 年代出生的佟秀英社会阅历丰富，早年她是下乡知青，回城后在组织部门工作。她是一位颇有热情又十分注重原则的人，看大千世界有自己的视野，处理问题有自己的理性判断。讲话很柔和的她，从不和别人发生正面冲突。她的大局观念很强，说的每一句话都是经过大脑缜密思考过的。

佟秀英对内蒙古草原的气质特别熟悉，对草原人文有着自己的见识。长期在组织部门和民族宗教事务部门工作的她，要经常对当地的社会、人文、地理、经济等方面进行梳理。尽管如此，过去，和很多兴安人一样，她并不认识草原深处的王布和。

王布和是一位做人低调的医生。过去，在当地行医多年的他从不在媒体上露面。2003年初春，兴安电视台《故事》栏目编导王平，通过兴安盟红十字会了解到王布和的些许事迹。时隔不久，笔者带着摄制组开始长时间用镜头记录王布和及其诊所的故事，并编辑成长纪录片《布和住在霍林河边》。从2004年4月中旬开始，在兴安电视台《故事》栏目中分五期节目播出。就是这部片子，让很多兴安人将目光聚焦到王布和医生及其诊所大院，其中就有佟秀英。

《布和住在霍林河边》较为翔实地介绍了王布和及其诊所大院里近年来发生的故事，这其中也包括王布和治愈刘传亮的故事。

时任兴安盟民族宗教事务局副局长的佟秀英，从电视节目中看到王布和的事迹后，觉得王布和的行医方式值得探究。她很好奇："是什么样的理念和力量，让王布和能够长久坚守？"就在这一年的6月份，一次去科右中旗调研的时候，她拐了个大弯，去了西北部的西哲里木镇探访王布和的诊所。

这次探访、调研中，佟秀英在王布和的诊所看到了很多原先不曾见过的新鲜事。

患者哈萨是一位来自呼伦贝尔盟陈巴尔虎旗西乌珠尔苏木的牧民，佟秀英在王布和的诊所见到哈萨时，她还挂着双拐。和她一起住院治疗的是来自内蒙古自治区首府呼和浩特市的患者英格，英格老人已经年过花甲。

过去哈萨和英格并不相识，同样的病，同样因为床位紧张，让她们俩住在一起。震撼佟秀英的是，这两位过去与王布和素不相识的患者，竟然得到王布和夫妇亲人般的照料。

哈萨是草原姑娘，性格开朗，快人快语。长在马背上的她，从小跃马扬鞭，驰骋在大草原上，无所畏惧。不幸的是她刚刚20岁出头就患上风湿病，后来又叠加上类风湿的毛病。随着病情加重，她渐渐地不能自如行走，再后来只能依靠双拐勉强出入。

哈萨告诉佟秀英，她来王布和诊所已经20多天了。和很多患者一样，她也去过好多地方诊疗过，都没有明显的效果，前不久听说王布和医生治愈过这样的患者，她就来到王布和的诊所。

王布和的诊所里床位十分紧张，很多患有慢性病的患者一住就是一两个月，个别患者疗程更长。哈萨来到王布和的诊所时，早有很多人在等着住进来，却苦于没有床位，一时间，千里迢迢过来的她不知所措。哈萨的病不能住凉床，潮湿、受凉都是禁忌。哈萨和其他患者的不同之处还在于她行动困难，但又必须用口服蒙药和药浴、针灸等疗法进行综合施治。如果不住在诊所，这一系列日常诊疗就难以维系。就在这时，从遥远的呼和浩特市来了一位名字叫英格的老人，她也是类风湿患者。王布和实在想不出更好的办法，于是和妻子白秀英商量后，腾出自己的卧室和热炕头，让哈萨和英格两人住下。他们夫妇俩则在诊室支起简易床，对付着住。

王布和夫妇的卧室，距离药浴室有70多米远，每天拄着双拐去药浴室药浴对哈萨来说是一件难事。为了不让哈萨和英格老人药浴时受风着凉，王布和夫妇新买了一个浴缸放在卧室，天天将熬制好的热气腾腾的药液，从药浴室用扁担挑到卧室，让哈萨和英格俩人药浴。

善于倾听的佟秀英，静静地听着哈萨、英格她们俩讲述在王布和的诊所接受诊疗的事情。

听完哈萨、英格在诊所的故事后，佟秀英在王布和的诊所认真走了一圈，看到很多面带笑容的疑难杂症患者，也了解到更多过去闻所未闻的信息。给她的印象概括起来就两个字，一个字叫"难"，另一个字叫"诚"。所谓的"难"指的是两个方面：一方面，很多患者在经济层面上确实很困难，患的又是疑难杂症；另一方面，王布和支撑这个诊所本身也很难。"诚"字指的是来王布和的诊所的患者都是一心一意想把病根去掉，王布和恰好又真诚地为每一位患者竭尽己能进行诊治。

佟秀英在兴安盟工作已经20多年了，作为负责民族事务工作的领导干部，她在兴安大地去过很多地方，不过西哲里木镇塔拉艾里还是第一次来。她觉得这个看似偏僻却并不遥远的村落，给人一种心理上很踏实的感觉。

在这个大院里，佟秀英看到前来就医的包括汉族、蒙古族、达斡尔族、朝鲜族、回族等各民族患者，他们彼此关心，和谐互助，有序医疗、生活，让人欣喜。佟秀英心想："我国是一个多民族的国家，做好民族团结工作十分重要。王布和医生不仅仅能够治疗患者们的疾病，同时也是民族团结进步的典范。"

习惯了深思熟虑的佟秀英，几天后，将亲眼看到的情况向本单位主要负责同志和上级有关部门做了详细汇报。她的报告得到相关部门和有关领导的重视，时隔不久，包括内蒙古自治区民委在内的有关部门，陆续派人来到王布和的诊所进行实地调研，他们发现王布和以大爱、包容为主基调的处事原则，确实是促进各民族和睦相处的好路子，觉得这样的典型应该好好挖掘。

经过实地调研，内蒙古自治区民委了解到王布和因多年善举，早已入不敷出，积欠外债已达到40多万元。同时自治区民委调研组还看到，王布和的诊所制药车间，一直沿用着毛驴拉磨这样的传统工艺，粒药还在用人工团粒，他们认为这样的基础设施急需改造、升级。

恰好，自治区民委有兴边富民促进民族地区发展建设项目资金。后来经佟秀英等热心人士的努力，自治区民委给予王布和项目支持。

第二年，王布和借助内蒙古自治区民委的资助改善了制药车间，实现了制药车间电气化生产。从此，诊所自制药品的洁净度和生产效率都得以提升。也就是从那时起，王布和不再用毛驴拉磨碾药了。

这也是科尔沁草原上最后一个停歇下来的驴拉磨碾药房。

在王布和的心里，给他拉磨碾药的两头毛驴对诊所是有贡献的，他将那两头毛驴一直精心饲养着。

在佟秀英看来，王布和是这个时代不可多得的有一定代表性的人物。在高度物质化、人心浮躁的当下，王布和依旧能够凝神静气，特立行医，受益的是数以万计的贫弱患者们。

佟秀英对王布和说："这么多年来，你一直在为患者的康复而奔波。从深层次来讲，支持、帮助你，其实是在帮助更多的贫弱患者。"

王布和说："没有你们的支持，我想帮助更多的人就很难做到。"

佟秀英说："我们都在为需要帮助的人谋福祉。"

王布和轻轻地点点头，说："谢谢！"

王布和习惯了在自己的诊所大院里的简单思考和简单生活。在他看来，简洁的工作环境、简单的生活方式，就是本真的生活。每天起早贪黑都忙不过来的他，一切能简约的绝不复杂化。

佟秀英很赏识王布和的这种简单理念。

佟秀英接着说："当一个人将奉献视为至高追求的时候，自身的生活方式虽然简单，但生命意义却很丰富。"

王布和说："我没想那么多啊。我诊病治病，只要我的患者满意就好。"

王布和的倾心付出和朴实的作风，让周围的人们感到温馨。尤其是那些患有疑难杂症的患者和贫弱患者，在诊所得到王布和医生热情、真挚、细致的医治，信心倍增，心情舒畅。

在王布和身上，佟秀英看到了凡人善举对社会和谐发展与进步的重要性。同时她也切实感受到，草原需要这样一位懂医术、有担当、能为患者解除病痛而甘愿付出的医者。

历经多年的实践，王布和擅长治疗一些疑难杂症。然而，谁都很难记得，王布和到底治愈过多少个疑难杂症患者。

2005年6月初的一天，原呼伦贝尔军分区副司令员，80岁高龄的孟克老人突然出现胃部不适，继而出现严重的膈肌痉挛。老人赶紧住进当地医院，医护人员立即施治，多种药物都试过了，就是不见效。后来，医生使用药物治疗，配合喝水法、闭气法、手部按摩法、拉伸舌头法等，能想到的物理疗法也都用上了，仍旧不见效。感到束手无策的医生们，三天后让孟克老人转院到黑龙江省齐齐哈尔市的一家医院。

孟克老人是佟秀英的老公公。得知老公公患上膈肌痉挛的疾病，已经转院到齐齐哈尔的医院，她赶紧去探视。

又是一连好几天过去了，不知是什么缘故，孟克老人的膈肌痉挛仍然不见好转。反反复复的膈肌痉挛使得孟克老人贲门、两肋和胸腔不断地阵痛。更让子女们担心的是，由于持续多日膈肌痉挛，孟克老人已经有十来天没有连续睡过十五分钟觉，显得非常憔悴。

看到自己多日不见好转，孟克老人提出，要到乡村医生王布和那里去治一治。

老人已经病成这样，作为子女的佟秀英她们，也只好顺着老人的心意，办理完出院手续后，将孟克老人接到距离齐齐哈尔市有300多公里远的乌兰浩特市。当天下午，佟秀英给王布和医生打电话，详细叙述了老公公的病情，想在次日早晨，起早带着老公公去他的诊所。撂下电话后，王布和觉得老人已经煎熬了多日，身体很虚弱了，从乌兰浩特市到西哲里木镇，有一多半路都是土路，路况很差，一旦发生什么意外可怎么办。思索了一小会儿，王布和当天下午三点多钟，乘坐从西哲里木至乌兰浩特市的班车，在傍晚时分，背着药箱来到乌兰浩特市给孟克老人诊治。

王布和号完脉，给老人配了三天的药，并告诉孟克老人吃完这些药，如果还不见效，再电话联系。

因为诊所还有很多患者等着王布和在第二天清晨出诊，他计划连夜打车赶回诊所去。为了安全起见，佟秀英夫妇借了一辆底盘高的北京吉普车送王布和回家。

六月份的兴安盟恰好是雨季。就在吉普车启动时，天上又掉起雨点来。

吉普车离开乌兰浩特市100多公里后，就从111国道下道，走山间草原自然路。由于天上漫天云雾，夜空一片漆黑。山上的自然路岔道多，车子进山后，司机不熟悉线路，不一会儿就转向迷路了。佟秀英感觉到车子好像在绕着山转悠，她问王布和："王医生，我们走的这条路对吗？"

王布和说："大方向是对，但是天太黑了，我也有些辨不清了。"

王布和告诉司机："我们要沿着眼前这条路一直往前走，别拐弯，想法子找到村屯定方位。"

果然，再行驶一会儿后，他们来到了前面的一个村子，车停在村头一户人家院墙外，问清楚方位后，再往前赶路，等他们到达诊所门口时，已经是后半夜了。

当王布和拽开诊所外屋门一脚踏进屋里后，立即打了一个趔趄，"哎呀"一声，他被绊倒了。

紧跟在后面的佟秀英下意识地喊道："怎么了，王医生？"

这时，王布和爬了起来，他摸到墙壁上的电灯开关，开了灯。

只见在诊所地面上，横竖躺着六七个人。看到有人进来，他们一个个都坐了起来。

原来，他们都是等着明天早晨让王布和看病的患者或者是患者的家属。

王布和轻声地说："没事的，你们都休息吧，小心别着凉啊！"然后就关灯退了出来。

忽然闪现的这个场景让佟秀英心里咯噔一下，泪水夺眶而出。

佟秀英带着哽咽问："他们就这样对付一宿吗？"

王布和说："是啊。他们都是昨天下午我走后才过来的外地患者，肯定是诊所安排不下了，他们又舍不得花钱到河东的旅店去住，就这样在这里对付一宿。"

"哎！"佟秀英深深地叹了一口气，说道："真是不易呀！王医生你不容易，老百姓也太不容易了！"

王布和挠挠头说道："我想，以后会好起来的。"

让佟秀英没想到的是，孟克老人吃了王布和的药，很快膈肌痉挛就好了。从此，王布和在老人心中留下更深刻的印象。

通过对王布和的进一步了解，佟秀英对于人活着应该担当些什么，应该为社会去做点什么有了更多的思索。

她在日记中写道："科尔沁草原，有纳风容雨的胸襟，以及相对温和的气质特性，生长在这里的王布和医生，也有这种气质和内涵，他也是历经多年风雨后'百炼成钢'的，显得特别的厚实。"

几十年来，王布和一直以和煦春风般的温情面对众多患者，抚慰他们脆弱的心灵，让那些不知所措的体弱多病者找回自信。对于自己为什么总能保持这样的言行，王布和有自己的解释。

他对佟秀英说："就我从事的职业来讲，没啥奥秘可言。不过，从医生、患者这种一对一的对应关系上来讲，有一个相互支撑的见不到的力量或者叫能量存在着。在心平气和很温馨的状态下，药物与患者战胜疾病的信心的叠加，这是1+1>2的能量，这种能量有助于攻克病魔。"

佟秀英不仅对王布和的为人、善行高度赞赏，每次去王布和的诊所，她在王布和及其周遭都感受到一股股暖流。

多次深入王布和的诊所的她，从宝音图、韩额尔敦等王布和的助手的谦和、务实、勤奋的工作态度上，看到了诊所的未来。

34
蓝图

　　有潜质的人只要得到一根"撑竿"，他就能跃上超越自我的高度。白忠林就是这样，当年濒临辍学的他，得到王布和的资助，走进高校深造。白忠林把能够上大学视为人生最重要的跳板，惜时如金，刻苦学习，四年后，以优异成绩走出大学校门，顺利步入社会。

　　在白忠林心目中，王布和是一位可敬的医生，他把王布和视为一生中最重要、最亲近的人之一，景仰他。

　　这些年来，无论工作多么忙，白忠林都要抽出时间特意到王布和的诊所去看一看。让白忠林意想不到的是，这么多年了，王布和的诊所环境依旧原模原样，而患者却越来越多，诊所早已容纳不下日益增多的患者。看到诊所的状况，白忠林心想，等自己的事业有所起色后，一定要为诊所尽一份力。

　　苍天不负持之以恒的奋斗者。在辽宁阜新经过五年的打拼，白忠林从项目经理，做到了拥有独立法人资格的小老板。

2005 年 8 月白忠林接受记者采访

　　2004 年初秋，白忠林从阜新带来一张建筑面积约 1200 平方米的三层楼房建筑效果图，递给王布和看。

　　拿着蓝图，王布和微笑着说："这张图纸好是好，不过，要盖这么大的楼，不得花费很多钱吗？"

　　白忠林说："包括配套锅炉等设施，大约需要一百二十多万元。"

　　王布和哈哈一乐，说："在我们农村平房就行，用不着盖楼房。"

　　白忠林堆着笑脸，轻轻地说："叔叔，楼房便于集中取暖，也便于集中管理，它的好处是多方面的。至于盖楼所需要的资金，我们一起想办法，一部分原材料和施工队，由我来负责，剩下的，您慢慢地想办法就行了。"

　　王布和抬头看了一下白忠林，说："你的好意我心领了。诊所就医环境确实需要改善，只是眼下难以做成啊。"

　　白忠林说："我已经预留出一部分资金专门用于改善诊所环境。叔叔，您就不要客气了。"

王布和的诊所连诊室、药房、药浴室在内，总共才 10 间房。很多需要住院治疗的患者，只能住在村子里个人开设的家庭旅店或西哲里木镇的宾馆、旅店。

王布和很想改善这种过度分散化的模式，降低风险，然而他力不从心，这些年一拖再拖。

现在，白忠林热心提出这样可行的办法，反而让王布和为难了。他不想给白忠林平添过重的负担。

王布和说："你也是刚起步没几年，我不能为了诊所的建设而影响你的事业发展呀。"

白忠林说："这个工程并不大。不过，在我的心目中却很重要。我知道，楼房就是盖起来了，也不是叔叔您去住，而是给患者使用的。我一直有个心愿，就是想通过我的一点微薄之力，让诊所的就医环境得到些许改善。"

王布和说："可是我觉得现在还不是时候。"

白忠林说："叔叔，现在该是诊所改善就医环境的时候了。"

看到白忠林这样执着，王布和一时不知说啥是好。他把目光移向窗外，轻轻地摇摇头，然后低头沉思。

白忠林明白，王布和并非拒绝盖楼，只是他很难筹措到这么多钱。更重要的是他的资金链条不能断，眼下仍有那么多贫弱患者需要他救治。

诊所的 10 间平房已经使用好多年了。尤其是经过 1998 年那场百年不遇的大水浸泡后，墙基、墙壁都受损。近几年，对房基曾经加固修缮过好几次。

王布和低着头静静地思索片刻后，抬起头对白忠林说："从我们农村走出去的孩子，能够自食其力已经很好了，你就是一个很好的例子，你很优秀。你自从大学毕业后，一直在照顾着你的父母兄弟姐妹，你的每一分钱都是省吃俭用攒下的，说实在的，我真不想给你增负担、添麻烦。"

白忠林说："叔叔，我在很小的时候，爸爸妈妈就教导我们要懂得感恩，要节俭，要实在，要把每一分钱用在刀刃上，要心地善良，要真诚。现在，我的手头有了一些积蓄，我要做一些有意义的事情。"

看到白忠林如此真挚，王布和心想："看来只能顺着来了。"于是，他深深地吸了一口气，说道："好吧，那就按着你的意思办吧。谢谢你啊，忠林！"

白忠林高兴地说："叔叔，我应该这么做的！"

王布和说："谢谢，谢谢！"

白忠林说："不谢，不谢。我们一起努力吧！"

说完，两人爽朗地笑了起来。

很快，白忠林计划帮助王布和盖楼的消息传遍诊所的每个角落，诊所大院里的人们很是期待。

真诚是首歌。它像明媚的阳光照耀大地，也照亮人的心灵。

社会有了真诚，才会有大爱，有远方！

35

合力

2005 年春节期间，白忠林再次带着新修编的药浴住院楼图纸来到王布和的诊所。

白忠林摊开图纸和详细的施工方案，向王布和进行说明。

王布和很满意这次的设计。

白忠林说："叔叔，过几天您有时间的话，带着这些图纸，先跑一跑科右中旗规划局、土地局、建设局、环保局、消防队等部门，把需要审批的项目，一个不落地办理好，正好现在离动工还有一段时间。"

王布和说："拿着这些图纸过去就行吗？"

白忠林说："对。您带着图纸，按照人家的要求去做就好啦。我先回公司，那里还有一些事情在等着我去处理。"

王布和说："好吧。"

送走白忠林后，王布和再度感到从未有过的困惑。

分担患者的痛苦，与患者分享快乐，是王布和多年来坚守的原则。过去，在王布和的内心深处一直有一个夙愿，要想法子让患者在良好的就医环境里得到更有尊严的治疗，可是力不从心。如今多年的想法终于有了实质性的图谱，却难在如何筹措资金上。

看到王布和发愁，妻子白秀英说："再难，这个步子也得迈了。"

王布和慢慢地点点头，然后说："是啊，是时候得迈这一步了。"

经过一段时间的酝酿和筹备后，2005 年春天，王布和终于咬紧牙关，要建药浴病房楼了。

为了将开支压缩到最低点，开春后不久，白忠林就带着施工队和施工机械设备，进驻工地，并一同带来部分水泥、钢材等建筑材料。

在施工队开槽打地基期间，王布和把其他急需的主要建材也就近补充采购过来。

白忠林知道王布和对基建工程不在行。他连续几个日夜，将施工流程及注意事项等该想到的事情，都一一认真写在施工进程簿上，把该嘱咐的都嘱咐完了，才回阜新的建工公司。临走时白忠林再三叮嘱王布和，一定要按着拟定好的施工进度表挂图施工，要确保施工安全！

王布和认真答应了。

起初，从来没有接触过上百万元项目工程的王布和有点晕。尤其是施工开始后，用钱的地方一下子就多起来。看着楼房从地基上一天天往高了起，王布和一家人在高兴之余，也常常为资金严重短缺而犯愁。捉襟见肘的他常因筹集不到建材款，第二天有可能就停下来的工程而着急。

一个半月后，白忠林再次来到王布和的诊所认真查看施工情况。他看到工程进度要比他的预期慢，心里有些着急。

白忠林对王布和说："叔叔，我们一定要尽全力让施工队按原定的时间表去作业。西哲里木这个地方气温相对低，施工期短。在保证工程质量的前提下，要尽可能地抢工期，像这样的工程不能让它跨年度，否则费用会更高。"

　　白忠林接着又说道："在我们这里，适合在外面施工的气温，也就 100
多天时间。我们要赶进度，早日让它竣工。"

　　王布和说："好好好。"

　　盖三层楼房，对施工队来说是小菜一碟。而对王布和来说，却显得压
力太大，负担太重。

　　对危重患者多次施以援手，并且将他们从死亡边缘上硬拽过来的王布
和的那双手，在为自己诊所盖楼的时候，却感到那样的无力。

　　看到一向开朗的王布和不时发愁，白秀英安慰道："你可不能上火啊，
着急上火能解决问题吗？"

　　王布和说："我知道，可是工程不能半途停下来呀。"

　　白秀英说："谁让我们没有钱的概念呢？钱这玩意儿，真正需要时才
知道，自己手头没有积蓄很不方便。"

　　王布和说："理是这个理，可是我们的钱不都用在刀刃上了吗？"

　　白秀英说："是啊，所以你也不用上火啊。"

　　王布和说："工程是停不得的，可是，我又不能开口向别人求助。我
是个服务生的料，我为别人付出多少都是情愿的，但是我不会开口，不会
伸手向他人索要。"

　　白秀英沉默不语。

　　行善，总有同行的人！

　　就在王布和难上加难的节骨眼上，兴安盟红十字会、科右中旗红十字
会以及被王布和治好病的一些民营企业家们、众多爱心人士纷纷给予支持。
在众多力量聚合下，药浴住院楼于当年 8 月份落成，并被命名为科右中旗
"红十字博爱救助站药浴楼"。王布和的诊所被批准为"中国健康扶贫工
程定点医疗单位"。

　　大楼竣工时，比王布和感到更加欣慰的是白忠林，他多年的心愿在今
天实现了。

白忠林对王布和说："叔叔，现在您的患者可以在舒适的环境里接受治疗了。"

王布和高兴地说："是啊。多年来想都不敢想的工程，在你的努力下建成了。你辛苦了！"

白忠林说："不，是大家努力的结果。"

王布和说："你是这幢楼的第一功臣呐，真的谢谢你。"

白忠林笑着说："叔叔，您客气了。楼是建起来了，可是，您自己还是在原来的住所居住，在原来的诊室看病呢。"

王布和说："啊，这个不要紧，要紧的是患者终于有了像样的就医环境。"

白忠林慢声慢语地说："您是一位没有物欲的人，总是把给予视为常态。"

王布和的诊所药浴住院楼

王布和说："人呐，不能被物欲所拖累，物欲和索取是无度的。"

白忠林自言自语道："不计代价，没有索取，全心全意为他人付出，长久坚守，您真的太不容易了！"

当良知化作内生动力时，它所释放的暖流会更加炽热。

过去，诊所的病房与药浴室虽然在一趟房，可是各自独立开门。患者从住宿的病房到药浴室必须要露天走一段距离。因为没有缓冲区散汗，从药浴室出来的患者一不小心就容易着凉、伤风，现在，这一切难题都得以迎刃而解。

自从这幢楼建成以后，来王布和的诊所就医的患者可以享受到像城里医院那样的就医环境。

36
出
院

　　经过 7 年多时间的漫长治疗，达胡巴雅尔的老婆亮花得以康复。两千多个日夜没能回家的她，如今特别想回到自己的家乡霍林郭勒市。

　　病体痊愈的她，曾多次向达胡巴雅尔提议要出院回家，达胡巴雅尔总是劝她，再住一段时间观察观察再说。达胡巴雅尔担心的是离开王布和的诊所后，老婆一旦再有什么闪失，不就前功尽弃了吗？他觉得只有住在诊所，心里才托底儿。

　　2006 年盛夏的一天下午，亮花在达胡巴雅尔的陪伴下来到诊室向王布和医生咨询可否回家去。王布和觉得她的健康状况已经很稳定了，只要把一日三餐调理好，应该问题不大。另外，已然病愈的人总在诊所这种环境里待着也不是事儿。王布和略加沉思后说道："大嫂，你要是想家了，可以回去的，我看呐，你现在下厨房做点饭菜都可以了，老大哥前前后后照顾你都有十几年了，嫂子你回家以后，也可以适当表现表现，是不是啊！"说完三个人都爽朗地笑起来。

达胡巴雅尔对老婆说："在我心里，你就像柔丝一样，经不住风雨。掰指头算算，我们在大小医院已经泡了十几年了。你的体质实在太弱，我真的很担心呐！"

亮花说："没事的，现在的我挺好的。我们还是回家去吧。"

王布和说："既然大嫂对自己有信心，依我看可以回去。就是平时多注意些冷暖，调理好饮食起居就行。"

亮花说："王医生啊，其实不瞒您说，在诊所我已经习惯了，也早已经把您这里当作家了。我的生命是您给延续的，身体不好的时候，哪里都不想去，就是害怕有什么闪失，现在病好了，真想看一看家乡，真的！"

王布和说："很好嘛！回家是好事，我支持你们回家去。"

得到王布和的认同，亮花很高兴，而达胡巴雅尔却依旧有所纠结。

回到病房后，达胡巴雅尔轻轻地对老伴儿说："离家久了，我也很想家。其实，家的轮廓总是萦绕在脑海里。"

亮花说："孩子、老宅还有乡里乡亲们，我都很想念。"

达胡巴雅尔说："我们老宅门前的那棵参天古榆树上，常有喜鹊欢歌，还有芳草的清香，这些都是家的味道！"

亮花说："是啊！家呀，眯着眼睛想一想，心里都是甜甜的！"

在游子心中，家，温馨而恬美，是永远的眷恋。

达胡巴雅尔细细掂量着老伴儿的话，觉得如果再不按照老伴儿的心意回家去，显然她的幸福指数将会大打折扣。在王布和的诊所，老伴的生命已经延长了7年多，况且现在状态已经很好了，是到了该回家的时候了。

第二天上午，王布和在例行查房时，达胡巴雅尔笑呵呵地对王布和说："王医生，我再三考虑过，还是顺着老伴的心意吧。"

王布和说："好啊。"

亮花对王布和说："谢谢您多年来的关心照顾。"

王布和赶紧说："大嫂，不必客气。"

达胡巴雅尔说："当初，我是抬着奄奄一息的老伴儿忐忑地来找您。没想到，您真的给了她第二次生命。很多人都说生命只有一次，我看在于怎么理解这个定义。通过我老伴儿，我看到了生命就像石头缝隙中长出来的小草一样，看似柔弱，如果有了阳光和水分就会顽强生长。"

王布和说："我们还是有缘，要不是大嫂患病，我们这一辈子都不一定能认识。我也谢谢你，你为诊所付出了很多，包括帮着我对刘传亮做监护。"

达胡巴雅尔赶紧说道："哎呀，我这都是应该做的。您看，这都 7 年了，我们两口子吃住在您这里，您还给免费治疗我老伴儿的病，7 年呐！这要是在大医院，得花多少钱哪？谁能治得起呀？哎呀，啥也别说了，我们一家人谢谢您一家人了。"

王布和哈哈一笑，说道："客气了，老大哥。大嫂的病好了，我们比什么都高兴啊。"

在王布和的诊所，达胡巴雅尔的老伴是个特例患者。在王布和的行医经历中，她作为个案给王布和留下很深的印象。

王布和说："在我的诊所，像大嫂这样身体极度单薄、脆弱的患者不多。这个特殊的病例让我明白一个道理：柔弱与坚毅同在，只要不放弃，生命长河可以流向天涯。"

达胡巴雅尔说："这都是您对症用药的结果啊！要不然，我们再坚毅、再不放弃，又有啥用呢？"

亮花在一旁点头道："就是啊，吃对了药才有今天呐！我很珍惜这来之不易的每一天。时间对我来说真的特别重要。我可能这一辈子做不成啥了，但是，我常看到诊所里很多人的快乐、幸福。能分享别人的幸福对我来说也是一种幸福。"

王布和说："大嫂的心态真好！"

听到这句话，达胡巴雅尔夫妇会心地笑了起来，病房里洋溢着幸福和温情。

达胡巴雅尔决定，两天后，他要带着能吃能喝、有说有笑的老伴儿回霍林郭勒市，与儿女们共享天伦。

临行的那天早晨，达胡巴雅尔夫妇天蒙蒙亮就起床了。梳洗完了之后，亮花在老伴的陪伴下，慢慢来到王布和的家，她要和王布和一家人告别，或许，今天离开这里，真的再没有来这里的机会了。她想好好看一看这一家人，跟他们再说几句心里话，把他们的音容笑貌，一一印记在心里带走。

亮花对王布和说："我是6年前在您手中得到重生，这里是我生命的第二个起点！这些年治病、生活，都是您一家人给包了，这种关心、照顾，一个谢字是表达不完的！得病是我的不幸，遇到您，是我的万幸。我很高兴，现在我的身体已经很好了，该回家了。"说到这儿，达胡巴雅尔的老伴儿抑制不住泪水，哽咽起来。

王布和一家人赶紧安慰她，不要太激动。

亮花接着说："一会儿，我还想到山上的敖包去看一看，好几年了，我没走出过诊所大院。今天，要回家了，我一定要到敖包上看看！"

"大嫂，你要小心！可不能累着啊！"王布和赶紧嘱咐道。

"是啊，大嫂，你可累不得啊！"王布和的妻子白秀英说

"放心吧，有我呢！她要是真的爬不动了，我把她背上山好了。"达胡巴雅尔乐呵呵地说

敖包，就在诊所大院外面的卧龙山山脊上。

从王布和的家出来，达胡巴雅尔夫妇慢慢来到山脚下，亮花仰望敖包后，缓缓地停住了脚步。然后，对达胡巴雅尔说："就在这儿好了，你陪我在这里，仰望敖包吧。"

达胡巴雅尔愣住了，问："咋的？不上去啦？"

亮花说："我的心，已经和敖包在一起了！"

一阵清风，轻轻吹起亮花额头上的刘海，达胡巴雅尔看见老伴儿的眼

睛早已湿润起来。

亮花深深地吸了一口清新的空气，觉得甜甜的，爽爽的。

她自言自语道："这里到底是个什么样的地方？是什么力量能做到这样？怎样炼就了如此善良的心呢！"

达胡巴雅尔怕打扰老伴儿的思绪，悄悄地说道："王布和医生从小就这样善良的！"

塔拉艾里的山山水水见证了达胡巴雅尔夫妇环顾村落、四野，缓步返回病房的那个清晨。

早餐后，王布和一家人把达胡巴雅尔夫妇送到西哲里木火车站。

远处传来汽笛声响，从通辽市开过来的列车缓缓停下，达胡巴雅尔想要扶着老伴上车，亮花说："别的，我要自己走上去。来时，你们大家抬着我来的，回家的时候啊，我要站着走啊！"说完这句话，她往前挪动一步，向王布和夫妇深深地鞠躬，说："谢谢你们了！"

王布和赶紧回礼，并说："你要保重啊，大嫂！"

白秀英也说："大嫂，要保重啊！"

亮花说："好的，好的。你们也要保重啊！"

白秀英说："再见，大嫂！"

亮花说："再见了！"

看到亮花缓步登上列车，白秀英激动得早已经抑制不住泪水。

找到一个空座后，达胡巴雅尔赶紧让老伴儿坐下。随后两口子向外张望。他们看见王布和夫妇已经移步到车窗外，亮花挥挥手说："请回吧！"

白秀英说："大嫂，保重！"

就在这时，列车开动了，达胡巴雅尔夫妇看到，王布和一家人还在向他们挥手。

很快，列车驶进林带。

在列车上坐稳后，达胡巴雅尔对老伴儿说："这一住就是 7 个年头啊"。

亮花应道："是啊，不觉间就 7 年了！"

达胡巴雅尔瞅一瞅老伴儿脸上的皱纹，说："老喽！"

亮花应道："可不是吗，你也老了。"

列车疾驰，望着车窗外熟悉的山水，亮花惬意地微笑着。

37
暖阳

赖银香是内蒙古通辽市人。过去，她是镇上的一名干部，工作雷厉风行，为人诚恳热情。刚刚年过四旬的她年富力强，恰是机关里的中坚力量。可是，天有不测风云，一个不期而至的重疾使她没有能力再继续向前行进了。

2003 年初，赖银香右脚踝胀痛，渐渐地不能触地，后来只能拄拐棍。其实，赖银香的右脚踝胀痛已经有一段时间了，过去，她没把它太当回事儿，以为是风湿病，疼起来贴一贴风湿膏，再吃点止疼药进行缓解了事。后来不能自如行走了，她才意识到病情的严重性。

2003 年春天，42 岁的赖银香拄着拐棍，在丈夫的陪伴下到通辽市一家大医院诊治。诊断结论是恶性骨肿瘤，必须进行手术治疗。

得知自己罹患重疾，赖银香犹如不小心一脚踩空，突然从悬崖上摔下来似的，顿时脑袋发晕，全身像泄了气的气囊，脉搏也失去节律，她感到从未有过的绝望。

为了进一步确诊，后来，她又到长春、沈阳的几家大医院进行诊断，结论是一致的，治疗方法也都大同小异。

经过几番斟酌，赖银香和家人决定在沈阳的一家大医院进行手术。

按着医生给出的治疗方案，赖银香接受了手术治疗，取出病变骨膜，换成人造骨膜。术后经过一段时间的调养，刀口愈合了，可是右脚疼痛未消，依旧不能触地。医生告诉她，要慢慢地养。

拄着拐棍住进医院的赖银香，出院时却被家人抬着回去。当时，她的心里很不是滋味。

更让她没想到的是，出院超过百天了，她的右脚仍旧不能下地行走。

"是不是手术失败了？"赖银香在心里这样想。她清楚，真要是手术失败，将意味着什么。继而，一些可怕和不可预知的各种可能性，一个个地在她脑海中接踵而至。

果不其然，半年后复查时医生发现，赖银香的确是旧病复发。"看来真的没有回天之力了。"她这样想。

绝望的赖银香感到恐惧。

人，很难长久承受超负荷的精神压力。持续经受疾病和精神双重高压的赖银香每天只能躺在床上。此时，她的性格、脾气都发生了明显的变化。郁闷、纠结、苦恼，动不动无名火就涌上心头。

就在这时，赖银香的丈夫发现妻子四肢的肌肉开始萎缩。

看到这种情景，他赶紧约了当地一名按摩师，每天请医生到家里来给赖银香按摩理疗。

虽说丈夫一直在细心地照料她，躺在床上的赖银香仍然觉得度日如年。已经失去行动能力的她，常常想入非非，她因担忧自己的生命长度而焦躁不安。

病魔善于作弄多愁善感的人。

赖银香的病情发展态势出乎她的预料，半年后，她的身体表皮神经变得极度敏感，碰哪儿都要命似的疼痛。

"会不会是恶性细胞扩散得过快了？我还能活多久呢？接下来孩子怎么办？丈夫怎么办？"想到这里，赖银香业已十分脆弱的心理防线快要崩溃了。

经受病痛煎熬的她，最为担心的是生命的长度，她害怕生命咔嚓一下戛然而止。而比她更着急的是她的家人，她的丈夫一直在四处寻医问药，只要听说哪里有好医生，就赶紧抬着赖银香过去。然而，每一次抱着忐忑的心过去，最终都是带着失望的情绪抬回病人。

赖银香没想到她的身体竟然是如此不堪一击，短短一年多时间，就变得风雨飘摇。

赖银香明白，生死不过是生命的起点和终点，谁都不能长生不老。而此时此刻，让她最为牵挂的是她的孩子还小，刚上初中，孩子少小没娘可咋办啊？每每想到孩子的将来，她的泪水就从眼眶里溢出来。孩子不能没有妈，她不能撇下孩子和丈夫撒手就走。

已经很长一段时间了，赖银香的内心深处总是阴霾森森，一种看不见的枷锁将她牢牢锁住。她渴望阳光灿烂的日子，更向往能够自如行走的生活。可是这些健康美好的生活乐趣却渐行渐远。

连自己翻身都做不到的赖银香，觉着日复一日，既漫长又短暂。当她以一种姿势静躺着，时间超过一个小时后，身体会越来越僵硬，这时候的她觉着时间过得太慢；而看到自己的体能一天不如一天快速下降时，她又觉得生命的长度太短。

面对绝望的她，丈夫不知如何是好。

2005 年 8 月初，赖银香的丈夫听说王布和治愈过骨膜病。他赶紧将这一消息告知赖银香，躺在床上的她不冷不热地说："真有这样的医生？我们可是没少投医呀。"

丈夫说："我听人说疗效确实很好。"

赖银香说："那你就拿主意吧。"说完这句话，她就把目光转到天花板上。

丈夫耐心地说："谁能知道哪块云彩能下雨呢。可是，你要是离云彩太远了，那你就看不见下没下雨，对不对呀？"

赖银香说："我的病还能有治好的可能性吗？这一年多时间里，我们找过那么多医生，都没有治好，一个乡下诊所能治得了？"

丈夫说："我们去看看究竟，好不好？主动权在我们手里。如果没有效果的话，我们就回来呗，好不好？"

赖银香瞅着天花板，有气无力地说："你定吧。"

赖银香很想和时间牵手，她一直在寻觅延长生命之法。可是，长时间经受重疾折磨，多次碰壁后，她已然失去信心。就医治疗对她到底还能有多少用处？手术疗法用过了，药物、理疗也都试过了，别说治愈，就连缓解疼痛的效果都没有达到，是不是有必要继续治疗呢？她的内心深处矛盾重重。治还是不治？"这样极为简单的二选一的命题在她心里不停地打着鼓点儿。

赖银香继续望着天花板，心想："如果没有障碍物，人的眼睛可以看到无限远。现在因为目光被定格在天花板上，我就看不见天空。"继而她又联想到："人如果健康，生命本来可以活到一百多岁，因为疾病而大打折扣。我怎样才能捅开那个'天花板'呢？王布和的诊所里有那个能给我捅开'天花板'的利器吗？"想着想着，她觉得心口堵得慌，好像就要窒息似的。

几天后，家人把一直疼痛呻吟的赖银香抬到王布和的诊所。

号过脉搏，再仔细地检查完赖银香的右脚，王布和问赖银香："你的手术是在什么时候做的？"

赖银香回答："已经一年多了。"

王布和问："一直都这样疼吗？"

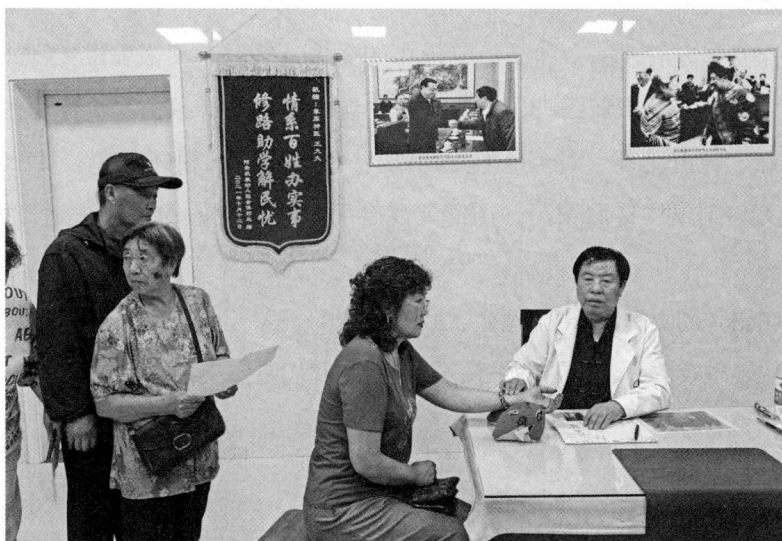

2005 年王布和为骨癌患者赖银香诊疗，经过两年的细心诊治，赖银香痊愈后留下来当志愿者

赖银香回答："一直疼，而且越来越重了。"

王布和说："是吗？"

赖银香说："能去的地方都去过了，该使的法子也都用过了。不知道是什么原因，就是不见好啊。"

王布和说："有了病，要治疗是对的，但不能一味地着急上火啊。不是有句祛病如抽丝的话吗，有病急不得啊！"

赖银香说："是啊，干着急，的确是啥也不当啊。可是，这要命的事，摊上了，谁不着急才怪呢。"

王布和很理解患者的感受。

赖银香继续说道："哎！也不知道是咋回事，得了这病，越治越重啊，真是碰见催命鬼了。"

王布和说："既然来了，那你就先住院治一治看，如果见效呢，你就继续在我这里治疗。假如不见效，那就到别的地方去看看，治病这事情，可不能耽误啊。"

开完处方后，王布和交给赖银香的丈夫，然后对赖银香说："你的病不能头痛医头、脚痛医脚，需要进行系统调理。从脉象上看，你是体虚、肝火旺、免疫力弱，神经系统也出现一些问题。病根还是免疫力太低，我认为你不仅要口服蒙药，还需要配合药浴和其他的物理疗法进行协调治疗。"

赖银香的丈夫说："王医生，我们听您的。"

赖银香咬着牙，忍着痛，慢慢地说："我们听您安排。"

赖银香怀着忐忑的心情住进了王布和的诊所。因为没有行动能力，24小时都需要护理，他的丈夫作为陪护留了下来。

王布和用多重叠加综合疗法给赖银香慢慢地调理。

日子一天天过去。

诊所里的患者来了一批又一批，也走了一批又一批。

赖银香在诊所大院里每天看到既有的一些老面孔，同时又见到许多新的面孔。

在王布和的精心治疗下，赖银香的病情渐渐有些好转，体能也得到加强。表皮神经的疼痛慢慢消失，原来不可触碰的右脚可以触地了，久病不愈的她终于见到一丝康复的希望。

两个月后，赖银香可以拄棍行走了。

看到妻子生活基本能够自理，丈夫才放心地回家去。

王布和嘱咐赖银香一定要保持乐观向上的心态，千万不能着凉。

按照医嘱，除了药浴，赖银香每天在病房里静心接受治疗。

赖银香看到，在诊所大院里，天天都有那么多患者在自由自在地晒暖阳。她由衷地羡慕这些人，能享受和煦微风、明媚阳光。她期待着自己也能参与到具有暖意融融的这一群体中，天南海北地闲聊，让微风轻轻地吹拂面颊，让刘海在风中飘逸。

王布和（右二）与患者们坐在花坛前，拍摄于 2003 年夏天

在王布和查房时，赖银香指着窗外问王布和："不知道什么时候，我也能和他们一样，在院子里晒晒暖阳、聊聊天。"

王布和说："我们这个地方是高海拔寒冷地区，现在的天气越来越冷，对你来说，到室外长时间晒太阳，还为时尚早，等你进一步康复后再出去更合适。"

赖银香说："透过窗户，看到他们在阳光下从容地聊天，真是羡慕。"

王布和说："这些人从好多个地区过来的，每个人都有各自的故事，大家相互分享故事，的确是挺好的。"

赖银香说："王医生，我盼着从明天起就不再拄棍。"

王布和哈哈一乐，说："这个想法很好嘛，要加油啊！"

诊所大院虽然设施简陋，却富有人情味。王布和医生治病时注重平衡疗法，他让患者们在释然状态下接受药物治疗的同时，适时给予心理疏导。在王布和看来，患者们通过畅快地聊天、游戏等方式，可以保持心情愉悦。

这样就能在一定时段内有效分散聚焦于疾病的注意力，甚至在某种程度上忘却病痛，有助于药物的渗透性，也有益于巩固疗效。因此，他从不限制患者的自由。正因为这样，患者间、患者与医生间总是保持着高度的和谐状态。

赖银香是一位有文化、有知识修养的干部。她明白，人保持乐观向上的精神状态有助于身心健康。然而，过去病重时，因总是疼痛难忍，想笑是笑不出来的。现在随着身体的康复，她的心情也犹如阴霾浓雾散开去，见到晴空徐徐来。

不觉间冬天过去了。

2006 年的科尔沁大地，春天来得似乎要比往年更早一些。明媚的春光让生命的音符激越，灿烂的笑容让人生的花蕾绽放。

随着天气的转暖，每当临近半晌时分，患者们一个个走出病房，在诊所院子里一边晒太阳，一边聊天。

能走到诊所大院里晒暖阳、沐清风、在阳光下聊天，曾经是赖银香长久的期待。

让人欣慰的是，如今，她实现了这个夙愿。扔掉拐棍，如愿来到晒暖阳、聊天的人群中。

而此时的赖银香又有了新的期许。

38

义
工

赖银香怎么也没想到，曾经无助、绝望的她来王布和的诊所两个月后，就能借助拐杖行走。再后来她又扔掉了拐杖，这对赖银香来说好似做梦一般。

原来不敢触地的右脚，除了劲头不足，疼痛明显减轻，困扰她的天大的难题，竟然在王布和手里悄然得以化解。她觉得来王布和的诊所是她这一生中最无奈的选择，也是极为明智的决定。

赖银香对王布和说："人遇着急事儿，闹不好大多都要发蒙，尤其摊上重病后，找不准方向。我是过来人，去过那么多地方，找过那么多医生，不但没能治好病，还差点搭上了命。到您这里来，捡了一条命，真的！"

王布和嘿嘿一乐，说道："这话言重了。"

赖银香说："真的。王医生，以前我还真不太理解一把钥匙解一把锁这句话的含义。其实，治病不见得都是用名贵的药才奏效，而应该是找到那个恰好能够攻克患者身上的病毒的药方子，是这样的吗？"

王布和说："你说的很有道理。我认为医生治疗疑难杂症，关键在于如何增强患者的自信心，要想方设法提高患者自身免疫功能。患者有了自信心，其体内自我修复机能必将得到增强，在这基础上，在适宜的阶段，要找到那个对症的药方子。病菌在人体内常处于动态，蒙药和其他药有所不同，其实，一种蒙药里就含着好多不同的药材成分。那么，当几种蒙药配伍着用的时候，它的覆盖度比较广，对病菌攻克力较好，有一定杀伤威力；同时，它又让处于弱势的自身修复因子强壮起来。医生的作用是找到患者的病因，然后对症下药，但是，这只是外力，患者的自信心才是内生动力。"

赖银香点头称是。

王布和对赖银香说："你很有智慧，是见过世面的人。对社会、对人生，你都有自己独到的思考。我看你说话、办事非常理性。但是，再明白的人，当疾病关乎生命健康的时候，也难免错乱思维，着急上火，你说对吗？"

赖银香点点头，略微顿了一下，说道："对呀，人都有求生的欲望，那根救命'稻草'好像总是唾手可得，却老是让你两手空空。真是让人着急上火呀。"

王布和说："着急了，上火了，负能量不断增加。到头来，问题不仅得不到解决，有可能更糟糕。"

赖银香说："真是这样。"

王布和说："有可能问题就出在这里。病人，本来受病菌袭扰，当你着急上火，胡思乱想时，无意间助长了病菌活力，使得它更加活跃。结果呢，患者病情越来越重……"

赖银香说："我听明白了，把包袱放下了，烦恼就少了，阳光会透过云彩的缝隙，照亮你的心。"

王布和说："是啊，阳光对大地，对众人，是没有选择的。而你是否

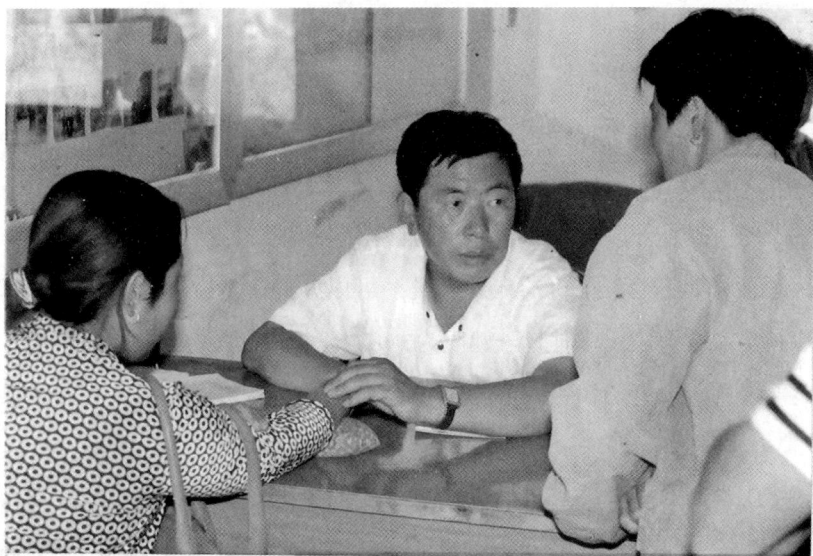

王布和为患者号脉，摄于 2003 年夏

能敞开心扉，迎接灿烂阳光，就要看你自己的心态了。"

赖银香说："听您这样解释，养心太重要了。"

王布和说："乐观向上，长时间把控好自己的情绪和行为，对健康十分有益。"

赖银香说："是是是，的确是这样的。"

在王布和的诊所，赖银香和其他很多患者一样，除了早、中、晚一天三次口服蒙药外，每天大约半个小时的针灸，然后用点时间药浴。剩余时间都是自由支配，恰恰在这长长的时段，赖银香要想法忘却疾病，不把自己当患者，不再自己折磨自己。

赖银香对王布和说："当我见到疗效之后，我就把每一天早晨看成自己生命的又一个新起点。每天晚上睡觉时我都安然，因为我期待着再睁开眼就能看见明天早晨的太阳。"

王布和哈哈一乐，说："好啊，这就对了。先战胜自我，然后才能战胜病魔，你说对不对？"

赖银香说："对呀！"

在王布和的诊所，赖银香结交了七月等好几位老患者。她们把王布和的诊所视为人生的又一个驿站。

就在赖银香住院期间，甘旗卡地区出台一项政策，工龄达到特定年限或者是因病常年上不了班的在编人员，可以办理内退。赖银香借机办理了内退手续。也就是从那时起，她成为"自由"人，可以自由支配时间。

身体渐渐康复的赖银香心里常想"人怎样活着更有价值？我还能做点啥？"诸如这类问题。

这几年，赖银香经历过的事情太多。善于观察事物和人生的她，在诊所慢慢品读着"人生"这本书。她有意识地给自己设定"课题"，想通过诊所这个"小社会"里的医患关系和患者间关系，努力寻求人生真谛的更多答案。

赖银香对王布和说："王医生，我在您的诊所得到启示，和谐是因为有人甘愿为他人而舍弃自己利益，能为他人付出心力，把甘为人梯作为天底下最幸福的人生。"

王布和说："你理解得很对！"

好长一段时间了，赖银香心里默默地计划着，等身体进一步康复，就帮着王布和医生做点力所能及的事情，给那些需要帮助的人们尽点绵薄之力。

赖银香的病根主要跟她自身免疫功能太弱有关，王布和告诉她，巩固疗效需要时日，要在很长一段时间里进行系统调理。

身处和谐的就医环境中，赖银香觉得每天都心情舒畅。

时间在不经意间流去。转眼又到了满山红叶的时节。

经过一年多时间的系统治疗，赖银香已经痊愈了。

王布和告诉她："你的病基本上没啥大碍了，可以出院了。需要注意

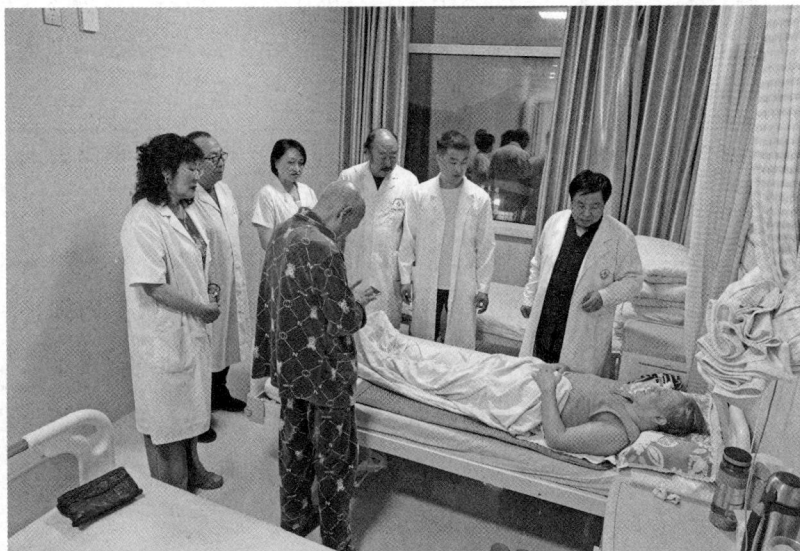

王布和院长和医务人员查房，义工赖银香介绍病人情况

赖银香与候诊患者，拍摄于 2018 年夏天

的是，近三年每年初冬河水刚要结冰时节和春天开河的时候，都要尽量进行常规的巩固性治疗。因为季节交替的时期也是身体较为敏感的时期，这时，体弱的人必须倍加小心。"

赖银香说："王医生，我现在还不着急回去。我是死里逃生的人，我的今天来之不易，我还想再住一段时间，再巩固巩固。"

王布和说："也好，那你自己拿主意好了。"

赖银香说："我想留下来，在您的诊所当个义务工，一是留在这里的话，能让您及时依据我的身体状态调节药物，接受进一步的巩固治疗。二是经过我这一年多的观察，您的诊所需要懂得管理学的人帮着您进行有序管理，我在这方面有一定的经验。"

王布和思索片刻，同意了赖银香的想法。

就这样，赖银香在得到家人的首肯和王布和的同意后，留在诊所，协助王布和打理诊所大院的日常管理。

过去，王布和对诊所的管理方式是一种近乎自悟、自省、自我制约的柔性化管理模式。然而，这样的管理模式与现代管理有着天壤之别。赖银香恰恰懂得一些现代管理方法，并且她又是一位局外的义工，有些话由她来说比较好，这对于诊所的健康发展有益处。

在她的协助下，诊所大院显得更加有秩序。

正当王布和带着医护团队顺势向前的时候，一位锡林郭勒盟的来客打破了原有的平衡。

39
出
息

韩额尔敦特别勤奋，每天在诊所忙碌的时间都要超过 12 个小时。王布和很欣赏韩额尔敦的勤奋好学和踏实肯干。

王布和对韩额尔敦说："方向和目标，对每个人的成长至关重要。无所学，无所可用。有所学，必有所用。要出息就得有工匠精神，精益求精，锲而不舍……"

韩额尔敦点点头说："我觉得蒙医学挺复杂、挺深奥的，越研究越有趣。"

王布和说："蒙医大夫诊病、治病，找到抓手很重要。这个抓手就是不断地积累所掌握的诊断技能和药物配伍方法，有了抓手，就可以治病救人……"

王布和每天晚上查完病房汇总的时候，对一些特例患者的治疗情况都要进行系统分析，并且对施药方法给予说明，而这恰恰是韩额尔敦需要汲取的营养。

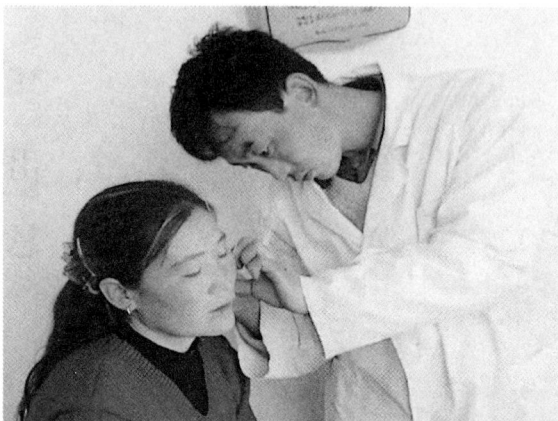

韩额尔敦为患者针灸照片，拍摄于 2004 年秋

王布和对韩额尔敦说："你每天光需要针灸的患者，就达到六七十号人，脑子里要注意积累不同的病例，通过多个病例的积累，发现其共性与特性，然后才能做到有的放矢，这对你们年轻人的成长很重要。"

韩额尔敦点点头，说："老师，我知道了。"

王布和说："我们诊所没有节假日之说，很多患者是大老远慕名过来的，有的长期在诊所住院治疗，你们每天做病案记录时，一定要学会走脑子，心里要有每个患者的'晴雨表'。"

韩额尔敦说："好的。"

王布和十分注重大数据分析，在他看来，病人的机体不同，病类不同，施药当然也会不同。然而，蒙药品种是有限的。如何能做到施药准确，必须找到药物与病根之间相克的辨证关系。

王布和常把病案研究和蒙药调制、辨证施药相结合，多年来他坚持细心研判，在此基础上统合治疗。

王布和对韩额尔敦说："有心人天天都会增长见识。我们当医生的人，每天要接触很多人，而这些人作为临时组成的小社会，有需求、有诉求，我们既要当好医生，更要做个细心的好人。在实践过程中，有意识的学和不经意间的学相结合时，人成长得会更快一些。"

韩额尔敦微笑着回应道："蒙医蒙药领域可以学习的知识很多，尤其我们诊所病例这么多，只要有'心'，那里面的奥妙真是不少啊。"

王布和说:"你有这样的认识就对啦。"

得到王布和的肯定,韩额尔敦呵呵笑了。

王布和对韩额尔敦说:"你的性格很温和,来诊所这些年,一直保持着可亲的笑容。这种对工作高度负责、善待患者、对物质方面的得失不在意的想法,难能可贵呀。"

韩额尔敦赶紧说:"老师,我能有今天的幸福生活已经很满足了,能做一些善待别人的事情,都是应该做的。"

王布和说:"这样很好。尊重别人,善待每一位患者,是我们当医生的基本修养。"

韩额尔敦说:"老师,我会倍加努力的。"

王布和说:"贵在坚持啊,能持之以恒就好。"

韩额尔敦是个很有方向性的人。在王布和的引领下,他将做人、行医、行善作为人生基本追求,不断夯实自己的品德修养。与此同时,按着王布和的要求,在学好传统蒙医、蒙药学的基础上,认真学习现代医学知识。

2003年,韩额尔敦通过成人教育考试,考上呼伦贝尔卫校,系统学习大学医学课程,三年后,取得国家承认的医学专业大学专科文凭。2007年,再次通过成人高考,考上内蒙古民族大学蒙医学院蒙医学专业本科班,并如期拿到毕业证。看到弟子的成长进步,王布和很是高兴。

王布和对韩额尔敦说:"过去,你是学徒、见习,现在的你已经是有实践经验、有专业理论功底的医生。你的这一步也让我再次看到人只要有恒心,可以做成很多事情。"

韩额尔敦说:"老师,这些年来,我的每一步,都是您一家人扶着我向前迈出的,您给予我的实在太多了。当初不幸患病,家里又十分贫困。所幸的是来到您的诊所,认识您。是您让我重新有勇气面对生活、面对人生,是您从根本上改变了我和我的一切。"

王布和哈哈一乐,高兴地说:"你对诊所已经做了很多,而你所获得的技能，也都是你自己努力的结果。"

韩额尔敦说："谢谢老师的鼓励！"

十多年间，韩额尔敦在王布和的诊所接触过数以万计的患者，王布和既让他制药，又教他诊病、治病。韩额尔敦在王布和身边蓄积了足够的能量，成为王布和的得力助手之一，承担着包括理疗在内的很多工作。

照日格图是锡林郭勒盟东乌珠穆沁旗卫生局局长。2009年初冬，他听当地人讲，王布和身边有一位勤奋好学、本分低调的青年医生。此前，为了加强社区卫生服务站工作，他正苦于找不到学有专长的传统蒙医大夫。

时隔不久，照日格图专程来到王布和诊所探个究竟。韩额尔敦给他的印象如其所闻，勤快、谦和、智慧、体恤患者。于是，他向王布和提出想聘请韩额尔敦到东乌珠穆沁旗，让他在当地社区卫生服务站工作。

王布和心里明白，韩额尔敦一旦要离开诊所，势必将打破现有的医患平衡。他略加思索后，对照日格图说："这是一件好事。过去韩额尔敦有能力，却没有资质，现在的他所有条件都已经具备，就差机遇。像这样的机会，不是人人都能碰得上的，他的运气好，你也是慧眼识才呀。"

说完，王布和立即把韩额尔敦招呼过来，将这桩好事告诉了他。

去还是留下来，韩额尔敦一时间拿不定主意。

王布和说："你就去吧。机会难得呀，别错过了，我早就期盼你有个好

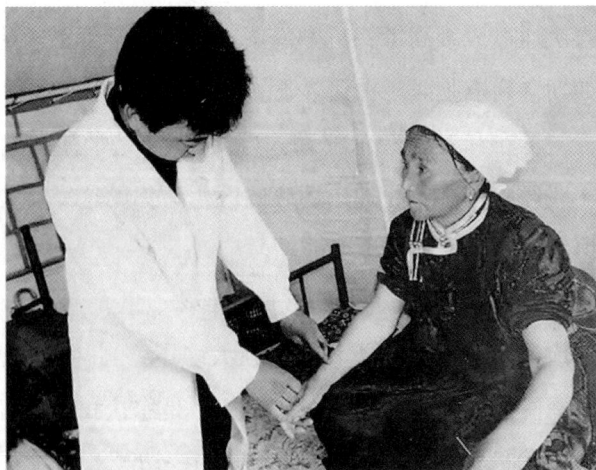

韩额尔敦为患者诊病，拍摄于2007年夏天

的归宿。"

韩额尔敦说:"您实在太忙了,本来现在诊所人手就紧张,我怎么可以走呢?"

王布和说:"不要紧的,我会想办法让诊所正常运转。"

韩额尔敦说:"您这样累下去,我们怎能忍心呢?"

王布和说:"你就别再争了,听我的,你就去吧!"

看到王布和态度坚决,韩额尔敦觉得不能再争下去了。他无奈地挠挠头说:"在他乡行医,对我来讲是不小的挑战。"

王布和说:"人有了一定的知识和技能储备,需要有更合适的平台施展才华。有些机遇可遇不可求,现在恰好有了这样的平台,不可以错过。以你所学,诊病治病都不成问题。"

韩额尔敦小声说:"既然老师您这样鼓励我,那我就往前走走看吧。"

王布和说:"你就去吧,我在药品上给予你适当的支持。但是有一条一定要记住,无论在哪里,人,拥有博爱之心才有不竭动力,有了恒心才会底气更足。"

韩额尔敦说:"我记住了,谢谢老师!"

让照日格图没有想到的是,韩额尔敦并没有马上离开诊所,他依旧每天在诊所尽职尽责忙碌着。后来,在王布和的再三催促下,2010年元旦之后,韩额尔敦才到锡林郭勒盟东乌珠穆沁旗工作。

或许是王布和高徒的因由,韩额尔敦很快在那里有了知名度。

2015年韩额尔敦顺利拿到医生执业资格证书。一年后的2016年10月份,韩额尔敦离开东乌珠穆沁旗,到锡林浩特市开办了独立的蒙医诊所。

40
归宿

历经八年时间漫长治疗，七月已经痊愈。

八年前，寻医问药想方设法摆脱疾病困扰是七月的梦寐以求。如今梦想成真的她，却又多了一层烦恼——哪里是她的归宿呢？

很长一段时间了，七月的心就像是断了线的风筝一样，飘忽不定。她老是琢磨着出院后到哪里去安身，能干些啥，有谁能够接纳她。

在治疗和康复期的时候，七月天天盼着快点把病治好，想健健康康地回到家乡，闻一闻家乡的气息，看一看家乡的山水，和家乡的亲人们叙叙旧，这一等就是八年。现在病好了，可是纠结也多了起来。

七月知道，娘家人一直爱着她，从来没有嫌弃她。回娘家过日子，在她看来，这是符合现实的唯一去处。可是仔细琢磨后，她又觉得不太对劲儿，因为只要她回去，必然再次给娘家人增添负担。毕竟已经是30多岁的单身女人了，尽管现在病好了，万一哪天再病倒了怎么办？即使健康地活着，就现在的体力，还能下地干农活吗？就算能干农活，能干到七老八十吗？没有土地、牲畜等起码的生产资料，养老问题怎么办？她思来想去，决定不能再回娘家去了。

不回娘家，那又能去哪里呢？她对自己的前途感到茫然。

七月的社交圈很小，熟悉的环境又非常有限。她没有闯荡世界的经历，更没有独当一面的勇气、技能和资本。然而，已经康复的她，必须自食其力了。

困惑中的七月，时不时陷入回忆当中。那一件件往事就像过电影似的，在脑海中一幕又一幕地呈现着。七月读中学时，学习成绩很好，梦想着用知识改变命运的她，后来因家里困难，没能够继续学业，使得她的人生轨迹也变得弯弯曲曲。现在的她十分珍惜这来之不易的今天，她也渴望拥抱属于自己的明天——能自己养活自己，同时做一个对社会有益处的人。让她困惑的是，一直找不到路径。

纠结多日的七月，有一天下午来到王布和的诊室，对王布和说："王医生，感谢您一家人这八年来对我的关心照顾，这才让我有了今天。我现在已经康复了，手脚都能活动自如，干活没啥问题了，我必须得自己养活自己了。"

王布和说："你的想法很好。恢复健康的人做一些力所能及的工作，这不仅仅是养活自己，更是实现人生价值的途径。什么时候出院回家，你自己定吧。"

七月说："可是我不能回家乡去。家乡是我噩梦开始的地方，在心理上，我没办法走近那个环境。还有一点，我什么都没有，回到家乡，有可能成为娘家人长久的累赘。我已经迷茫好长时间了。我想，如果可能的话，在您的诊所找点活干，您看行不行啊？"

听到这里，王布和静静地沉思一会，慢慢地说："作为农民，你既没有耕地又没有技术技能，要是再回到你的家乡去，也确实是个问题。"

七月说："这是我最大的压力。我还担心的是，像我这样免疫功能比较弱的人，真的再也经不起折腾了。您知道，故乡有我的亲人，但是也有我的痛点，我实在是不想回去。"

王布和说："看来这些问题你是深思熟虑过的。你的情况确实有些特殊，对自己的未来进行周全的考虑是对的。你容我再考虑考虑吧，好吗？"

七月赶紧说："我这是又给您出难题了，真是不好意思啊。"

王布和说："你容我考虑考虑吧。"

考虑到七月的很多现实难处，也相信她的品格和做事认真负责的态度。王布和与妻子白秀英商量后，同意让她留下来，并把她安排在药房，负责包药、付药。就这样，七月成为王布和诊所的一名药剂员，自食其力。

悟性很高的她，在韩额尔敦去锡林郭勒盟东乌珠穆沁旗之后，成了王布和的诊所药房里的重要力量之一。

有了一份安稳工作的七月感受到把心安放在异乡同样能随遇而安，异乡给了她更多的温暖！

让七月自己也没想到的是，潜心在王布和的诊所工作的她，两年后，得到一位叫乌力吉巴雅尔的蒙古族小伙子的倾慕。

乌力吉巴雅尔是一位来自兴安盟扎赉特旗农村的患者，他因患肺病，在王布和的诊所住院接受治疗。他是在住院期间看上了七月的人品，俩人开始交往。后来，乌力吉巴雅尔在征得父母亲的同意后，一对恋人终于在2013年春天结成伉俪。

乌力吉巴雅尔与七月结婚后，王布和将乌力吉巴雅尔也安排在诊所工作。

41

助 学

人，最难的是无路可走。

2007 年的春天，斯琴高娃就是这样。彻底破产了的她，一时间感到"无助"二字是多么可怕。

思来想去，她想到了一个地方——内蒙古兴安盟红十字会。接待斯琴高娃的人是时任兴安盟红会办公室主任谢明月。

谢明月看到斯琴高娃一脸愁容，十分憔悴，柔声地问斯琴高娃："你遇到什么难题了？"

斯琴高娃说："我女儿在乌兰浩特市第八中学念书，眼瞅着要辍学了，我寻思红十字会能不能给帮帮忙，让我们渡过难关。"

斯琴高娃有一个聪明秀气的姑娘，名字叫康辉，正在上初中二年级。乌兰浩特市八中没有宿舍，学生都是走读生，没有住房的康辉只好寄宿在一位老师家里。

新学期开学后，康辉的学费没能交上，眼下伙食费也没了着落，康辉

退休后的谢明月来王布和的蒙医医院做义工。左起：义工谢明月、院长王布和、义工胡哈斯

面临着马上要辍学的窘境。

谢明月说："这事难办。按照红十字会救济内容来说，没有这样的款项。"

斯琴高娃说："我这是实在没办法了才来找你们的。我姑娘品学兼优，班主任老师几次约我谈话，说我姑娘是个不错的苗子，让我想办法继续供她读书，要供出个头儿。可是，我这几年家里遭了大难，丈夫患重病躺在床上，为了给他治病，能变卖的家产全部都卖掉了，而且还有不少外债，我实在没了去处，才投奔到你们这里来的……"

谢明月静静地听着斯琴高娃的讲述。

斯琴高娃原本有个殷实幸福的家庭。勤劳聪慧的她过去在兴安盟乌兰浩特市胜利服装市场里开服装缝纫铺，虽说辛苦点，却一天天都有不少的收入。而他的丈夫养大卡车，跑运输，每年的收入也相当可观，一家三口人日子过得很红火。

可是天有不测风云。几年前，斯琴高娃的丈夫患上严重的糖尿病并发症，因为治疗不及时肾脏受损，不久变成尿毒症。由于没有固定工作单位，又没有缴纳个人医疗保险，看病完全自费。

不到五年时间，为了救治丈夫，斯琴高娃把大卡车、裁缝铺以及住房全都变卖了。

曾经幸福生活的一家人，就这样变成无家可归了。

无奈，斯琴高娃带着丈夫和女儿搬到距离乌兰浩特市 30 多公里远的科右前旗察尔森镇的娘家弟弟家里，寄居在弟弟家的仓房里。

因为女儿学习好，考初中的时候，顺利考上了乌兰浩特市的重点中学——第八中学，也因此多了一笔开销。丈夫的医疗费，女儿的书费、学费、伙食费、住宿费等这些开销，压得斯琴高娃喘不过气来。

女儿是她心中的"天空"。现在，女儿正面临辍学，这让斯琴高娃急得嗓子直冒烟，不知如何是好。

谢明月听着斯琴高娃的讲述，心里变得酸酸的。

斯琴高娃接着说："屯子里好心人告诉我，找红十字会兴许能帮我们解难，我就过来了。"

谢明月说："你这件事啊，还真是个难题。"

斯琴高娃望着谢明月，叹了一口气，说道："我女儿特别懂事，从她爸爸第一次透析开始，她就主动不买零食吃了，就连冰棍都舍不得买呀。她对我说不管多么难，妈妈你一定要救救爸爸。现在，我家这日子啊实在是过不下去了。我呀，连续上火好几个月了。我就觉得，一旦有点火苗，全身都能着起火来，这胸膛里热得总是火辣辣的。唉！难呐，真难呐……"斯琴高娃一边擦着眼泪一边倾诉。

从事红十字会工作多年的谢明月，泪点很低，听着斯琴高娃说的这些苦难，不由得泪水在眼圈里打转，身为人母的她感同身受。

斯琴高娃是个特别淳朴的人，她一把鼻涕一把泪地给谢明月讲述家里这几年的遭遇，听着听着谢明月也跟着掉下眼泪。

斯琴高娃的素养、品性、苦难，给谢明月留下深深的烙印。

这是一位令人仰视的妻子和母亲。虽然苦难像大山一样重重地压在她身上，她却依旧不改初心，尽力救治丈夫，盼望女儿成才。

谢明月对斯琴高娃说："你真的很善良，很爱你的丈夫，为了救治丈夫倾家荡产，作为一个普普通通的女人，你让人尊重。"

斯琴高娃说："以前我是啥也不惧，挺能吃苦的，现在干不动了。我自己也患上了子宫肌瘤，大姐你来摸一摸，从肚皮上都能摸到好几个疙瘩，因为没钱治疗，我一直在硬挺着呢。"

谢明月用手去摸斯琴高娃的腹部，的确能摸着里面的硬块儿，她叹了一口气，对斯琴高娃说："是啊，像你这样的家庭，真的应该要帮一帮啊。"

说完这话，谢明月把目光从斯琴高娃脸上移开了。

谢明月知道，帮助斯琴高娃，不是三五百元就可以解决得了的。红十字会本身可做的是一事一助，而康辉刚刚初中二年级，资助她得漫漫的九年历程，有谁能坚持下去呢？谢明月翻开自己眼前的电话号码本，一边翻页一边琢磨。

起初，谢明月在乌兰浩特市就近找企业家临时资助康辉，后来又找到深圳"爱心一族"基金会资助康辉。可是，随着时间的推移，必要开销增多，康辉依旧处于辍学的边缘。谢明月意识到，必须找一位能长久资助康辉的爱心人士。

王布和的诊所是红十字会成员单位。考虑到王布和有很广的人脉关系，有一天，谢明月就找到王布和，先把斯琴高娃这些年的遭遇向王布和叙述了一遍。然后，她对王布和说："康辉这孩子很优秀，不幸的是有可能很快就要辍学了，你认识的人多，能不能给联系到经商、办企业的老板，给搭个桥，帮一帮康辉这孩子。"

王布和笑着说："谢主任，我们认识好几年了，你是知道我的个性的。

我是不会开口求人的。"

听了王布和这句话，谢明月心里顿时堵得慌了。她轻轻地说："我也是没有办法才想到你的。没事儿，你也别为难。"

王布和说："这不是什么难事，我来资助吧！"

王布和说的这句话，出乎谢明月意料。原以为没戏了，现在王布和自己主动承担起康辉的上学费用。

谢明月赶紧说："你可不要勉强啊，这可不是一年两年就能到头的事情啊！"

王布和说："这样的家庭不帮一把可能就完了，我们自己少吃点儿，少穿点儿，康辉这个小孩子不就有希望了嘛。康辉有了好的前程，她们全家也就好了。"

听王布和这么解释，谢明月心中的那块儿石头终于落地了。

谢明月说："那我就替康辉一家人谢谢你了！"

王布和哈哈一乐，说："不谢，不谢。"

九年来，王布和一直在资助着康辉。四年前，康辉以优异的成绩考上北京的华北电力大学。

而康辉的爸爸，早在 2009 年就离开了人世。

后来，在谢明月的努力下，斯琴高娃在乌兰浩特市一家医院做了子宫肌瘤切除手术，去掉了病根。

附：

这些年来，王布和资助过很多学生，康辉只是其中的一位。

2014 年 11 月下旬，谢明月得知笔者正在着手撰写《布和的心愿》这本书，找到了康辉的联系方式。笔者打电话让康辉把王布和医生资助她的情况给叙述一下，她很激动，立马答应，两天后发来以下这段文字说明。

我叫康辉，王布和大夫资助的一名学生。现在我就读于北京的华北电力大学。自初二（2007 年）那年至今，王大夫一直资助我上学。

我的父亲自我 10 岁的时候就患上严重的糖尿病综合征。之后几年数次住院，最严重的那次是我的父亲差点脑死亡，但是我的母亲坚持不肯放弃治疗我的父亲，最后成功抢救回来了。随着病情加重，我的父亲不仅丧失劳动能力，甚至每天躺在病床上需要人照顾，直至 2009 年去世。

为了给父亲治病，我们家已经花光了本来就不多的积蓄，并欠下外债，那时还要供我上学，对于没有工作的母亲来说无疑是座大山，压得她喘不过气来。这时候，王大夫出现在我们的生活里，从我初二到高中毕业，王大夫每年资助我 2000 元，这对我们的这个家庭意味着很多——我可以继续上学，而母亲也可以减轻一些负担。当王大夫知道我考上大学之后，当即就决定每年给予我 4000 元的爱心资助，并鼓励我好好学习，告诉我不要有太多心理压力，未来的生活会变好的。

为了生活，我的母亲三年前再嫁，和我的继父组建家庭。现在我们的家庭里有三个孩子，我的继父和母亲现在都是靠务农来供养我们。上大学花费很多，我的母亲为了我，都 51 岁了还在种地，干那些繁重的体力活，真的让我对母亲感到很愧疚。同时我也非常感激王大夫对我以及对我们整个家庭的无私帮助。

如果没有王大夫，我真的不知道我现在是否能在北京的大学里面读书，还能否有美好的未来。现在的一切都是我勇敢坚强的母亲以及无私奉献、充满爱心的王布和大夫给予我的。谢谢我的生命里能遇到王布和大夫，他不仅是医术高超，解救无数病人于病痛之中，更博爱无私，资助我们这些学生，让我们有机会靠自己的双手改变命运的轨迹。

康　辉

2014 年 11 月 29 日

42
关爱

拉西尼玛的药材销售区域主要在内蒙古东部，王布和是他的大客户之一。此外，他在通辽、锡林郭勒、赤峰等地也有一些客户。

2009年的冬天，拉西尼玛和往常一样出差跑市场，他边销售，边敛账，边采购。这种环环相扣的链条经营模式很忙活人，使得他一个来月没能回家。

拉西尼玛带着不少现金出去，好久没有回家。他的妻子很担心他的安危，于是，她去锡林郭勒盟东乌珠穆沁旗找拉西尼玛。

事也凑巧，那几天，拉西尼玛恰好在草原上的一些牧点收购药材。他知道有些稀缺药材若不抓紧收购，怕几天后有可能被别人抢先了。由于拉西尼玛的妻子有晕车的毛病，他只好让妻子留在旅店，自己跑市场。

让拉西尼玛万万没有想到的是，他妻子住进旅店的第三天晚上，被不明身份的人劫财害命。

得到噩耗后，拉西尼玛一下子蒙了。他立马开车赶往东乌珠穆沁旗老婆遇害的旅馆。行驶途中他与迎面驶来的大货车相撞，瞬间车毁人亡。就这样，拉西尼玛也丢掉了性命。

失去多年的好友，王布和心里非常难受。他对妻子白秀英说："拉西尼玛是我们的老朋友，现在他们两口子都没了，我们打听打听他的孩子们，看有没有能帮上忙的地方。"

白秀英说："是啊，他这些年对诊所很好，我们不能忘记人家呀。"

拉西尼玛有两个儿子，大的已经成家立业，小的才25岁，没有固定工作，正在家里待业呢。突然失去双亲，小儿子没了主心骨。王布和心里很担心他今后的工作、生活。

王布和对白秀英说："拉西尼玛很有人缘，办事利落。可是，人没了，我担心他的有些社会关系自然也就断了。"

白秀英说："孩子要是能自立的话问题不大，如果不能自立，没有可以乘凉的树荫，完全凭自己，那得需要一番毅力才行啊。"

王布和说："问题就在这儿。但愿拉西尼玛的孩子们都能够自立。"

白秀英说："真是太不幸了。"

王布和说："谁也想不到他们两口子会遇到这样的不测。"

拉西尼玛夫妇因横祸撇下孩子们永远地离开了，他们甚至没机会和至亲好友们托付未了的事情就走了。对于草原人来说，给老儿子娶上媳妇，给找到能够安身立命的工作，才算完成为人父母的责任。可是，拉西尼玛的小儿子还没有成家，也没有固定工作。逝去的人已然想不了那么多，而活着的人还要继续过日子。王布和夫妇惦记的是拉西尼玛的小儿子，不知道他如今在过着什么样的日子。

拉西尼玛夫妇去世三年后，王布和听说拉西尼玛的小儿子图布信在一个牧点给人家放牧呢。

王布和意识到这孩子肯定有经济困难了，否则，不会年纪轻轻的就受雇于人，去野外牧点放牧。对这件事，王布和很是着急，可是，他一时又想不出太好的法子。

王布和对白秀英说："如果拉西尼玛还活着，他的孩子不至于落难到这般地步。"

白秀英说："那是。"

王布和说："应该让这孩子和其他同龄人一样，立足社会，自信生活啊。"

白秀英问："你有什么好办法吗？"

王布和说："也不知道图布信这孩子擅长什么。"

王布和好友、好搭档拉西尼玛之子图布信，拉西尼玛去世后图布信得到王布和的照拂

白秀英说："既然给别人家放牧，兴许是没有太出色的专长吧。"

王布和说："是啊。"

白秀英说："那怎么办呐？"

王布和说："我再考虑考虑吧。"

一个多月后，王布和把图布信接到自己的诊所。考虑到图布信文化程度不高，只好让他在诊所做后勤服务工作。

图布信性格很开朗，只是年纪轻轻尚未在社会上立足便失去父母双亲，三年多来，他的心一直被阴霾笼罩着。

王布和夫妇把图布信视如亲人。图布信勤奋、好学。在诊所过上了有尊严的生活后，慢慢地他又找到了人生又一个新的起点。

看着图布信的心态日渐好起来，王布和对白秀英说："每当看到图布信的笑容，我心里都非常高兴。这孩子很懂事，也很要强，只是当初没有机会给耽搁了。我和他探讨过，成家后依据他的兴趣和长处，让他选项发展，真正独立支撑自己的家庭。"

白秀英说:"是啊!人的笑容由内心而发,他常有笑容,说明他的心理已经阳光健康了。"

王布和说:"孩子永远是爸爸妈妈的心头肉。他这么小年纪就失去双亲,真是人生的悲哀。我们还要多想一些办法,给予他多一些温暖。"

白秀英说:"彻底抹去内心的伤痛,对他来说可能还需要一些时间的。"

王布和说:"是啊,有些事情真是急不得的。"

图布信因为适时得到王布和夫妇的细心呵护,日渐刚毅起来。

时间在悄悄流淌,在诊所友善的氛围中,图布信感受到美好生活的滋味和人心的温暖,他找回了自信。

这几年,王布和几次托人给图布信介绍对象,只是一直没成。

看着王布和有些着急,白秀英对王布和说:"我是个相信缘分的人,就凭图布信的身材、人品,找对象应该能找着,是不是缘分没到呢?"

王布和说:"或许是吧!这事急不得,但也慢不得啊!"

白秀英说:"我心里记着呢,只要有合适的女孩子,我就给撮合撮合。"

2018年,图布信得到一位小姑娘的倾慕,他们计划再过一段时间就完婚。

从牧包到诊所,对图布信来讲,不仅仅是时空上的变化,更是一次心灵的洗涤和思想境界的升华。

在诊所大院生活久了,他的人生得以提纯。心灵被淘洗过了,负面的东西都能屏蔽掉。从王布和一家人身上,图布信感到很多弥足珍贵的东西。

让王布和感到欣慰的是,图布信把与人为善和助人为乐作为人生最重要的信念,凡事讲求良心二字。

塔拉艾里近些年也有了长足的发展,这里已经不再闭塞。天南地北的人们因为王布和医生而来到这里,他们在治病的同时也带来了许多新理念、新思维模式。图布信在纷繁的信息源中梳理着自己的发展方向。

随着时间的推移,图布信渐渐地找到他可以作为的空间。他也如他父亲那样善交善为，也善于捕捉信息之价值，知道了自己可以干什么，更知道能干成什么。从小在商业氛围浓郁的环境中长大的他，对市场十分感兴趣。从 2016 年开始，图布信的人脉网络编织得越来越大。他有了自己的生活空间和经营领域，他经营煤炭，带施工队承揽小工程项目等。当然，他也像他父亲一样，有时给王布和采购部分药材。

图布信说："只要诊所需要，无论在哪里，随叫随到。"

看到已然自立的图布信，王布和心里踏实了。

43
建桥

桥，是路的纽带与延伸。

没有路，可以在荆棘丛中踏出路来。而没有桥，对于渡河的行者而言，恐怕要难倒英雄汉了。

从西哲里木火车站到王布和的诊所，虽然近在咫尺，只是滔滔的霍林河恰在中间流淌。

塔拉艾里太小，王布和刚搬过去时连他家在内才三户人家。三十多年过去了，这个村庄也不过是五十多户人家。过去，在塔拉艾里上下游百里之内一直没有桥梁。

科尔沁草原上的人不擅长驾驭舟船，老百姓过河要么骑马，要么坐牛车、马车等传统交通工具。但是，到了每年的汛期，霍林河水都要暴涨，有时候河水的宽度会达到近百米，而且落差很大，水流湍急。每到这时候，东西两岸的人们就难以渡河往来了。

在没法子过河的群体中，还有一大批是从大老远过来的，甚至是从外

20 世纪 90 年代没桥，雨季时王布和经常背患者过河

省区来找王布和医生看病的患者。河水不太大的时候，王布和用马车、毛驴车等交通工具，把他们从对岸接过来，看完病后，再把他们送过河去。而一旦河水大涨，车马都过不去时，条件好的患者们要绕道二百多公里从霍林郭勒市那边绕过来，经济条件不怎么好的患者们，则只能眼睁睁地望河兴叹。王布和看在眼里，急在心头，却也束手无策。

望着哗哗流淌的霍林河，王布和感叹："要是这里有一座桥该多好啊！"

霍林河无语。

有一天王布和对妻子白秀英说："我们在霍林河上自己建个桥吧！"

白秀英愣了一下，扑哧一笑，说道："你自己要建个桥吗？"

王布和说："是啊，我们家在霍林河上建个桥吧！要不然出行太不方便了。"

白秀英问："你要建个啥样的桥啊？在霍林河上建桥可不是件容易的事啊！"

王布和说:"简易、实用的桥。能行人就行。"

白秀英紧紧地盯着王布和的眼睛。

王布和顿了一下,继续说道:"我想,像我们这样的小屯子,'上面'根本不可能给建桥的,不仅人口太少,而且又没有啥土特产,凭什么花巨资给你建个桥呢?"

白秀英说:"这个道理我当然懂得。我考虑的是我们家拿什么建桥。"

说完这句话,俩人不再言语。

这些年来,白秀英凡事都顺着王布和,可是这一次她不敢贸然应和。

王布和习惯了做事总是想好了就要立马行动。不过,这一次他一直等待妻子的态度。

等了几天后,白秀英对王布和说:"我们屯子的确该有个桥了,不为别的,就凭大老远奔我们家诊所来的患者,也该有个桥。只是我觉得风险太大,费用太大,怕承受不了啊。"

王布和说:"这些问题我都考虑过,我们就建一座简易木质桥吧,费用不会太高的。"

看到丈夫建桥态度坚决,白秀英只好同意了。

1989年春天,王布和自筹一批杨木檩材,从附近村屯又张罗了几个木匠,人拉肩扛,施工一个多月时间,在霍林河上架起一座简易木质桥。

后来王布和自嘲这座桥叫二尺桥。原来,它是以并排捆绑在一起的两根直径大约三十多厘米粗的杨木檩子作为骨架,横跨主河道东西两岸,绵延近六十米长,桥墩也都是用杨木做的,整个桥面上铺的是不足一米长,只有二尺多宽的木板,就这样建成了二尺多宽的桥,它可以行人,也可以推着自行车行走。

从此,两岸的老百姓出行不再蹚河。特别是到了汛期,也能和平时一样,自如往来霍林河两岸。

然而,谁也没有想到,第二年春天冰雪开化后,从霍林河上游漂下来的冰凌把这座木质桥给冲毁了。

眼瞅着建起来不足一年的桥梁被毁坏，王布和夫妇很上火。他们没有料到，投入不少钱，辛辛苦苦建起来的桥，竟然如此不堪一击。

过去没有桥的时候，大家都习惯了没桥的生活方式。自从王布和建了桥，人们的出行方便了。可是，如今桥被冲毁了，过往霍林河又成了难题。来来往往的人们都说"没有桥太不方便了"。

王布和心想："塔拉艾里不能没有桥。"

几天后，王布和对白秀英说："这桥我们还得建，但不能再建木质桥了，它太脆弱了。"

白秀英说："是啊，还不到一年就被毁了，的确太脆弱了。"

王布和说："我们再建一座结实点的桥。"

白秀英说："结实？你要建一座铁桥吗？"

王布和说："对，我们就建一座钢铁桥。"

后来，王布和真的采购了一批钢材，1990 年汛期到来之前，在原来木质桥的位置上，新建一座也是二尺多宽的钢铁桥。

因为经费太紧张，买不了足够的钢材，王布和只好在钢质骨架上面，铺上一层用柳条编织成的面，人可以安全行走。

桥建成那天，白秀英走上桥面说："这桥很结实，就是太窄了，还是二尺多宽。"

王布和哈哈一乐，说："等我们手头宽裕了，再建个宽一点的吧。"

说完，站在桥面上的王布和与白秀英对视一下，俩人会心地发出笑声，笑声里透射出淳朴、自然。

王布和的这座钢铁桥用了八年后，因为河床移位，还需重新延展加固。

1997 年，王布和考虑再三后，索性把这座钢铁结构桥拆掉，筹资 26 万多元，新建了一座宽度为六米的钢筋水泥桥。后来人们称这座桥为布和桥。

　　这座新桥建成之后，行人车辆可以自如通行。从此，霍林河上游的塔拉艾里有了可以行驶机动车的大桥。

　　1998 年 7 月，科右中旗遭遇百年不遇的洪灾。霍林河水几度暴涨，从上游各个山沟里汇集而成的洪水奔腾而下，将王布和刚刚建完不久的"布和桥"两侧的引桥冲毁了。不久，漫过堤岸的大水直接灌进塔拉艾里，塔拉艾里成为一片汪洋。王布和的诊所大院里也灌进将近一米深的水，他慌忙组织人力将正在诊所住院的患者转移到诊所西面的卧龙山上，搭建起简易帐篷避险。

　　断桥不能再行走了，患者只好又要打车绕道霍林郭勒市从河西辗转而来，无形中增加了很多开销。

　　王布和对白秀英说："没想到刚建完不长时间的桥又被冲毁了。没有桥不行啊，等河水回落差不多后，我们再把引桥建起来。"

　　白秀英说："你定吧。"

　　就在这一年的秋天，王布和再次筹资十多万元，将主桥两侧的引桥建好。

1998 年 7 月，王布和投入搭建的简易水泥桥被洪水冲毁。图为王布和投入 10 多万元再建的第三代布和桥

44
发现

过去好多年，王布和一直这样行医，他的口碑立在了患者心里，名声在患者中口口相传。

笔者在兴安电视台从业也近 20 年，2003 年春天才第一次听闻王布和其人其事。于是，笔者和同事阿斯汗等几次搭乘长途大巴，换乘火车，再转乘毛驴车，几经辗转，数次赶到王布和的诊所拍摄，总想以纪录片的形式原生态呈现王布和的故事。就在我们梳理成片的同年 8 月，央视记者多闻回乡采访期间，笔者和阿斯汗向她推荐了这个人物。她在笔者办公室尚未看完素材，便按下编辑机暂停键说了一句"王布和行医尽天职，他走出一条仁医治病救人新路径。一个对社会风尚这么有教化作用的人，我们媒体人如果发现不了，那是失职，如果报道的分量不够，那是不尽职。"

笔者问她："你计划什么时候采访？"

多闻说："今天能去吗？"

笔者说："可以。"

由于多闻带来的摄像师已有下个行程安排，此行拍摄由我们地方台来完成，文案、编导则由多闻负责。于是，笔者吩咐阿斯汗赶紧准备设备，当时使用的摄录设备是腰挎肩扛的大 BETACAM 摄像机，再加上三脚架、几块大电池、充电器、防风大话筒、灯具、反光板、磁带包等，辎重不少。

从乌兰浩特市到西哲里木镇最让人犯愁的是交通问题。这 300 多里路中有 100 多里路是山间泥土自然路。当天又是个大阴天，气象预报午后有雨。笔者想着怎么把多闻仅有的两天用足，路上少耽搁些时间，便试着向盟红十字会求助采访车辆。没等多闻看完录像素材，兴安盟红十字会就派过来一辆白色 212 吉普车。

当时已经是午后。多闻、阿斯汗我们一行立刻出发，沿 111 国道线向科右中旗西哲里木镇塔拉艾里开去。

一个多小时后，车辆驶过突泉县城，刚下 111 国道进入土路时，大雨倾盆而下，很快路面坑洼处便开始积水，原本高低不平的路面与路基已然分不清了，行车时只能参考两边的庄稼。车辆不断打滑，驾驶员战战兢兢，212 吉普车小心翼翼地艰难前行。

草原上的雨就是这样来得疾也走得快，大雨停了，白色的 212 吉普车车身被甩满了烂泥。我们也被颠簸得五脏六腑错位了。经过四个小时的跋涉，终于抵达王布和的诊所。

我们没有惊扰王布和，直接进了院子，并开始采访工作。和前几次一样，每次看到记者来，有很多患者马上聚拢过来，不管你开没开机，各种方言夹杂，患者都急切地开始讲述。这些经历了有形治疗和无形善意的患者眼神里流露出相近的情感、温暖和感动。我们愿意相信，这一刻，他们共享着一个幸运的身份——王布和的诊所里康复中的患者。

傍晚了，仍有新来的患者进院。经历了一路的颠簸，有的患者已经相当虚弱了。但看到摄像机还是抓住机会表达自己："咱病成这样，还没钱，啥能耐都没有了，上哪去啊？回去就等死了，这儿留下我们，就是给活

王布和大夫和妻子白秀英（左一、左二）接受央视记者多闻和内蒙古兴安电视台记者特格喜采访

路了啊。"

在现场看到这些人的状态，多闻说："他们走投无路，病苦无助。不光是来找能救命的药，更是来找救他们命的人。"

我们前几次采访拍摄，王布和总说："我就是个乡村医生，做了自己该做的事，你们来采访患者就行了。"因此，患者这方面我们积累的素材比较丰富了。但我们更需要从王布和的这些做法中了解他这个人，他为什么要这样做，他不说，便无从得知，一旦得知便是震撼。

多闻人如其名，她足迹遍布全国各地，但不变的是爱家乡的情怀和敬业精神。作为央视资深记者，她采访过两会代表、委员，也采访过农牧区的耕者、牧人，采访过面对歹徒枪子儿临危不惧的英雄，也采访过重刑犯人。她总有拿到走入采访对象内心通行证的经验。

王布和面对央视记者有些局促。当年王布和用普通话表达还有些困难，而多闻听不懂蒙古语。于是，笔者和阿斯汗在现场进行了翻译，使得采访得以顺利进行。

多闻问："你父亲那么年轻就去世了，你当时又那么小，这件事给你带来最深的伤痛是什么？"

王布和说："当时就最理解什么叫困难。"

多闻问："父亲病重时最需要的是什么？"

王布和答："最需要及时看病，可惜当时没钱。我今天能给患者的，没钱也给看病，就是由于我亲身的经历。很多患者不仅没钱，病还重，啥能耐也没有了，他们的负担就是我的负担。"

多闻问道："这么重的负担怎么承受？"

王布和说："就想这么做。心甘情愿，那就啥困难都可以想办法克服了。患者这儿需要我，我就最有价值了。患者好了，我就好了。我的力量就从这里来。我就这样为大家服务就行，一家人一模一样地这样做。"

采访中，王布和偶尔用普通话回答多闻，然后憨憨地笑着说："我说不太明白普通话。"

说不明白的，王布和都做明白了。他常年养成的暖言善行自然带到他的行医、为人处世中。只要患者需要，他没有不舍得的，在诊所，他天天顿顿和患者一起吃饭，因为只有他一个医生，他分分秒秒不舍得浪费，把能给的时间都给了患者，这正是王布和那剂无形的精神良药。许多钱解决不了的问题，在这里用"德"解决了。

当晚，还有患者在等候，王布和起身去诊室。我们和他一起去诊室，他边走边说："一个家，有一个人病了，全家都安宁不了，赶紧给他治好了回家过日子。"

那天夜里，我们记录了诊所大院最后一盏灯的明灭。镜头聚焦在了王布和诊室的窗户，时间是23：00点。

次日清晨5点，诊室的灯又亮了。王布和一天只有不足六小时睡眠，他分秒必争，让院子里每天几百号患者减少等候，几十年起早贪黑，宁肯自己受累。

一天多的采访拍摄结束了。因为总有患者在候诊，我们不忍心瓜分王布和的时间一同晚餐，他以自己最省时的方式进餐后便又开始工作了。我们也在诊所食堂简单吃了饭便返程了。回程不仅同样是大雨瓢泼，还是夜路，在没有参照物的乡间泥路上顶着雨赶夜路，大家意识到继续行进风险会很大。212 吉普车行驶一个多小时后，沿途看到有个小二楼的院子还有灯光，就拐进去看能不能避避大雨。这是一家敬老院，当晚找了两个房间，听着老人们各种哮喘声歇息了一晚。

候诊的患者们

半个月后，中央电视台西部频道播出了多闻编辑制作的 15 分钟专题片《布和的心愿》。片子播出后，打开了很多人的疑惑，很多人对王布和有了更多的了解。过去，当地媒体都不曾报道过的王布和，一下子在中央电视台这种国家级高端媒体被宣传，出乎当地很多人的意料。更让人意外的是，此后半个多月在央视"感动西部人物"系列节目中，王布和的故事再次被播出，而且当年就入选了"感动西部人物"，并进入央视"感动中国"候选人。两个月后，央视再次策划大型系列节目《寻访名医》，王布和同中华国粹之六大民族医药代表性人物，一同在《寻访名医之蒙医蒙药》

片中展现了风采。

在这么短时间内，这位曾名不见经传的乡村蒙医，在央视以三部专题片的形式被隆重推出，这在当地很轰动。此后，他比以前更加忙碌了。有关部门也开始高度重视起这名村医。

2013 年，中央电视台发起大型公益活动——寻访最美乡村医生。多闻再次以媒体人的力量推荐了王布和。

在科尔沁草原腹地的科右中旗，王布和从一个药箱、一匹马起步，用捍卫生命的力量与历史产生了最深沉的回响。再从一个碾子、一头驴，一个药勺、一口锅到铁路部门为王布和诊所开通旅游专列，是他默默而为赢得的。2005 年，王布和被授予全国民族团结进步模范个人。2006 年，被评为全国优秀乡村医生。2009 年再度荣获全国民族团结进步模范个人称号。2013 年，被评为全国最美乡村医生。2014 年，获中华慈善突出贡献称号。2016 年，被评为首届全国文明家庭。2017 年，当选中华民族医药学会科普分会常务理事。2018 年，被评为弘孝榜样人物。2018 年，当选中国民族医药协会理事。

$$\frac{45}{最美}$$

2012 年春天，中央电视台开设专栏——寻找最美乡村医生。

央视栏目组在全国范围内，从 118 万多名乡村医生中寻找典型人物。经过层层筛选，栏目组看重王布和的医德医术和特立独行的行医方式，将其遴选为候选人之一。

央视寻找最美乡村医生摄制工作，启动于 2011 年秋冬时节。

摄制组开始拍摄王布和事迹的纪录片时，西哲里木一片冰天雪地。

为配合央视拍摄工作，兴安电视台外宣部主任姚长德，与央视摄制组记者柴义昆、张维桐共同进驻到王布和的诊所。

姚长德此前已经关注王布和好几年了，对王布和相当了解。

在王布和的诊所，摄制组看到，这个位于草原腹地的诊所有很多特别之处，其中最为特别的是来找王布和医生看病的多为疑难杂症患者。为诊治这些从四面八方而来的患者，王布和天天忙得脚打后脑勺。更让摄制组惊诧的是，王布和每天要接济那么多贫病交加的患者，有的免费拿走药品，

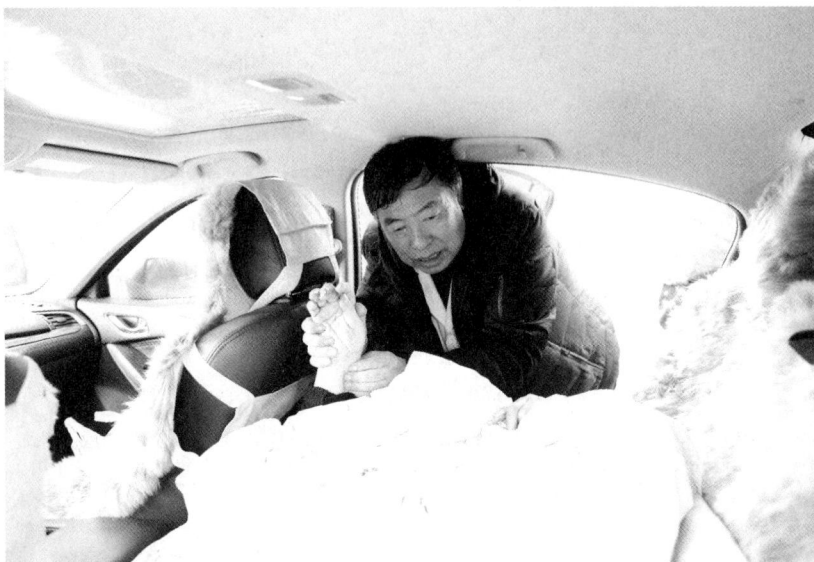

王布和经常为行动不便的患者在车内诊病，此照片拍摄于 2012 年冬

有的在诊所长期免费吃、住、医疗，摄制组在拍摄中看到了王布和医生独特的行医方式和因为博爱情怀而甘愿天天苦着自己。

让摄制组感动的是，在王布和的诊所每天都有许多新鲜故事在发生，抓拍感人事迹唾手可得。更让他们感动的是，王布和那张天生乐呵呵的脸庞，时时刻刻感化着患者们的心灵，他的一腔热血总是温暖着诊所的每个角落！

拍摄期间，柴义昆、张维桐他们从王布和及其家人身上，看到人的善良和对生命呵护的高度。

瞬间的感动往往是偶然的，而频频让人们感动则是正能量的不断迸发和自我舍弃。

30 年来，王布和把恢复别人的健康，视为人生第一追求，锲而不舍。

30 年来，王布和甘愿将自己和家人的利益拿出来，给予那些最需要关心、最需要帮助的弱势患者。

带着呻吟来到诊所，隔一段时间，从诊所大院里笑呵呵走出去的患者不胜枚举。

一张张照片，一本本病例，记载着诊所一则则感人的故事。

听诊所故事，看患者笑容，摄制组甚是欣慰。

央视摄制组拍摄完了之后，临走时仅仅留下买回程票的钱，将包里剩下来的2000多元钱，全都捐给了诊所。

央视拍摄的纪录片《王布和：我和草原有个约定》在CCTV-10《讲述》栏目中播出后，反响特别好。

2013年初，王布和被授予"最美乡村医生"称号。

在被评选为最美乡村医生后，王布和等一行10名最美乡村医生受到时任国务院副总理李克强的接见。

成为全国最美乡村医生后，王布和得到相关部门的进一步关注，他的诊所的就医环境也有了相应的改善。

然而，王布和心里清楚，在发展中的中国，人人还需要努力付出，他的诊所也依旧要承担相应的责任。他和他的家人依旧要节衣缩食，照顾好每一位需要他关心的患者。

王布和常对家人说："当医生的第一要务就是看好病，别耽误人家康复！"

46

助力

王布和的行医事迹越来越受到众人的关注，这其中也包括很多媒体人和爱心企业家。

2010年冬天，中央电视台制片人叶朝阳，随同上海、香港等地的部分爱心企业家们，到内蒙古兴安盟科右中旗，通过当地红十字会向贫困学生捐助。

好多年了，叶朝阳一直热衷于公益事业，每年都要尽力为偏远地区的弱势群体做一些捐助类活动。

叶朝阳认识北京、上海、港澳等地的很多爱心人士，大家携手一起做公益事业。

这次和叶朝阳同行的有上海的企业家杜春蓉女士等人。

杜春蓉时任世界华人协会上海分会副会长，她是一位乐于助人的爱心人士，做爱心捐助活动已有10年了。

杜春蓉出生在四川成都通江县大山里，爸爸妈妈都是农民。从小品学兼优的她，高考时考上四川西南财大，学习财会专业。大学毕业后，她回到家乡，很顺利地在通江县交通局就业。然而，仅仅几个月后的 1998 年初冬，她就辞去公职，只身来到上海发展。

上海这座都市是杜春蓉的福地。在这个大都市，她很快找到自己的定位和发展方向，事业顺风顺水。与此同时，她结识青年才俊金东杰，并结成伉俪。和风细雨式的性格、执着向上的工作韧劲，以及与人为善的做人原则，使其在工商界有了广泛的人脉。后来被推举为世界华人协会上海分会副会长。

从贫困大山里走出来的杜春蓉一直关注弱势群体。自 2009 年起，她就开始资助成都偏远贫困地区的中小学生和贫困农民。为了让更多的弱势群体受益，后来，她多次组织爱心人士，先后又资助河南、云南、海南、内蒙古等省区的单亲、孤儿等贫困学生。

这次来兴安盟捐助，已经是她第二次内蒙古之行了。此前，她曾组织爱心企业家们在内蒙古西部地区做过爱心行动。

王布和的诊所是红十字会系统的典型。科右中旗红十字会负责人陆玉龙向叶朝阳一行做工作汇报时，提到王布和的相关事迹，顿时引起爱心企业家们的兴致，大家在发言时提出想看看究竟。就这样，等捐助事项完了之后，叶朝阳、杜春蓉等在科右中旗红十字会相关负责人的带领下，沿着霍林河东岸的崎岖山路，颠簸半天来到王布和诊所。

相对于大都市而言，王布和所在的塔拉艾里村极为偏僻。而走进这个村落后，叶朝阳他们发现，王布和的诊所大院里的忙活劲儿一点也不比城市医院差。作为中央电视台的制片人，叶朝阳心想："是什么因由让这么多患者从四面八方来到这里，找王布和医生看病呢？这些患者得的是什么类型的病？他们来这里是否足够理性？他们将会得到怎样的治疗效果？"带着一连串的问题，叶朝阳有意识地向患者了解诊所的情况。让叶朝阳欣慰的是，在诊所大院里，但凡提出问题，都有人抢着回答，而且言谈中充满对王布和医生的感激之情。

叶朝阳他们了解到，来王布和的诊所的患者中，有一部分是患上疑难杂症，走过多个地方却久治不愈；有一部分是患上内科重症，想用蒙医蒙药治疗；还有一部分是因家里实在贫困，患病后没钱治疗，没办法才来找王布和看病的。

叶朝阳边看，边听，边记录，认真感受这些新鲜事儿。

王布和向叶朝阳他们汇报说："现在我的诊所向 70 岁以上老人、3 岁以下小孩、低保户、五保户、残疾人、出家人六类人群免费。对特殊困难患者给予减免，对所有患者以略高于药品成本价进行医治。我的初衷是只要保本，能常态化运转就行，可是至今仍然有一部分患者生活困难，不能向他们收费，所以，诊所一直处于亏损状态。"

好奇的杜春荣问王布和："是什么因由在持续支撑着您这样做？"

王布和说："是我的心愿。"

杜春荣问："您的什么心愿？"

王布和说："我视天下男人如父亲，视天下女人如母亲。他们的痛苦如同我自己的痛苦，他们的快乐如同我自己的快乐。"

听到王布和这句话，杜春荣很震撼，说："可是如此一来，您不觉得太累了吗？"

王布和说："不只是我累，还有我的家人和身边的工作人员，他们也都跟着我受累，可是我们都心甘情愿。"

杜春荣问："您一直都秉持着这样的心愿吗？"

王布和说："是的。这是我从小拜师学习传统蒙医的初衷，也是我一直要做下去的理由。过去我们草原上缺医少药，我八岁就失去父亲。不能让这样的悲剧和遗憾在我身边再发生，我要尽力去做我能做得了的一切。"

听到这里，杜春蓉说："真是难得，也真不容易呀！"

王布和哈哈一乐，说："我习惯了这样的工作节奏和生活方式。"

2024 年 6 月 28 日，王布和院长利用晚上休息时间与患者座谈

候诊的患者

虽然是初次相识，总是满脸堆笑的王布和给人可亲可敬之感，同时又让人感到心疼。

叶朝阳、杜春蓉一行觉得，身居草原深处的王布和医生虽然话语不多，却总是带着谦和善意，在朴素的言语中透射出暖暖的爱心。在诊所，叶朝阳、杜春蓉他们看到王布和的患者中，有一部分人的确很贫困，但是他们却很乐观。看到眼前来来往往的患者和诊所超负荷运营的状况，让叶朝阳、杜春蓉等来自大都市的人感到有必要为诊所做点什么，他们发现王布和的诊所的就医环境和卫生条件亟待进一步改善，尤其是住宿条件差、如厕难。

2014年夏天，杜春蓉牵头捐资，在王布和的诊所病房楼对面，建造了一个大型公共水冲厕所。这在整个兴安盟农村地区还是第一个户外大型公共水冲卫生设施。后来，她又向王布和的诊所捐赠了很多床单、被褥以及消毒、洗涤用品和服装。

王布和将服装分期、分批捐赠给来自各地的贫弱患者。

2016年9月18日，叶朝阳和杜春蓉、金东杰等爱心人士再次来王布和的诊所时，诊所大院里的患者比以前更多了。王布和告诉叶朝阳一行，现在从早忙到晚，一天只能看三四百个患者，而平时每天从各地过来的患者要大于这个数字。按照先来后到的顺序，一部分患者要等两三天才能看上病。

超负荷的工作量，需要超乎寻常的体力和毅力。

王布和一直不吸烟，不喝酒，从2016年春天开始不再吃肉，尽管这样，由于每天坐诊号脉时间太长，有效的活动量少，身体还是有些发福。

近几年，王布和的诊所就医环境渐渐得以改善，与此同时，王布和比以前更加忙碌了。叶朝阳他们看到众多患者发自肺腑的笑颜，感到欣慰的同时，也为王布和担心。他们明白，撑起这样规模的医疗机构，对王布和来讲，时时刻刻都是挑战，他们告诉王布和医生，日后将继续为诊所做点力所能及的事情。

内蒙古自治区卫生健康委员会高度关注王布和诊所的发展。经过多次深入调研、评估、验收后，给王布和的诊所办理了制药许可执照，并且资助王布和改造升级制药车间，帮助王布和规范了行医制药等各个环节的工作。

从 2012 年起，王布和被聘为内蒙古国际蒙医院专家医生，让他定期到内蒙古国际蒙医院出诊。自此，每个月的月初王布和都要飞到呼和浩特市坐诊两天。至此，王布和成为兴安盟第一位定期到首府大医院诊治患者的驰名医生。也是从这时起，他成为被相关部门认可的名正言顺的专家。

2020 年，王布和以主任医师正高级职称身份从内蒙古国际蒙医医院退休。

近年来，王布和受邀在北京、上海和山东等地的一些医疗机构，定期出诊。也有的机构想与王布和合作搞项目，都被王布和婉言谢绝。

王布和说："我的根基在内蒙古，待在内蒙古，待在我的故乡科尔沁草原，我心里才踏实。"

王布和与他的徒弟合影

为了持续实现心愿，为更多人服务，在白忠林等众多爱心人士的协助下，王布和将原有的诊所扩建为王布和蒙医医院。

王布和童年失去父亲，在母亲拉扯下，坎坎坷坷十几年。后来经过自身努力，成为远近闻名的传统蒙医大夫。对于身处草原深处的王布和来说，专家这个称谓并不重要，在他看来，一心一意治好他的每一个患者才是根本。

王布和说："随着人们生活条件的不断改善和饮食结构的变化，人们的生命体征也在发生着细微的变化。作为传统蒙医大夫不与时俱进，跟不上大时代的变化节奏，诊断技能必将退步。"

王布和是这样说的，也是这样做的。

现代人的生活习性正在发生深刻变化，摄入食品多样化，而劳动强度在弱化。过去那种汗流浃背的劳动者越来越少，而丰富的，甚至过度的能量摄入，不科学的饮食导致的各种疾病，开始常见于普通人群中。王布和觉得，身为传统蒙医医生，传承发展心爱的事业，必须与时俱进。不断学习和探究，适时为患者驱除疾病，是医生永远在路上的工程。

48
使 命

王布和一直觉得，自己的作用就是现代医疗机构的一个小小补充。

他敬重自己的职业，也从内心深处仰视传统蒙医学和蒙药的魅力。在王布和的心目中，传统蒙医蒙药具有至高的地位。这些年，他在行医过程中十分注重整理病案，保护和传承蒙医蒙药是他多年的心愿。

一直关注王布和的电视编导阿斯汗，曾多次向他的弟弟哈雅介绍王布和的事迹。

哈雅从内蒙古大学硕士研究生毕业后，在内蒙古自治区文化厅从事文化整理工作。他进驻王布和的诊所后，经过长时间的精心整理、认真申报，王布和的蒙医药浴疗法于 2011 年被列入内蒙古自治区非物质文化遗产名录。2013 年，哈雅将王布和的相关资料，向国家有关部门申遗。

2014 年 12 月 3 日，王布和的蒙药药浴疗法——科尔沁蒙医药浴疗法，被列入中国非物质文化遗产名录。

在草原上流传了千年的传统蒙医蒙药，惠及千百万患者，蒙医蒙药也早已成为独立的医学体系，矗立在世界医学之林中。然而，时至今日，还没有建立起让人系统观瞻了解传统蒙医蒙药的大型博物馆。

近年来，随着社会的飞速发展，人们越来越重视传统文化的保护和传承发展。王布和是传统蒙医传承者，他觉得在自己的能力范围内，多做一些有关蒙医蒙药的传承保护工作，惠及更多的人。远在辽宁阜新的企业家白忠林，对蒙医蒙药也有深深的情结。

白忠林的爷爷白福祥也是一位传统蒙医医生。在20世纪50年代，白福祥享誉科右中旗中部地区，后来因意外英年早逝。他的遗物多数与蒙医蒙药有关。白忠林虽然没有见过爷爷，但是，爷爷留下的遗物，对他而言都如同珍宝。

科右中旗蒙医文化研究会大楼。研究会于2015年成立，2017年建成总面积9084.3平方米的塔式九层楼房，至2023年，发展成一座集蒙医药历史文化、科尔沁非遗文化、蒙医文物展示于一体的综合性文化展览馆。通过展示蒙医药丰厚的文物资源，实证中华文明多元一体的发展进程，使各民族人心归聚、精神相依

几年前，一直仰视传统蒙医蒙药的白忠林，提醒王布和应该建一个像样的蒙医蒙药博物馆。

2013 年秋天，白忠林将绘制好的蒙医蒙药博物馆效果图交到王布和手里。同时承诺，还是从阜新带着施工队和部分建材过来，帮王布和尽快建起这个博物馆。

这是一个宝塔式九层建筑。

2016 年春天，在有关部门的协调下，所有建设项目手续获得审批，4 月初开始在卧龙山上兴建。这一项跨年度工程，于 2018 年启用。

馆内陈列着流传多年的众多有关蒙医蒙药方面的展品，诉说着蒙医蒙药传承发展的源流。

49
后记

　　认识王布和是在 2003 年 4 月初。那天上午 10 点多钟，王布和来到兴安广播电视台专题部办公室。那时，笔者（特格喜）任专题部主任，是《故事》栏目主编。

　　王布和是兴安盟红十字会推荐的典型人物。初次见面，十分谨慎的他没有太多的言语。当问到他的诊所有什么特别之处时，他说："我用蒙药药浴疗法治疗一些疾病，药浴是诊所的一大特点。"

　　王布和以前没接受过电视媒体的采访。他以为有个把小时就能采访完，经过交谈，他得知拍摄纪录片必须去他的诊所现场录制。他说："欢迎你们去看看。我很忙，如果今天拍不完，我要先回诊所去。"就这样，他留下电话号码后回去了。

　　那个时候，西哲里木对笔者而言，十分遥远。

　　过了十几天，4 月 18 日下午，笔者带着摄制组，行程 500 多里，绕个大弯子，到了王布和的诊所。

王布和的诊所院落很大，房屋却有些陈旧。诊所内外患者来来去去，其中多为衣着简朴的农牧民。

第一印象是，王布和的行医方式很特别。有处方，不挂号，有钱没钱他都给治疗。

在 21 世纪初，农村牧区很多老百姓靠天吃饭，刚刚解决温饱，生活还不富裕。他们一旦摊上疾病，很快会囊中羞涩。如果患上疑难杂症，那就很麻烦了。有的人根本就治不起。摄制组在诊所拍摄的第三天早晨，笔者看到一位五十来岁的妇女在出院回家前，给正在诊病的王布和跪拜谢恩。王布和赶紧跑过去，把她扶起来。

她的名字叫丁香，家住吉林省通榆县。几年前，她患上子宫疾患，因家境贫寒，求医无望，后来，得到王布和救治。不幸的是，2003 年春天她又患上严重的肝硬化腹水，生命垂危。走投无路的她再次求助王布和医生。王布和供她吃住，给她免费治疗，两个月后病愈的她，不知道怎样表达救命之恩，便选择了这种简单而又至高的礼节。

丁香的这一举动拓展了笔者的思索疆域。三天的摄制工作结束时，已然拍摄了二百多分钟素材。可是，回到电视台，我们并没有马上编辑制作成片。摄制组觉得，就此制作王布和的片子，远远不能表达出其境界和行善的故事。斟酌再三，决定继续挖掘这个典型人物。于是，又过了一个多月，摄制组再次去王布和的诊所。这一次，在王布和的诊所拍摄了一周时间。让我们意想不到的是，诊所大院里感人的故事太多。摄制组眼下拍摄到的素材还难以清楚呈现王布和其人其事其为。

后来，我们展开视野，顺其自然地了解王布和，感受诊所的善念善为。在长达一年时间里，我们拍摄了色仁道尔吉、七月、包占、韩额尔敦、达胡巴雅尔夫妇、刘传亮等人的故事。拍摄素材达到 2300 多分钟，然后编辑成 127 分钟的纪录片《布和住在霍林河边》，分为五期节目，在《故事》栏目中播出。再后来，我们又陆续拍摄了一些素材，并整合所有素材精编

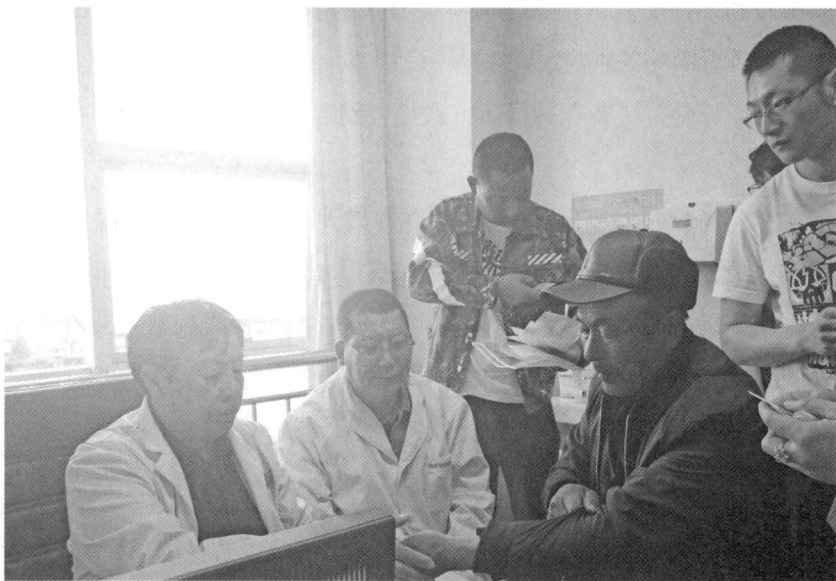

王布和教徒弟怎么把脉

成 30 分钟的纪录片《诊所》。该片陆续在内蒙古电视台等媒体上播出。也是从那时起，王布和医生的事迹广为人知。也因此，王布和比以前更加忙碌了。

在后来的这么多年，笔者一直与王布和保持联系，并多次去诊所探访，及时了解诊所的发展变化。

二十几年来，笔者在脑海中积攒了许多关于王布和的事迹材料。五年前的秋天开始整理笔记和耳闻目睹的鲜活故事，《布和的心愿》渐渐成形。

王布和是一位智者。通过长时间与他接触，笔者对诊所有了深入了解，对王布和的思索和作为也有了进一步的认知。

对于每一个人来说，身心健康至关重要。作为医生，王布和认为，他的使命就是还原患者的健康并适度给予心灵抚慰。

很多患者的病因与其心理失调、情绪无序波动有着千丝万缕的联系。

所谓身心健康其中就包含着心理健康。王布和每天都要接触几百名患者，患者的病类、病情不同，病因各异。他在诊病施药治疗的同时，不忘进行心理疏导。因为在患者中，常常会有一些人解不开心里的疙瘩。这些人有的是因为心理因素患病，有的是患病以后心理自我调节功能弱化，还有一小部分患者，面对疾病想入非非，长久处于心理恐慌状态。

王布和常对患者们说："人，就怕把自己用无形的绳索捆绑起来。人，一旦陷入自己给自己挖的陷阱，就会很难自拔。而很多人恰恰在不经意间，跳进自我挖掘的陷阱，这种由内因导致的困惑常常给自己的心理造成极大的负担，久而久之有可能变成某些疾病。"

面对患者，王布和总是一副和善的面容，给他们以自信，通过与患者交流，抚慰他们的心灵。

王布和知道，良心，对医生来讲有时比医技、药物更重要。

接受笔者的采访时，王布和说："每个患者都有着强烈的求生欲望，很多患者通过医生的言语表述和面部表情来获得他自己想要的基本信息。当你捧着热乎乎的心面对患者的时候，他会很快释然。包袱小啦，疗效就会更好一些。"

王布和的患者，每天一拨又一拨地来来去去。患者患的是什么病？为什么得这种病？怎样治疗这些疾病？这是王布和每天都要面对的问题。

在王布和看来，传统蒙医医生看病，除了因病施药外，适时给患者厘清纷繁的周遭环境信息，也很有用。

因为接触面广，病例多，王布和的信息源特别丰富，这对他开展广谱心理疏导有极大的益处。王布和认为，任何事物都应辩证地看，同样的信息源，通过正确的解读，就可能有益于患者康复。更重要的是王布和心里清楚，来他的诊所找他看病的患者最需要什么，他要尽可能地满足患者们的诉求。

在几十年的临床经验中，王布和发现，有些患者因病神经变得很敏感，对于他们来说，赶紧驱除病魔是第一要务。在诊所，患者想获得的都是如何治愈他的疾病方面的信息。这种太在乎病，老是把病放在心上的想法，反而不利于病人康复。王布和认为，让患者学会适度忘却或者说适度忽略病体，抛开病态心理，才会益于患者康复。为此，他一直在不遗余力。

王布和积累的经验是一座可充分开采的富矿，其中蕴藏着丰富的文化因子。

记录王布和的行为轨迹要比感悟他的心灵简单得多。他是一位注重经验，又不断拓展思维空间的行者。

认识王布和已经有二十多年了，笔者感觉到，时至今日，对王布和的认知依旧是见叶不见树，见树不见林。

思与行在他心田里早有定数。

透过王布和源源不断释放出的正能量，人们得到的不仅仅是健康，还有心灵的洗涤！

王布和是草原的良心！

他以他的良心和良能，续航了无数患者的生命里程。他终其一生的心愿是，让走出诊所的患者身体结结实实。而"布和"由蒙古语译成汉语正是结实的意思。他的名字，冥冥中，一份天意已在其中。

《布和的心愿》文稿得到文化学者陈亦民先生的校勘，特此致谢。

特格喜

2024 年 10 月 23 日